KB103493

古井由吉

杏子/妻隱

·

요오꼬·아내와의 칩거

창 비 세 계 문 학

22

요오꼬·아내와의 칩거

후루이 요시끼찌

정병호 옮김

창비

차례

•

일러두기

1. 이 책은 古井由吉 『杳子/妻隠』(河出書房新社 1971)를 번역 저본으로 삼았다.

2. 본문 중의 각주는 옮긴이의 것이다.

3. 외국어는 되도록 현지 발음에 가깝게 표기하되, 우리말 표기가 굳어진 것은 관용을
   따랐다.

요오꼬
杏子

1

요오꼬는 깊은 골짜기 아래에 혼자 앉아 있었다.

10월도 중순에 가까웠고 봉우리에는 내일이라도 눈이 내릴 것 같은 시기였다.

오후 1시경, K봉우리 정상에 선 그는 서쪽 하늘에 먹구름이 퍼지는 것을 알아차리고, 쫓겨나는 것 같은 기분으로 산등성이를 내려와 그 도중에 골짜기로 들어왔다. 우선 O계곡을 향해 곧바로 길을 내려왔고, 거기부터 계곡을 따라 딱히 내려간다는 느낌 없이 음침한 떨기나무 사이를 계속 한시간 반 정도 지나다 가까스로 골짜기 아래에 당도했다. 마침 N계곡과의 합류가 가까워져서 골짜기는 계곡 물소리로 무겁게 울리고 있었다.

골짜기 아래에서 올려다보니 하늘에는 벌써 구름이 낮게 깔려 있고, 양쪽으로 좁아지는 경사면을 따라 딸기나무가 빽빽하게 자라 있다. 검게 시들기 시작한 잎 속에서 군데군데 타다 남은 듯한 단풍색이 어둑하게 닫힌 골짜기를 향해 흐릿하게 번지고 있었다. 강변에는 물줄기를 따라 겹겹이 쌓인 바위 조각들이 조용히 누워, 무겁게 덮쳐누르는 어둠의 바닥에 밝은 회색빛을 감돌게 했다. 그 회색빛 속에서 요오꼬는 평평한 바위 위에 몸을 작게 웅크리고 앉아 바로 눈앞의, 누군가가 장난으로 쌓아놓고 간 낮은 돌탑을 바라보고 있었다.

바위로만 이루어진 강변을 따라 천천히 내려온 그의 시야에 요오꼬의 모습은 훨씬 일찍부터 들어와 있었을 터였다. 벌써 다섯시간 가까이 사람 모습을 보지 못한 남자의 눈 안으로, 바위 위에 혼자 앉은 여자 모습은, 훨씬 먼 곳에서 곧장 뛰어들어와도 좋을 듯했다. 사흘간 단독산행의 마지막 하산길이기 때문에 그도 상당히 지쳐 있었다. 피곤한 몸을 이끌고 혼자서 깊은 골짜기 아래를 걷고 있자니, 주변 바위가 다양한 사람들의 모습을 가두고 있는 듯 보이기도 했다. 그리고 점점 더 피곤해지자 그 모습이 바위의 주술을 풀고 내면으로부터 생생하게 나타나기 시작한다. 땅에 넙죽 엎드린 남자, 아이를 안고 괴로워하는 여자, 정좌한 노파, 그런 모습이 희미하게 드러나는 것을, 그는 그때 확실히 느끼면서 걷고 있었다. 그 속에 요오꼬의 모습이 섞여 있었던 것일까? 그 정도로 요오꼬의 몸에는 정기가 부족했던 것일까?

그뿐만이 아니다. 그때 여자의 모습을 보고 멈춰설 때까지 아주 짧은 동안에도 그의 마음속에는 희미한 혼미昏迷가 스며들었다. 스무살을 조금 넘었을 뿐인, 아직 완전히 여물지 않은 젊은 남자 마음에는 골짜기 속이 아니더라도 자주 혼미한 순간이 있는 법이다. 그는 여자의 모습을 눈여겨보았다. 그리고 '아, 이런 곳에 여자가 있군' 하고 머릿속으로 중얼거리며 계속 걸었는데, 다음 순간에는 이미 왼쪽 급경사면에서 요란하게 떨어지는 N계곡의 뭔가 음침한 소리에 마음을 빼앗겼다. 이 N계곡에서는 때때로 조난이 발생한다. N봉우리로 뻗어 있는 산등성이에서 이 계곡으로 잘못 들어 헤매는 사람들이 자주 있다. 그가 알고 있는 것만도 다섯명이 이 계곡에서 길을 잃고 헤매다 실족했다. 그중 한사람은 도중에 폭포에서 떨어진 다음 무의식 상태로 이틀 걸려 이 합류지점까지 내려오다가 O골짜기에서 휘청대며 있었는데 마침 그곳을 지나가던 일행에게 구조되었다. 얼굴에는 거의 외상이 없었음에도 다음날 부랴부랴 달려온 친형이 동생인 줄 곧바로 분간하지 못했을 정도로 표정이 변해 있었다고 한다.

그가 멈춰서서 눈을 크게 뜨고 바라본 것은 그런 생각이 나서였다.

완만하게 경사진 강가의 20미터 정도 하류에서 여자의 창백한 옆얼굴이 오로지 그의 눈 속으로 뛰어들어왔다.

마치 사람의 얼굴이 아닌 듯 비쳤고, 그러면서도 사람의 얼굴만이 가지는 으스스한 기운 때문에 그는 선 채 꼼짝을 못했다. 그러나 얼굴에서 느껴지는 인상은 그것으로 딱 단절되어버렸고, 그는 그 얼굴을 눈앞에 보면서도 지금까지 사람 얼굴을 앞에 두고 맛본 적 없는 인상의 공백에 시달리며 서서히 당황하기 시작했다.

사람의 얼굴이라면 언제든, 아무도 보고 있지 않을 때라도 무의식중에 끊임없이 발산하게 되는 체취와도 닮은 표정이라는 게 있는 법이다. 그런 표정까지 깨끗이 씻겨없어진 듯, 그 얼굴은 골짜기 아래의 밝은 공간 속에 허옇게 떠 있었다. 그렇다고 해서, 산속에서 기진맥진한 여자 얼굴에 자주 보이는 것처럼 눈코가 부기 속에 묻혀 있는 모습도 아니어서, 눈도 코도 입술도 가는 턱까지도 그 하나하나가 또렷하게, 슬플 정도로 또렷하게 윤곽을 유지하고 있다. 여자는 바로 앞에 쌓인 돌탑을 응시하고 있었다. 확실히 응시하고는 있지만 그 눈빛에는 힘이 없다. 그리고 얼굴 전체가 눈빛의 힘에 의해 하나의 표정으로 모이지 못하고, 눈앞의 돌탑을 응시할수록 도리어 돌탑의 한결같은 존재에 표정이 흡수당해 아득한 느낌을 주면서, 미지의 여자 얼굴이면서도 흡사 멀리 사라져가는 희미한 표정을 기억 속에서 끊임없이 붙잡으려고 하는 듯한 긴장을, 스쳐지나가는 그에게 강요하는 것이었다. 그의 긴장이 조금이라도 이완되면 그 얼굴은 무표정을 넘어 물체의 섬뜩함을 드러내기 시작한다. 그때마다 그는 그곳에 있는 것이 인간이라는 증거를, 자신이 내세워 입증하지 않으면 안될 것만 같은 기분에 몰려서는, 달아나려는 자세를 취하면서도 눈만은 열심히 여자의 옆얼굴을 바라보게 되었고, 그러다 부지불식간에 어린 시절에 대한 기억을 더듬고 있었다. 한참 시간이 지나자 그는 "울다 지쳐 마당 구석에 웅크리고 돌멩이를 바라보고 있는 어린아이의 얼굴이로군" 하고 중얼거렸다. 그리고 가까스로 옆얼굴을 바라보던 시선을 늦추고 여자의 온몸을 둘러보았다.

몸에는 그런대로 표정이 있었다. 아직 소녀와 같은 몸집이었다. 여자는 배낭을 등에 멘 채로 작은 엉덩이를 바위 위에 힘겨운 듯 걸치고 앉아, 살구색 아노락 점퍼를 입은 상반신을 앞으로 숙인 채 양팔을 가슴 앞에 교차시키고 있었다. 쑥 들어간 아랫배를 가는 팔 꿈치가 양 옆구리에서 꽉 누르고 있었고, 교차된 양손은 어깨부터 팔 주변을 안쓰럽게 문지르고 있었다. 검은 슬랙스를 입은 다리는, 넓적다리 쪽을 단단히 붙이고 있었지만 무릎 아래부터는 뭔가 난 감한 듯 서로 바깥쪽으로 느슨하게 벌어졌고 캐러밴 슈즈의 발끝 은 땅바닥 자갈 속에 바싹 파묻혀 있었다. 그런 자세를 보니 얼굴 이 어딘지 모르게 온몸의 방어태세에 어울리지 않는 느낌인데, 마 치 뭔가를 넘겨주듯이 앞으로 내민 모습이었다. 그래도 온몸을 둘 러보고 다시 얼굴을 응시하자, 이제 처음 봤을 때만큼 무표정이지 는 않았다. 여자는 눈썹을 조금 찌푸리고 입술을 가늘게 열어 몸 안쪽의 아픔을 가만히 참고 있는 듯 눈앞에 쌓인 돌탑을 바라보고 있었다. 비로소 돌봐야 할 환자임을 겨우 알아차린 그는 젊은 등산 객다운 태도를 되찾아 여자 쪽을 향해 발을 내디뎠다.

작은 돌 하나가 그의 등산화를 스치고 구르기 시작하여 여자 쪽 을 향해 5~6미터 내려가고 나서야 힘이 다 되어 멈추었다. 여자가 얼굴을 이쪽으로 살짝 돌려 그가 서 있는 조금 왼쪽 언저리를 멍하 니 바라보더니 아무것도 보지 못한 것처럼 원래의 시선으로 돌아 갔다. 그런 다음 그의 모습이 문득 눈가에 남았는지, 여자는 이번엔 정면으로 그를 쳐다보고 무심코 희미한 시선을 그의 가슴에 쏟았 다. 정신을 차리니 그의 발걸음은 어느샌가 여자를 피해서 오른쪽으로, 오른쪽으로 움직이고 있었다. 그의 움직임을 따라 여자는 가슴 앞에 팔을 교차시킨 채 차츰 몸을 비틀며 상반신을 일으키더니 그녀 등 뒤로, 등 뒤로 사라지려고 하는 그의 모습을 눈으로 좇았다.

여자의 시선은 그의 움직임보다 늦거나 그가 있는 데까지 미치지 못하거나 그의 머리 너머 멀리 퍼지거나 하면서 계속 따라왔다. 그의 걸음은 여자를 오른쪽으로, 오른쪽으로 피하면서도 딱히 한 방향으로 여자로부터 멀어지려고 하지 않고 여자를 중심으로 완만한 포물선을 그리고 있었다. 그렇게 하여 그는 여자와의 거리를 거의 줄이지 않으면서 여자와 거의 같은 높이까지 내려와, 힘겨운 듯 몸을 비틀어 이쪽으로 돌리고 있는 여자를 흘끗 보면서 그대로 걸어갔다.

그때, 그는 문득 느릿하게 퍼지는 여자의 시선 안에서 그림자처럼 이동하는 자신의 모습을 상상했다. 아니, 그렇다기보다 그 모습을 생생하게 본 듯한 느낌이 들었다. 걸어감에 따라 그 모습은 여자의 시선에 잡히지 않고 다양한 모양으로 이루어진 바위 부스러기의 회색빛이 펼쳐지는 속으로 점차 기울어지며 빠져들어간다. 막연한 슬픔 때문에 그도 여자를 되쳐다보았다. 그러자 여자의 모습도 그의 시선에 매이지 않고 표정을 잃었고 다시 뚜렷하게 보였지만 주변 바위 모습만큼 호소력을 주지 못했다. 그는 이미 여자의 모습을 등 뒤로 버리고 떠날 마음이었다.

그러고 나서 모든 주변 바위가 당장에라도 본성을 드러내며 강변 가득히 무너져내릴 것 같은, 그런 불안하고 두려운 예감이 덮쳐와, 그는 멈춰섰다. 발소리가 끊어진 순간, 문득 꿈에서 깨어난 듯이 그는 자신이 바위가 펼쳐지는 속에 홀쭉하니 서 있음을 깨닫고, 그렇게 똑바로 서 있는 데에 괴로움을 느꼈다. 그와 동시에 그는 여자의 시선을 선명하게 몸으로 감지했다. 쳐다보니 아주 거친 바위 조각들 흐름 속에 떠 있는 평평한 바위 위에서 여자는 아직 가슴을 꼭 껴안은 채로 이상하게 유연한 생물처럼 허리를 확 비틀어 그가 있는 쪽을 향해 머리를 갸웃하며 그의 눈을 열심히 응시하고 있었다. 그는 그 눈을 마주 바라보았다. 시선과 시선이 하나로 연결되었다. 그 힘에 이끌려 그는 여자를 향해 곧바로 걷기 시작했다.

나중에 서로 어찌할 바를 모를 때면 두사람은 자주 이때의 일을 회상했다. 두사람은 그때마다 이 기묘한 만남을 서로 단편적인 말들로 채웠다.

골짜기를 내려오는 그의 등산화 소리를, 요오꼬도 일찌감치 들었다고 한다. 단지 소리가 진작부터 또렷하게 귀에 들려오고 그 소리가 주의도 끌고 있는데 그것을 아무리 해도 파악할 수 없는 경우가 있다. 예를 들면 얕은 잠 속에서 누군가가 현관문을 반복하여 두들기고 있는 것을 귀로는 듣고 있으면서도 뭐라 표현할까, 그것을 한덩어리의 생각으로 파악하기가 아무래도 되지 않아 속이 타고 답답해서 잠자리에서 몸을 비비 꼬는 듯한, 그러다 멍해져버리는 듯한, 그런 식……이라고 요오꼬는 설명했다.

발소리가 근처까지 와서 멈추었을 때, 그때 비로소 요오꼬는 깜짝 놀랐다. 누군가가 위쪽에 서서 자신의 옆얼굴을 가만히 내려다보고 있는 그런 느낌이 눈가에 들었다. 확실히 있긴 하지만 그것이 회색빛이 펼쳐지는 곳의, 대체 어느 주변에 서 있는 것인지 짐작이 가지 않았다. 짐작이 가지 않기 때문에 얼굴을 움직일 수도 없었다.

"머리를 뱅 돌려 멀리 바라보았다면 좋았을 텐데." 그는 어느 땐가 요오꼬에게 말해주었다.

"그게 바로 가능할 정도였으면 그런 곳에 앉아 있지도 않았어"라며 요오꼬는 웃었다.

무심코 얼굴을 들었을 때 만약 사람 모습이 없다면, 만약 사람 모습이 앞에 서서 회색이 기울어지는 것을 지탱해주지 않는다면, 바위 조각들이 한꺼번에 눈 안으로, 머리 안으로 쏟아져 들어와 그후 자기는 끝장나버릴, 그런 느낌이 들었다고 한다.

요오꼬가 K봉우리 정상을 내려오기 시작한 것은 11시 전인데, 도중에 거의 쉬지 않고 내려왔기 때문에 그녀는 그 바위 위에서 대략 세시간이나 앉아 있었던 셈이다. 그녀는 그와 같은 길을 따라 음침한 떨기나무 속에서 골짜기 아래로 내려왔다. 강변에 섰을 때 그녀는 골짜기 바닥을 짓누르는 압력을 바로 몸으로 느꼈다고 한다. 양쪽에서 흘러내리려고 하는 산의 무게에 일그러져 강변의 바닥이 산등성이나 평지와는 다른 탄력으로 그녀의 걸음걸이를 받아들였다. 바위 모두가 흙 속에 깃든 힘에 치받혀 들어올려진 듯 불안정하게 가로놓여 있었다. 그 힘은 지면뿐만 아니라 공간에도 가득 넘쳤다. 골짜기 아래로 내려온 순간, 그녀는 풀장의 물속에 머리부터 뛰어들 때의 그런 수압이 고막에 가해지는 느낌을 받았다. 그 탓인지 근처 계곡이 합류하여 울리는 시끄러운 물소리도 뭔가 긴장된 얇은 막으로 가로막힌 것처럼 직접 다가오지는 않았다. 요오꼬는 자신이 등을 몹시 웅크리고 걷고 있다는 데에 생각이 미쳤다. 피곤은 그렇게까지 심하진 않았다. 그대로 한참 걸어가 그 평평한 바위 근처까지 와서 요오꼬는 배낭에서 물통을 꺼내려고 우선 바위 위에 앉았다.

바위에 앉아 회색이 퍼지는 속에 자세를 낮추자마자 요오꼬는 주변 무게가 자기 쪽으로 조금씩 모이는 것을 느끼고는 자신도 모르게 웅크려버렸다고 한다. 실제로 제 위로 무게가 덮쳐누른 것은 아니었지만 주위의 바위가 자신을 중심으로 하여 갑자기 조용해졌다. 골짜기 아래 여기저기에 산의 무게가 균형을 잡는 장소가 있는데, 그 한 지점에 자신이 아무것도 모른 채 앉아버린 것이다. 그녀는 순간적으로 그렇게 생각했다. 그리고 자신이 살아 있는 몸으로 그런 곳에 앉아 있다는 사실에 어쩐지 두려움을 느꼈다. 그리고 그런 경외敬畏로 떨리는 아이 같은 마음을, 바위들의 무게 사이에서 자신이 아직 가지고 있다는 데에 다시 두려움을 느껴, 그녀는 한참 동안 머리를 들 수 없었다.

그러고 나서 머리를 들어 주변을 둘러보니 주위의 모습이 변해 있었다. 강변의 모든 바위가 일제히 흘러내리는 느낌이 들었다. 어느 바위든 이전과 마찬가지로 정지해 있었지만, 정지해 있는 게 도리어 흘러내리는 느낌의 굉장한 박력을 만들어냈다. 흡사 스키를 타고 곧바로 미끄러져 내려갈 때 힘차게 뒤쪽으로 흐르던 주변 경치가 느닷없이 움직이지 않고 속도감이 갑자기 달라져 가슴 안쪽으로 바로 다가오는 느낌이다. 그리고 온몸이 단단히 굳어진다. 그때의 절박함, 스키의 끝에서 조용해지는 설면의 박력, 귀를 찢는 미친 듯한 바람, 그것이 조용히 가로놓인 바위 하나하나 속에 숨어 있다.

어쩔 수 없이 요오꼬는 시야를 좁혀 눈앞의 좁은 범위에 한정하고는 그 속의 바위를 하나하나 정성 들여 응시하여 흘러내리는 느낌을 억제하려고 했다. 그러자 흐름이 멈추기는 했지만 그 대신 하나하나의 바위가 ─ 어떻게 말하면 좋을까,라며 요오꼬는 먼 눈빛이 되고 나서는 어색한 말투로 답답한 듯 설명했다 ─ 하나하나의 바위가 수직방향만 강한데다 지나치게 강렬하고, 수평방향은 아주 약해 불안해져버렸다. 그녀가 앉아 있는 바위를 제외하고 어느 바위든 한결같이 고집스럽게 수직방향을 지향하고 있어서 그 위에 올라가 쉬려는 자가 있으면 바위 모서리를 세우며 흔들어 떨어뜨리려고 한다. 커다란 바위에서 작은 돌멩이에 이르기까지 죄다 떨어져라, 떨어져라 하며 밀치락달치락 법석을 떨고 서로 방해하느라 겨우 멈춰 있다. 그리고 흐름이 멈춰지는 바람에 무겁게 짓눌려 험악한 표정을 짓고 있다. 이러한 야단법석이 어떻게 이 몸을 지탱해주겠는가? 일어서게 되면 이제 단숨에 뛰어내려가는 수밖에 없다. 하지만 곧바로 꼼짝달싹 못하고 서버릴 것 같다······

어찌할 바를 모르고 요오꼬는 바위 위에 앉아 있었다. 아찔하고 어렴풋한 기분이었다. 시간이 상당히 지나고 나서야 그녀는 다시 생각하기 시작했다. 그런데 여러가지 일을 생각하고 있는 동안 자신의 중심을 파악할 수 없게 되었다. 밀치락달치락 회색들이 법석을 떠는 모습을 따라 그녀의 생각은 띄엄띄엄 떠돌고 여기저기서 깨나른하게 중얼거리고 있다. 그 생각의 수만큼 그녀는 여기저기에 존재하고, 또한 아무 데도 존재하지 않았다. 생각은 그저 잠시 공중에 떴다가 금방 바위의 야단법석 속으로 흘러가버리고, 다시 조금 지나면 다른 곳에서 떠올라 쥐 죽은 듯 조용한 바위 사이에서 어린애처럼 야무지지 못한 목소리로 중얼거린다.

어느샌가 요오꼬는 눈앞에 쌓인 작은 돌탑을 유심히 바라보고 있었다. 그것이 이정표라는 사실을, 그녀는 그때 조금도 의식하지 않았다고 한다. 세어보니 모두 여덟개, 어느 것이나 주먹을 두개 합한 정도의 작고 둥근 바위가 멋대로 겹쳐쌓여 당장에라도 기울어 쓰러질 듯이 서 있다. 그녀는 그 무의미한 직립을 긴 시간 골똘히 바라보았다. 그런데 바라보고 있는 동안에 그 돌탑이 우연한 균형에 의해서가 아니라 하나하나의 바위가 하늘을 향해 발돋움하려는 힘에 의해 내부로부터 지탱되고 있는 듯이 보이기 시작했다. 하나하나의 바위가 점차 생생한 모습으로 변했다. 그에 따라서 그것을 응시하는 그녀 자신의 몸의 존재가 돌탑을 중심으로 하여 끝 쪽으로 점차 퍼져버리고 거기에서 끊임없이 강변의 물결 속으로 사라져간다. 요오꼬는 불안하여 자신의 몸을 단단히 껴안았다. 몸의 느낌은 아직 남아 있었다. 멀고 먼 느낌으로 언덕 위에서 자신의 집을 내려다보고 있는 것 같았다.

요오꼬는 "그런 느낌…… 아니면 조금 다른 것 같아"라고 말하더니 이번에는 거의 정반대 말을 꺼내 그의 고개를 갸웃하게 만들었다.

그때만큼 요오꼬는 자신이 여기 존재한다는 사실을 선명하게 감지한 적은 없었다고 한다. 요오꼬는 희미한 느낌이 드는 몸을 껴안고 돌탑을 응시하고 있었다. 그저 응시하고 있을 뿐만이 아니었다. 그녀는 응시하면서 자기 힘을 돌 속으로, 그 뿌리 속으로 천천히 쏟아부었다. 그러자 돌들은 하나하나 안쪽부터 드디어 둥그스름해지기 시작하여 골짜기 밑바닥의 어둑한 빛 속에서, 정말로 순수한 생명감으로 변해 역력히 성장하기 시작했다. 요오꼬도 바위와 함께 생생히 성장하는 기분이 들었다. 요오꼬는 행복을 느꼈다.

"행복이라니……?"

그는 무심결에 되물었다. 요오꼬는 끄덕하고 수긍했다. 그는 반쯤은 알 것 같은 기분이 들었지만 다시 물었다.

"하지만 내가 내려왔을 때 당신 모습은 충만감을 느낀다든가, 행복하다든가 전혀 그런 식으로는 보이지 않던데?"

요오꼬는 이마에 손을 대고 골똘히 생각에 잠겼다. 한참 지나서 그녀는 불쑥 말했다.

"행복하다기보다 역시 괴로웠어. 두번 다시 그렇게 되고 싶지 않아."

돌탑을 응시하고 있는 동안에 요오꼬는 이제 경외심을 느끼지 않게 되었다. 자신의 존재가 바위의 강변으로 퍼져버린 듯한 불안감도 이제 없었다. 그저 그녀의 주변에는 변함없이 많은 돌이 모두무겁고 완고하게 누워서 서로 언짢은 듯 잡아당기며 균형을 유지하고 있다. 그물코에 낚여버려서 그녀는 꼼짝도 못했다. 일어서려고 하면 그물코의 균형이 깨져 물정에 어두운 그녀 속으로 모든 바위들의 노여움이 쏟아져 들어온다. '인간이라는 것은 서서 걸어다녀야 하는 것이구나'라고 요오꼬는 생각했다고 한다. 일어나서, 누구든 자기와 비슷한 무게를 가지는 것들 사이에서 주제넘게도 안과 밖을 나누고 먼 곳과 가까운 곳을 나누고 자기 맘대로 시야를 만들어 커다란 머리를 가는 목 위에 얹고 생생히 걸어다니는 것이다. 그렇지만 안과 밖을 나누는 순간, 경외심이 안쪽에 흘러들어와 가득 차서, 모습 전체에 어딘가 짐승 같은 느낌을 준다. 자기는 이제 여기에서 일어날 수 없다. 이다음 자신이 이곳에서 움직이는 것은 강변의 바위가 한꺼번에 무너져내리기 시작할 때다. 그때 자신은 이제 완전히 하나의 바위가 되어 아무것도 느끼지 못하고 많은 돌과 함께 요란하게 서로 외치며 떨어져갈 것이다…… 요오꼬는 그렇게 생각했다. 그리고 발이 점차 자갈 속으로 파묻혀가는 것을 느꼈다.

그곳으로 발소리가 다가와 그녀의 바로 위쪽 부근에서 멈추었다.

주변 소리가 웅성거리는 계곡 물소리만으로 되돌아가자, 요오꼬는 깜짝 놀라 생각대로 되지 않는 자세에서 가까스로 얼굴을 대략 짐작하는 방향으로 돌렸다. 밀치락달치락 법석을 떠는 바위 조각들이 한쪽으로 치우쳐 있는 속에 남자가 혼자 서 있었다.

'있구나'라고 요오꼬는 생각했다. 그러나 아무리 응시해도 남자 모습은 바위 벌판에 불쑥 서 있는 말뚝처럼 무표정하고, 아무리 해도 그녀의 시야 중심에 생생하게 떠오르지 않았다. '있구나'라는 생각은 어떤 감정도 불러일으키지 않고 그녀의 마음을 빠져나갔다. 요오꼬는 지쳐서 눈길을 외면했다. 그리고 나서도 시선이 아직 이쪽을 주시하고 있음을 느끼자 다시 올려다보았다. 그러자 광막하게 펼쳐지는 시선 속에서 남자의 모습이 불쑥 움직이기 시작했다. 그 순간에……

그 이야기를 할 때마다 요오꼬는 부드럽고도 잔혹한 표정이 된다. 요오꼬는 그의 가슴에 몸을 강하게 밀어붙이고 그의 어깨에서 얼굴만 조금 떼며 눈에는 위로의 빛을 띠면서 마른 목소리로 조금도 말을 누그러뜨리지 않고 재잘거린다.

……그 순간에 요오꼬의 눈은 남자의 모습을 처음으로 시야의 중심에 포착했다. 남자는 두세걸음 그녀를 향해 곧바로 다가오기 시작하다 그녀의 시선을 받고 움츠러들어 점차 왼쪽으로 벗어났다. 남자는 요오꼬로부터 멀어지지도 않고 요오꼬에게 다가서지도 않으면서 크고 작은 다양한 바위들이 북적거리는 강변에 이상한 포물선을 그리며 때때로 곁눈으로 슬쩍 그녀를 바라보면서 걸어간다. 가늘고 긴 몸의 그는 짐승처럼 우둔하게 등을 구부리고 마치 얇은 얼음 위를 천천히 건너가듯, 어린 눈매에는 불안을 드러내고 있다. 그런데 남자가 걸어감에 따라 회색이 펼쳐진 공간은 남자를 중심으로 해서 왠지 인간다운 풍경으로 모여간다. 그 모습을 요오꼬는 아주 신기한 것을 보는 기분으로 지켜보았다. '저 사람은 얼마나 내 처지를 가엾게 여기고 있는 것일까'라며 그녀는 경탄했다. 그녀의 처지를 가엾게 여겨 그로 인해 불안에 시달리면서도 그 불안을 다시 연민이라 여기며 북적거리는 바위 조각들에 금세 휩쓸려버릴 듯 보잘것없는 존재인 주제에 전전긍긍 그녀를 피해간다. 그래도 그런 식으로 남자가 걸어가자 그녀에 대해서는 험악했던 바위들이 그의 주위에는 부드럽게 모여들며 미지근한 불안의 기운을 띠기 시작했다. 요오꼬는 그 모습을 한참 동안 찬찬히 바라보

고 있었다. 그리고 남자가 너무 노골적으로 자신의 처지를 가여워해서, 너무나도 노골적으로 불안한 표정을 지으며 마치 밤길에 취한醉漢과 스쳐지나갈 때처럼 겁에 질려 떨기에 '멈춰서. 만일, 당신' 하며 마음속으로 외쳐버렸다. 그러자 남자는 갑자기 바위 사이에 선 채 꼼짝 못하더니 일단 달아날 태세를 취했지만, 이윽고 멍하니 이쪽을 향해 크고 겁 많은 짐승처럼 글썽한 눈으로 흠칫거리며 다가왔다.

요오꼬가 본 대로 그는 바위 위의 여자를 향해 다가가는 도중, 온갖 미신 같아 보이는 생각에 시달렸다. 여자는 바위 위에서 건너편 방향으로 앉아 양팔로 가린 상반신을 가는 허리의 잘록한 부분에서 바로 뒤에서 다가오는 그를 향해 힘껏 비틀어서는, 게다가 등을 강하게 뒤로 젖혀 머리를 비스듬히 뒤로 늘어뜨리고서는 그를 바라보고 있었다. 그가 옆에 서자, 여자는 갑자기 움츠러들어 굳은 자세를 하고 그의 얼굴을 가만히 올려다보았다. 그 모습이 딱하기도 하고 조금 기분도 으스스하여 그는 긴장된 하얀 목덜미 주변을 주시하면서 천천히 여자 앞으로 돌아갔다. 그가 움직이자 여자는 긴장된 몸을 풀고 가슴 앞에 대고 있었던 팔을 좌우로 늘어뜨리며 얼굴을 곧바로 내밀어 그를 올려다보았다. 그다음 여자가 일어났는데, 현기증 때문인지 갑자기 그의 왼쪽 어깨에 얼굴을 가까이 대었다.

"산기슭까지 데리고 가주세요."

요오꼬는 낮고 부드러운 목소리로 그에게 말했다.

그가 오른쪽 어깨를 내밀자, 요오꼬는 자연히 그의 오른팔을 꽉 붙잡았다. 그는 아무 말 없이 곧바로 걷기 시작했다. 요오꼬는 몸을 조금 웅크리고 수렁을 걷는 듯한 발걸음으로 걸었다. 팔에서 무게가 조금도 전해오지 않는다. 요오꼬의 몸은 희미한 온기가 되어 그의 몸 옆에 감돌며, 그가 걸어가자 흐르듯 따라왔다. 긴장한 뒤라 그도 말이 나오지 않았다.

강변을 한참 내려오자, 계곡이 점차 왼쪽부터 좁아져 오른쪽 물가의 거친 산 표면을 혼자서밖에 지나갈 수 없을 정도로 길이 좁게 구불거리기 시작했다. 그는 요오꼬의 손을 오른팔에서 풀었다. 그러자 요오꼬는 바위 사이에 몸을 숙이고 웅크려앉아 원망스러운 듯 그를 올려보았다. 그는 상관치 않고 요오꼬에게 등을 돌리고 오르기 시작하여 10미터 정도 오른 곳에서 뒤돌아보고는 턱을 가볍게 움직여 따라오도록 재촉했다. 요오꼬는 아무 말 없이 머리를 옆으로 흔들었다. 그렇지만 한번 더 머리를 흔들고 나서 그녀는 그의 눈을 주시했다. 그 눈길을 포착하고 그는 날카롭게 되받아 응시했다. 그러자 요오꼬는 천천히 몸을 일으켜 그의 시선을 끌어당기듯이 올라왔다.

그런 짓을 몇번이나 반복하며 상당히 고된 오르막 내리막 길을 한시간 넘게 계속 걸은 후, 두사람은 가까스로 정상에 있는 신사神社에 딸린 아래쪽 사당에 해당하는 신사로 들어가는 현수교까지 내려왔다. 다리 앞에서 요오꼬는 다시 땅바닥에 웅크리고 앉아버렸다. 그래서 그는 요오꼬를 향해 처음으로 말문을 열었다.

"이런 다리를 혼자서 건널 수 없다면 이제 두번 다시 산에 올 수 없어요."

"다시 오지 않을 거예요." 요오꼬는 땅바닥을 응시하고 중얼거렸다.

"그건 고사하고 자신감을 잃어 길거리도 만족스럽게 걸을 수 없게 될 거예요……"

자신이 왜 그런 잔혹한 말을 하는 것일까라고 의아하게 여기면서 그는 웅크리고 앉은 요오꼬의 등에서 배낭을 벗겨 한쪽 손으로 들고 혼자서 현수교를 총총걸음으로 건너서는 저편 기슭에 배낭 두 개를 내던지고 다시 다리 중간까지 되돌아왔다. 요오꼬는 얼굴을 오도카니 들고 그의 행동을 눈으로 좇고 있었다. 그는 다리 한가운데에 서서 애써 자유롭고 느긋한 자세를 취하고는 '건너와'라는 눈짓을 했다. 벌써 아까부터 반복된 일인데도 요오꼬는 그의 응시를 받자 거의 반사적으로 일어나 어색한 발걸음으로 다리를 건너기 시작했다. 요오꼬가 다가옴에 따라서 그는 요오꼬의 시선을 단단히 붙잡고 조금씩 기슭을 향해 뒷걸음질을 쳤다. 그렇게 요오꼬를 다리 중간 부근까지 오게 했을 때, 그는 문득 '꼭 강아지 같군' 하고 생각했다.

그러자 요오꼬는 멈춰섰다. 그리고 그에게서 눈을 떼고 발판 틈으로부터 4미터 정도 아래의 급류를 들여다보았다. 그 몸이 다시 넋을 놓아 멍하다는 이상한 예감이 들었다. 그러나 꼼짝 못하고 서 있는 듯한 느낌은 아니었다. 오히려 딱딱하게 웅크리고 있던 몸이 풀려 움직임이 대담해져서 등을 똑바로 펴고 무릎을 느슨하게 구부리며 양쪽 로프에 손끝만 가볍게 대고는, 그는 안중에도 없다는 식으로 멍하니 물결을 들여다보고 있었다. 현수교 위에 멈춰서서 발밑의 급류를 응시하니 다리 전체가 물보라를 일으켜 상류를 향해 기세 좋게 미끄러지기 시작한다……

"아래를 보지 마요." 그는 무심코 큰 소리로 외쳤다.

요오꼬는 천천히 얼굴을 들고 의아한 표정으로 그를 바라보더니 곧 어쩔 수 없다는 듯 될 대로 되라는 식으로 걷기 시작했다. 이번에는 그가 굳어져 요오꼬를 응시하면서 천천히 후퇴하여 뒷걸음질로 기슭으로 옮겨가 기다렸다. 발판을 두장 남긴 곳까지 와서 요오꼬는 정말로 꼼짝도 못하고 서 있었다. "이제 괜찮아요"라며 그는 기슭에서 양팔을 뻗었다. 그러자 요오꼬는 웃음인지 찡그림인지 얼굴에 알 수 없는 농후한 표정을 띠는가 싶더니, 그대로 막대기가 넘어지듯 그의 가슴팍을 향해 쓰러졌다. 무거운 몸이 덮쳐눌러 그는 땅바닥에 엉덩방아를 찧었다.

"위험한 짓을 하는군요"라며 그는 아직 몸을 맡기고 한숨을 돌리는 요오꼬를 땅바닥에서 안아 일으키면서 요오꼬가 서 있던 발판을 흘낏 보았다. 그가 당황하여 만약 손을 내미는 것이 잠시 늦었다면 요오꼬의 몸은 발판을 헛디뎌 떨어졌을지도 모르는 참이었다.

요오꼬는 다리 쪽에 눈길도 주지 않고 달아오른 얼굴을 바람이 불어오는 쪽으로 향하고는 흐트러진 머리카락을 계속 매만지고 있었다.

2

두번째로 요오꼬를 만난 것도 우연이었다.

O계곡의 사건으로부터 이미 삼개월 남짓 지나 1월 말에 가까운 어느날, 요오꼬는 그를 향해 인파를 헤집고 역의 연락계단을 쏜살같이 달려내려왔다.

그는 플랫폼의 흰 선 가장자리에 서서 전차를 기다리고 있었다. 마침 그의 눈앞에 선로 하나를 사이에 두고 반대방향의 전차가 멈춰 있었다. 그 속에서 요오꼬는 건너편 플랫폼에 서 있는 그의 모습을 눈여겨보고 문이 닫히기 직전에 플랫폼으로 달려나왔다고 한다.

그도 요오꼬의 얼굴을 언뜻 주시하고 있었던 것 같았다. 타고 내리는 손님으로 웅성거리는 객차 안을 창밖에서 바라보면서 그는 골짜기에서 만났던 여자의 아득히 희미한 얼굴을 회상하고 있었다. 그러나 그것이 뚜렷한 기억이 되기 전에 전차는 손잡이를 붙잡고 무료하게 이쪽을 바라보는 인간들의, 누구든 그와 비슷한 표정을 창문마다 싣고 천천히 움직이기 시작했다. 초록색 흐름이 애매하게 그의 눈을 매혹하고 플랫폼을 미끄러져 나갔다. 그리고 그것과 엇갈려 같은 초록색 흐름이 플랫폼 끝에서 미끄러져 들어와 열리기 시작한 기억을 쫓아버리듯이 그의 코앞에서 커다란 차체가 되어 저쪽 플랫폼을 덮어가렸다. 그러기 직전 그 플랫폼의 계단을 어린아이와 같은 사람 그림자가 기세 좋게 달려올라가는 것을 그는 보았다. 이윽고 그 그림자는 황혼에 가까운 태양에 붉게 물든 연락교聯絡橋 창문을 하나씩 하나씩 검게 가로질러 이쪽 플랫폼을 향해 달려왔다. 그는 거기까지는 무심결에 눈으로 쫓고 있었다. 그러고 나서 곧바로 눈앞에서 열린 문에 정신을 빼앗겼다.

승객들은 문에서 흘러나와 그대로 빠른 걸음으로 계단을 향했고 갑자기 얼굴을 들어 성가신 듯이 걸음을 늦추었다. 올려다보는 남자들의 눈에 일제히 가벼운 호기심이 빛났다. 남자들의 눈 움직임에 따라 계단을 어지럽게 뛰어내려오는 높은 발소리가 들렸다. "여자로군⋯⋯" 하며 그는 치맛자락을 망측스럽게 흐뜨리며 달려내려오는 하이힐 신은 여자의 모습을 상상했지만, 눈앞에 있는 남자들의 얼굴에서 자신의 호기심을 본 듯한 기분이 들어 일부러 뒤돌아볼 마음도 들지 않아서 때마침 문을 향해 와글와글 움직이기 시작한 승객을 따라 걷기 시작했다. 이미 발차 벨이 울리고 있었다. 그때 혼잡 속에서, 기억에 남은 부드러운 따스함이 그의 오른팔 바로 뒤로 다가왔다. 팔꿈치 주변을 가볍게 잡힌 것을 느끼고 뒤돌아보자 흰 코트를 입은 소녀가 그의 옆에서 살짝 한발 물러나 공손하게 머리를 숙였다. 사람을 잘못 보았을 거라고 생각했다. 그러자 소녀는 그의 눈을 응시하고 상기된 얼굴을 오른쪽으로 조금 갸웃하며 "언제였죠? 제가 대단히 신세를 졌습니다"라고 딱딱한 태도로 말했다. 가늘고 조금 새된 목소리였다.

소녀와 나란히 지하도를 걷고 있을 때에도 그에게는 여전히 역시 다른 사람이지 않을까라는 생각이 떠나지 않았다. 발소리가 전혀 다르다. 소녀는 그의 오른쪽에서 한발 정도 뒤처져 걷고 있다. 앞이 뾰족한 구두가 때때로 그의 눈에 들어오며 웅성거리는 주변 소리 속에 맑은 소리를 규칙적으로 내고 있었다. 윤곽이 분명한 발소리라고 하면 좋을까? 그것은 자신의 선명함이 스스로 괴로운 듯 때때로 초조하게 스텝을 밟았다. 그때마다 그는 뒤돌아보았다. 그러자 눈초리가 길게 째진 눈이 그의 응시에 움츠러들고, 그런 다음 시선이 작은 가지처럼 다시 튕겨져서 그의 눈을 바라보며 미소 지었다. 그날 계곡 아래에 앉아 있던 여자의 눈과 코와 입술, 그리고 가는 턱에 부드럽게 흘러모이는 선을 그는 다시 하나씩 찾아냈다. 그때 넓게 퍼져 있던 얼굴 전체의 무표정 속에서 각각의 표정을 지키며 고립돼 있던 하나하나가, 지금은 작은 얼굴의 안쪽에서 빛나는 생기 속에 제자리를 만나 서로 긴장하고 있었다. 그러나 끊임없이 생기를 끌어올리지 않으면 곧바로 다시 넓게 퍼져버릴 듯한, 불안정한 느낌이 어딘가에 있다. 그는 슬며시 발걸음을 빠르게 했다가 느리게 했다가 했다. 그의 변덕스러운 걸음에 맞추어 맑은 발소리가 변함없이 규칙적으로 혼잡 속에 울렸다.

　　그날 현수교 기슭에서 종착역 플랫폼까지 오면서 두사람은 서로에 대해 한마디도 묻지 않았다. 거의 말수도 없었다. 막 서로를 알게 된 젊은 남녀처럼 서로 수다를 떨기에는 만남이 조금은 이상했다. 게다가 그날밤 안에 집에 당도하기 위해서는 수다 떨 틈조차 없이 걸어야만 했다. 두사람은 가는 빗줄기에 부예진 뽕밭 사이를, 커다란 비닐 우비를 머리에 함께 덮어쓰고 오로지 걸었다. 요오꼬는 그의 오른팔 밑에서 있는지 없는지 알 수 없을 정도의 온기를 띠며 발소리를 조금도 내지 않고, 그래도 그의 발에 맞추어 잘도 걸었다. 한시간 정도 지나서 두사람은 가까스로 버스 시간에 늦지 않게 대었다. 버스 안에서도 두사람은 급행열차 시각을 걱정하며 전방의 어둠만 응시하고 있었다. 버스에서 내려 열차에 탈 때까지도 꼬박 달리기만 했다. 가까스로 좌석에 자리 잡고 다음 역에서 도시락을 사주자 요오꼬는 "고마워요"라고 말하며 부끄러운 듯이 웃었고, 그의 눈으로부터 자신이 먹는 모습을 숨기듯 창문 쪽으로 몸을 향하고는 도시락을 3분의 1 정도 먹었다. 그런 다음 차를 마시면서 창밖의 어둠을 바라보고 있는가 싶더니 꾸벅꾸벅 졸기 시작했다. 그리고 때때로 퍼뜩 머리를 들어 미소를 짓다가, 그러고 나서는 다시 조는 사이에 점점 부석부석해진 용모로 변하더니 이내 푹 잠들어버렸다. 종착역까지 요오꼬는 내내 잠들었다. 역구내에서 헤어질 때도 두사람은 "괜찮아요……?"—"예, 괜찮아요. 고마웠습니다"라는 말을 나누었을 뿐이었다. 요오꼬의 모습이 인파 속에 섞여버리고 나서야 그는 서로 이름조차 말하지 않은 것을 가까스로 알아차렸다.

요오꼬에 대해서는 오른팔에 익숙해진 희미한 온기밖에 남지 않았다. 흡사 빗속에서 마음 가는 대로 고양이를 안아올렸다가 그냥 두고 온 듯한 느낌이었다. 희한한 체험이라고 의식하는 일조차 거의 없어졌다.

그 무렵의 그도 반드시 평범한 상태에 있었다고는 할 수 없었다. 여름방학부터 이미 학교에도 나가지 않고 거의 집에 틀어박혀 있을 뿐이었다. 심할 때에는 열흘 동안이나 계속 식사 때 외에는 자기의 '어린이방'에 틀어박혀서는 따분함도 알지 못했다. 굳이 말한다면 이것도 자기몰두라는 병이다. 그러나 이 건강한 병도 정도가 심해지면 다른 것에 대한 격심한 냉담함을 초래했다. 그뿐만 아니라 얄궂게도 자칫하면 현재 자기 자신에 대해, 자기 자신의 체험에 대해 기묘하게도 개의치 않을 수 있다.

아주 가끔 그는 그 계곡 아래의 사건을 생각했다. 그리고 내일이라도 학교에 나가서 친구들에게 그 이야기를 해주고 싶은 기분이 들었다. 친구들은 그 이야기를 틀림없이 재미있어할 것이다. 그렇게 하면 멀리 돌기는 해도 그 사건은 그에게 있어서 틀림없이 점차 하나의 체험이 될 것이다. 그리고 앞으로도 계속 몇가지 일들을 겪어갈 자기 자신에게 다시 흥미를 가질 수 있게 될지도 모른다.

그런데 그 사건을 자세히 생각해내려고 하면 그는 반드시 불쾌한 무언가에 봉착한다. 그 여자 눈에 때마침 깃든, 뭔가 그를 가여워하는 듯한, 그의 선의에 곤혹스러워하는 듯한 표정이었다. '그 여자는 거기에서 자살할 작정이지 않았을까?'라는 의심이 들었다. 그러자 기억이 전체적으로 뒤집히면서 그는 여자의 맑은 눈을 통해 어린 산사나이의 거칠고 자신만만한 행동을 조용히 지켜보는 기분이 들었다. 그 여자는 적어도 그와 같은 나이, 오히려 그보다도 서너살 연상의 여자로서 기억 속에 최종적으로 자리 잡았다.

찻집에서 서로 마주 보며 앉았을 때 그는 다시 상대방의 나이를 파악할 수 없었다. 그녀는 의자에 상반신을 여유있게 기대고 있었고 허리께는 급격히 여성스러워져 있었다. 그러나 흰 팔에는 투명한 솜털이 가득 나 있고 윤기없는 피부를 따라 흐르고 있다. 전체적으로 어딘가 모르게 나이를 알 수 없는 몸매였으며 창백하고 칙칙한 정기를 은근히 발산하여 그는 희미한 불쾌감이 들었다. 그는 다시 자살에 관해 떠올렸다. 그는 자살자에 대한 그 나름의 이미지를 가지고 있었다. 스스로 목숨을 끊으려 하는 인간은 남자든 여자든 그때 나이라는 것을 씻어내리고 노인에도 미성년자에도 속하지 않는 창백함에 휩싸인다……

"덕분에 건강해졌어요." 여자는 가는 목소리로 말했다.

"덕분이라니……" 그는 상대방 말의 의미를 파악하지 못해 우물거렸다.

"병이었어요."

"무슨 병요?"

"고소공포증."

귀에 거슬리는 말이 작고 통통한 입술에서 거의 즐겁다는 듯이 울려퍼졌다.

"고소공포증이라니, 그런 병이 있는 사람이 왜 산에 오른 거예요?"

"미처 몰랐거든요."

"골짜기 아래까지 내려와 거기에서 겨우 알았다는……"

"이상하지요?"

"산 정상에서는 아무렇지도 않았어요?"

"예, 아주 행복했어요."

막 일어난 호기심이 '행복'이라는 말의 돌팔매를 맞고 갑자기 목을 움츠렸다. 여자는 아래쪽을 쳐다보았다. 말이 끊어지자 여자의 새된 목소리가 귀에 남았다. 옆 사람이 듣고 새되다고 느낄 정도는 결코 아니었고 오히려 가늘고 맑은 목소리라 할 수 있지만, 그 계곡 바닥에서 들은 낮고 탄력있던 목소리에 비하면 애처롭게 들렸다. 그의 곤혹스러움을 알았는지 몰랐는지 여자는 아래를 보며 혼자 미소 짓고 있었다. 때때로 얼굴을 희미하게 찌푸리거나 왼쪽 어깨를 약간 기울이거나 몸을 비트는 버릇이 있다는 걸 그는 알아차렸다.

"정상에서는 아무 일도 없다가 계곡 바닥에 내려와서부터 고소공포증에 걸린다는 건 어떻게 된 일일까요?"

그는 그렇게 질문을 던지고는, 처음 대면한 것이나 다름없는 사이인데 마음 안쪽에 있는 생각을, 더구나 일방적으로 묻고만 있는 관계를 기묘하게 생각했다. 여자는 얼굴을 들고 그의 어깨 너머 먼 곳을 응시하며 생각하고 나서는 부드러운 목소리로 대답했다.

"골짜기 아래는 높이의 느낌이 모이는 곳 아닐까요? 높이의 느낌이 하나하나 바위 안까지 담겨 있어서 들어오는 인간에게 적의를 품는 듯한……"

어쩐지 기분이 나쁜 골짜기 아래에 대한 느낌이 단적으로 표현되자 그는 상대방의 얼굴을 다시 응시했다. 그러자 여자는 얼굴을 붉히고 "잘 모르겠어요"라고 코끝에 걸린 목소리로 말했다. 그리고 몸을 뻗어 의자 등에 기대고는 신기한 곳에 데려다놓은 아이처럼 어둑한 가게 속을 여기저기 둘러보았다. 먼 곳에서 먼 곳으로 시선을 옮길 때마다 그녀의 눈은 일단 그에게 되돌아와서는 관찰하는 그의 눈을 일일이 다시 쳐다보며 먼 곳에서 다가오듯이 멍하니 미소를 지었다. 옆얼굴이 그를 향할 때마다 그는 바위 위에 앉아 있던 여자의 옆얼굴을 떠올리기 시작했다. 그렇지만 완전히 떠올리기도 전에 여자의 얼굴은 벌써 정면으로 그를 향해 친숙하게 웃기 시작한다. 아무런 방비가 없이 웃는 얼굴에 그는 기가 막혔다. 그렇지만 웃는 얼굴과 반대로 그녀가 재잘거리는 말은 어색해서, 침묵 속에서 그때마다 허둥지둥 내던지는 듯한 식이었다. 그 때문에 두사람이 주고받는 말은 조금은 의사와 환자 사이의 대화 같은 느낌을 띠게 되었다.

"고소공포증이란 그렇게 급하게 나타나는 건가요?"

"아니요, 산에 오르기 전부터 조금 있었어요."

"그래도 처음 알게 되었다고 말했잖아요."

"예, 고소공포증이라고는 알아차리지 못한 거죠."

"왜요?"

"그게 이상해요. 높은 곳에 있을 때에는 조금도 느껴지지 않아요. 오히려 기분이 상쾌할 정도예요."

"이것 봐요. 높은 곳에 서면 얼어붙게 되는 게 고소공포증이라고요."

"예, 그래도 평평한 곳에 있을 때 느껴지거든요. 가끔이지만 어떻게 서 있을 수가 있는지 모르겠어서……"

그러고 나서 그녀는 느닷없이 기묘한 말을 재잘거렸다.

"만약 방바닥이 렌즈처럼 볼록해 있다면 방 안에 있는 것이 아주 괴롭겠죠. 그리고 바닥이 조금 기울어 있다면 안정되지 않겠죠. 그런 곳에서 이야기하거나 차를 마시거나 밥을 먹거나 하는 게 싫어서 반듯한 곳으로 나오려고 성큼성큼 걸어가보지만 아무리 가도 바닥이 비스듬히 올라와 있는 거예요. '모두들 어떻게 이런 곳에서 살 수 있는 거지?'라며 외치고 싶지만 모두들 아무렇지도 않아 보여서 난처한 거죠……"

말을 하면서 점점 얼굴에 표정이 없어지고, 말에 열기가 깃들어감에 따라서 반대로 목소리가 단조로워진다. 마치 수면睡眠의 엷은 막 저쪽에서 열심히 지껄이면서 점점 졸음 속으로 빠져들어가는 것 같았다. 눈과 귀, 입술이 다시 정돈되지 않고 하나하나가 분방한 느낌이 들었다. 품에 끌어안아버리고 싶은 듯한, 기묘하게 선정적인 데가 있었다.

"정말 그렇게 느끼는 겁니까?" 그는 걱정되어 물었다.

그러자 여자는 상냥한 표정을 회복하더니 무릎 위를 문지르면서 성숙한 여자 목소리로 대답했다.

"예, 하지만 내가 거짓말을 하고 있는 것 같네요. 정말이냐고 물으면 정말이 아니라고 말씀드려야 올바르다고 생각해요. 그저 그런 식으로 말해보고 싶어질 뿐이에요. 나는 내 병에 대해 남에게 말할 때는 언제고 거짓말을 하게 되거든요."

아무것도 모르는, 알 필요도 없는 그를 위로하는 듯한 말투를 그는 느꼈다. 그러고는 해야 할 말을 찾지 못해 마침내 데퉁스러운 말을 뱉어내고 말았다.

"고소공포증 정도가 아니네요, 그건."

"그래요, 맞아요. 고소공포증이 아니죠."

여자는 선선히 부정하고 미소를 지었다.

가게를 나와 지하도로 돌아오니, 여자가 그와 같은 나이라는 걸 벌써 알고 있는데도 그의 눈에는 그런 모습이 다시 소녀처럼 보였다. 이번에는 여자가 그보다 두세걸음 앞을, 언뜻 보기에도 탄력있는 다리로 걷고 있었다. 콘크리트 바닥을 두들기듯이 걷는 가는 구두부터 탄력이 온몸에 충만하여, 마른 몸이 점차 쾌활해 보였다. 그런데 갈림길이나 지하철의 혼잡한 거리에 접어들 때마다 여자의 걸음걸이는 불안해진다. 발소리가 멈추고, 여자는 멍한 눈으로 주변을 둘러보기 시작한다. 무언가를 확인하려고 하는 분위기였다. 조금 전 가게 안에서 조금 기세가 눌린 데에 대한 앙갚음으로 그는 아무 말도 하지 않고 여자 옆을 지나쳐 변함없는 발걸음으로 앞으로 나아갔다. 한참 지나 그가 걱정하기 시작할 무렵, 뒤에서 다시 맑은 발소리가 종종걸음으로 다가와 그를 추월하여 두세걸음 앞에서 더 기쁜 듯 기세 좋게 걸었다.

그러기를 반복하면서 역 개찰구를 들어가 한참 걸어갔을 때 요오꼬는 갑자기 멈추어 뒤돌아보았다. 그리고 그 부드러운 온기가 그의 가슴에 다시 쓱 다가와 가늘고 새된 목소리로 말했다.

"다음주 오늘 그 시간에 그 가게에서 기다려도 될까요?"

그는 지금까지 마치 헤어지면 자연히 다시 만날 수 있을 것처럼 앞으로의 일을 조금도 생각하지 않았던 자신의 우둔함에 놀랐다.

다음주가 되자 요오꼬가 말한 '그 시간'을 그는 잘 알 수 없게 되었다. 아마 그 가게에 도착한 시각을 말했겠지만 그날 대체 몇시쯤 그녀를 만났는지, 그날 자신은 대체 몇시쯤 집을 나와 얼마 동안 혼자서 거리를 걸어다녔으며 몇시쯤 그 플랫폼에 서 있었는지가 확실하지 않았다. 그는 실로 오랜만에 자신의 하루 행동을 시간과 대조해보았다. 그랬더니 요오꼬가 말한 '그 시간'은 3시 반에서 4시 반, 대략 한시간 남짓 폭이 생겨버렸다.

이리저리 여러모로 생각한 결과, 4시라 짐작하고 그는 4시 조금 전에 가게에 왔다. 요오꼬는 이전과 같은 구석 자리에서 의자에 살짝 걸터앉아 몸을 어색하게 앞으로 구부리고 앉아 있었다. 무릎 위 핸드백을 양손으로 움켜쥐고 있는 요오꼬는 난방이 드는 가게 안에서 아직 코트를 입은 채였다. 곧 돌아가지 않으면 안되는 이유를 설명하러 온 듯이 보였다. 그런 생각으로 그는 다가갔다. 요오꼬는 상당히 먼 곳에서부터 발소리를 알아채고 머리를 들어 한참 동안 그의 얼굴을 무표정하게 응시하더니 이윽고 눈을 빛냈다. 그리고 그가 건너편에 앉자 마치 지금 그와 함께 막 도착한 듯 코트를 벗고 의자 속 깊이 허리를 박고는 이마를 이쪽으로 향했다.

그다음 주에도 요오꼬는 이전과 조금도 다르지 않은 모습으로 그를 기다리고 있었다. 혼자서 도회에 나온 시골뜨기 여자아이가 마중하는 사람이 오지 않아 역 플랫폼에 있는 벤치에서 왜소하게 앉아 있는 것 같다고 그는 생각했다.

의자에 걸터앉은 채로 몸을 천천히 비틀며 코트를 벗고 있는 요오꼬를 응시하면서 그는 물었다.

"어째서 코트를 입은 채로 있어요?"

"왠지 모르게 안정되지 않아서요."

요오꼬는 코트에서 어깨를 빼고 조금 괴로운 듯한 얼굴로 말했다. 그러고 나서 그가 자신의 대답에 불만스러운 얼굴을 하고 있는 것을 보고 덧붙였다.

"게다가 나는 추위를 타는 편이에요. 바람이 차가운 날에 집에 돌아오면 현관에서 곧바로 응접실에 들어가 코트를 입은 채로 가스난로 앞에 한참 앉아 있어요."

그는 요오꼬의 집에 대해 생각해보았다. 요오꼬는 칠년 전에 부모를 연이어 잃었다. 현재 그녀는 부모가 남긴 집에서 언니 부부와 함께 살고 있다고 했다. 그러나 그는 요오꼬의 집에 대해 알고 싶지는 않았다. 두사람은 서로의 집 이야기는 처음부터 암묵적으로 피하고 있었다.

그다음부터 요오꼬는 코트를 벗고 기다리게 되었다. 그러나 의자에 깊지 않게, 거의 가장자리 가까운 곳에 엉덩이를 걸친 채 가는 몸을 굳게 웅크린 자세는 판에 박은 듯이 같았다. 서로 침묵을 조금도 괴로워하지 않는다는 사실을 알자 두사람 모두 별로 말을 하지 않게 되었고, 침묵 속에서 서로 뜸하게 조각조각 말을 하며 시간을 보냈다. 드물게 두사람은 쓸데없는 화제를 둘러싸고 신이 나서 대화하는 경우도 있었지만 그럴 때라도 요오꼬의 목소리는 가늘고 약간 새되며, 새된 채로 사라질 듯했다. 요오꼬는 이야기에 열중하고 있는 도중이라도 갑자기 말끝을 삼키고 그대로 태연하게 입을 다물어버리는 버릇이 있었다. 그렇지만 두사람은 병상에서 갓 일어난 사이처럼 애매한 마음의 움직임을 서로 허용했다.

'병'에 대해 언급하면 요오꼬의 말은 특히 애매해진다. 산속에서 그를 만난 덕분에 건강해졌다고 그녀는 되풀이해 말했다. 그러면서도 '병'이 가장 심했던 건 산에서 돌아와 일개월 정도 사이였다고 했다. 그가 그 모순을 지적하면 '당신을 플랫폼에서 만나고 나서 건강해졌다'라고 말을 바꾸거나 '산에서 돌아와서 항상 당신의 얼굴을 생각하고 있었다'라든가 말도 안되는 이야기를 하며, 또다시 그 덕분에 자신이 얼마나 건강해졌는지를 눈물이 글썽글썽한 채 말하기 시작한다. 그는 그 이야기에 대해 반론했다.

"몇번이나 말했듯이 나는 너를 기슭까지 데리고 내려왔을 뿐이야. 내가 그곳을 지나가지 않았더라도 조금 더 시간이 지났으면 넌 혼자서 내려왔을 거야."

"그건 불가능했어. 설령 혼자서 내려올 수 있었다고 해도 이미 글렀어."

"무사히 내려오면 그걸로 된 거 아니야?"

"네 덕분에 건강해졌어."

"나는 네 병을 고쳐준 기억이 없어."

"그래도 나았어. 그때부터 모든 것이 아주 평온하게 보이게 되었어. 눈에도 매우 낯익어져서 아주 깔끔해. 너무 깔끔해서 아까울 정도야."

'그때부터'라는 그 시점을 그는 도저히 알 수 없었다. 그러나 고개를 갸웃하면서도 역시 마음은 동요되었다.

그런데 어느날 요오꼬를 만나러 지하도에 와서, 평소와 같이 지하도에서 가게로 이어지는 좁은 계단을 오르려고 하자, 도중의 층계참을 향해 연 가게 입구 앞에서 요오꼬가 핸드백을 가슴에 안고 허둥지둥하고 있었다. 얼굴에 다시 안개와 같은 것이 끼어 있었고 그 상태로 가녀린 몸은 매우 안절부절못하고 있었다. 계단 아래에 멈춰서서 보고 있었더니 요오꼬는 한동안 층계참을 헤매며 돌아다닌 후, 짙은 갈색 유리문에 이마를 밀어붙이듯 가게 안을 엿보았다. 그 모습을 안쪽의 도어걸이 발견하고 문을 확 열며 언제까지고 들어오려 하지 않는 요오꼬의 옆얼굴을 험악한 눈으로 바라보았다. 그러나 요오꼬는 그런 것에 조금도 마음을 쓰지 않고 허리를 조금 구부려 어둑한 가게 안을 열린 문틈으로 요모조모 들여다보았다. 도어걸이 화를 내며 문손잡이를 놓는 바람에 문은 요오꼬의 코앞에서 힘있게 닫혔다. 그러자 요오꼬는 몸을 일으켜 핸드백을 가슴 앞에 다시 안고 층계참을 한동안 헤맸다. 그러고 나서 벽에 기대어 발밑에 시선을 떨어뜨린 채 움직이지 않았다.

그가 앞에 서자 요오꼬는 시선을 위로 향했고 희색이 만면해졌다. 그리고 그의 팔을 잡고 가게 안이 이상하다고 말하고 싶은 듯 문 쪽으로 계속 눈길을 보내며 그를 재촉했다. 불량배 같은 남자들이라도 떼 지어 모여 있을 거라 예상하며 그는 요오꼬를 뒤쪽에서 보호하듯 가게 안으로 들어갔다. 둘러보자 가게 안은 별로 이상한 모습도 없었고 언제나 두사람이 앉는 구석 자리에 중년 남녀가 앉아 이야기에 빠져 있다. "뭐가 있다고……"라며 그는 요오꼬 쪽을 뒤돌아보았다. 요오꼬는 그의 뒤에 몸을 숨기려 하지도 않고 중년 남녀가 앉아 있는 쪽을 무례하게 빤히 응시했다.

"누가 자리를 차지하고 있어." 요오꼬는 슬픈 목소리로 말했다.

"여기 말고도 자리는 얼마든지 있잖아."

"평소 자리가 아니면 엇갈릴 거라 생각해서."

"바보같이. 어딘가 앉아 있으면 당연히 찾지."

"그건 그렇지만 그래도 자리가 많이 비어 있으니 어디에 앉아야 좋을지 몰라서……"

그는 기가 막혀 빈자리가 여기저기 흩어진 넓은 가게를 둘러보았다. 그리고 그 이상은 아무것도 묻지 않고 빈자리를 골라 요오꼬를 앉혔다. 기묘한 편집증의 한토막을 보여버린 것을 부끄럽게 생각해서인지 요오꼬는 그날 거의 아무 말 하지 않았다. 그도 어찌할 바를 몰라 요오꼬를 앞에 두고 골짜기에서 있었던 일을 혼자 회상하고 있었다.

두시간 정도 지나 가게를 나오자 그는 갑자기 같은 일이 반복되는 게 고통스러워서 여느 때처럼 지하도로 내려가지 않고 계단을 올라가 밤의 대로변으로 나왔다. 요오꼬는 계단 부근에서 조금 망설이다 어느 때보다 몸을 바싹 대고 따라왔다. 그는 큰 거리에서 골목길로 들어가 일부러 통행이 많은 곳만을 찾아서는 무턱대고 모퉁이를 돌아 걸어다녔다. 떠들썩한 분위기 속에서 부드러운 온기가 그의 오른쪽 팔에 바싹 달라붙어 발소리를 내지 않고 따라온다. 어디까지고 따라온다. 그것이 기묘하게 여겨져 그는 멈춰섰다. 요오꼬도 자연히 발을 멈추고 그의 얼굴을 쳐다보았다. 마침 왼쪽에 주변 가게에 비해 어딘지 모르게 차분한 느낌의 가게가 있었다.

"이다음은 이 가게에서 만나자." 그는 가게 문을 가리켰다.

"곤란해……" 요오꼬는 이마에 손을 대고 중얼거렸다.

"어째서지? 그럼 저녁때 말고 오후 2시에 만나자. 반드시 먼저 와서 기다리고 있을게." 그는 양보할 태세를 보이지 않았다.

요오꼬는 원망하는 눈길로 그의 얼굴을 보았다. 그리고 얼굴을 천천히 돌려 주위를 바라보며 눈썹을 몹시도 찌푸리더니 근처 가게와 간판을 하나하나 응시하고 길을 따라 좌우로 눈길을 주며 길 모퉁이를 하나 둘 하고 가는 목소리로 세었다. 그리고 "저쪽이 큰 거리지?"라고 묻고 고개를 갸웃하며 "저기서 왼쪽으로 가면 역이지?"라고 확인한 다음 "응, 좋아"라고 긴장한 표정으로 그를 향해 고개를 끄덕였다.

그날 그는 약속시간보다 일찍 와서 요오꼬를 기다렸다. 입구 가까운 자리에 앉아 안쪽에서 옅은 갈색의 투명유리를 통해 보도를 바라보고 있노라니 요오꼬가 약속시간에 거의 늦지 않고 큰길 쪽에서 다가왔다. 요오꼬는 유리 한장을 사이에 두고 그의 바로 눈앞에 멈춰서서 가게 간판, 그다음에 문을 바라보았다. 입술이 잘게 움직이며 가게 이름을 입속에서 반복하여 중얼거리는 모습이었다. 이윽고 요오꼬는 마치 다른 가게 현관으로 다가서는 여자의 굳은 표정처럼 되어 코트 깃 언저리를 왼손으로 가볍게 누르고 문 쪽으로 다가섰다. 그런데 네모난 색유리 안에 똑바로 서더니 그녀는 숨을 삼키듯 눈앞에 흰 페인트로 크게 쓰인 카따까나 세 글자를 응시하고는 점차 엷은 막이 낀 듯한 표정이 되었다. 그리고 몸을 가볍게 뒤로 젖혀 가게 전체를 둘러본 다음 고개를 갸웃하며 애매한 발걸음으로 물러났다. 그는 뒤를 쫓으려고 했지만 보이가 접시를 한쪽 손으로 들고 와서 그 앞에 막듯이 서버렸기 때문에 일단 일으켰던 몸을 다시 내리고 지켜보기로 했다.

얼마 지나지 않아 요오꼬는 건너편 보도로 갔다가 천천히 되돌아왔다. 진지한 얼굴이 이쪽 가게의 간판을 하나하나 확인하고는 끄덕이고 있었다. 그리고 가게의 바로 맞은편에서 그녀의 다리는 아주 망설이는 듯하다가 당장에라도 보도를 내려와 이쪽으로 올 것 같은 분위기가 되었다가는 다시 지나치는 것이었다.

붐비는 사람들 틈에 뒷모습이 뒤섞여버리기 전에 불러야 한다고 그는 생각했다. 그러나 보이지 않는 곳에서 일방적으로 응시한다는 그 기묘한 전율에 그는 의자에서 꼼짝 못했다. 저 발걸음은 마냥 멀리 사라져버릴 발걸음이 아니다. 어차피 본 기억이 있는 이 가게의 인상에 이끌려 다시 오겠지 하고 그는 계속해서 지켜보았다.

한참 지나자 생각한 대로 요오꼬는 처음의 그 길을 목적이 있는 듯 빠른 걸음으로 다가와 초췌한 느낌의 옆얼굴을 보이며 눈 깜짝할 사이에 그의 앞을 지나갔다. 이번에는 유리 안쪽에 있는 그의 존재와는 전혀 관련이 없어 보이는 한결같은 발걸음이었다. 무엇을 발견한 것일까 망연히 바라보고 있는 동안 사람들의 흐름에 뒷모습이 뒤섞여버리고 그 순간 그는 요오꼬와 있었던 일들이 모두 꿈처럼 생각되었다.

시간이 상당히 지나고 나서 요오꼬의 뒷모습이 사라진 언저리에 아직 눈길을 주고 있는 그를 향해, 요오꼬가 눈을 살짝 감은 하얀 얼굴을 사람들의 북적임 속에서 가만히 내밀고, 한걸음 한걸음을 현수교를 힘주어 밟는 듯한 발걸음으로 다가왔다. 가게 앞까지 오자 그녀는 요전날 밤, 그와 함께 멈춰섰던 것과 같은 곳에 정확히 똑같은 모습으로 멈춰서서 눈을 가늘게 뜬 채로 주변을 천천히 둘러보았다. 그는 제정신이 들어 의자에서 몸을 일으켰다. 그러자 요오꼬는 갑자기 눈을 크게 뜨고 골목길의 기색을 엿보는 고양이와 같은 눈빛이 되는가 싶더니 잽싸게 가게 문을 밀고 들어왔다. 그리고 곧바로 그의 눈을 사로잡고는 아주 정다운 웃음을 띠며 어깨로 숨을 몰아쉬었다.

"비슷한 가게들뿐이라 구별할 수 없어서⋯⋯"

그렇게 말하고 요오꼬는 그의 맞은편 의자에 다리를 옆으로 비스듬히 구부려 편히 앉았다.

"요전날 거기 서서 건너편 쪽 가게만 보고 있었잖아. 그랬더니 이쪽 가게는 전혀 본 기억이 없어서."

"거짓말하지 마." 그는 요오꼬의 말을 반쯤 이해하면서도 그런 이해를 뿌리치는 기분으로 말했다.

"안에서 보고 있었어. 처음에 이 가게 앞에 딱 멈춰섰지. 바로 가까이에서 가게 문을 응시하고 있지 않았어?"

요오꼬의 눈이 험상궂게 변했다. 눈에 험악함을 남긴 채 그녀는 곤혹스러운 웃음을 띠었다. 그는 한번 더 몰아붙여보았다.

"카따까나로 단지 세 글자인 이름이야. 이것 봐, 갈색 유리에 흰 페인트로 크게 쓰여 있지. 저 이름을 요전에 네 귓전에 대고 확실히 말했다고."

요오꼬는 아직 웃고 있었다. 대답을 찾을 수 없어 어찌할 바를 모르는 모습이 아니라 너무 확실한 만큼 확실한 대답을 입 밖에 낼지 말지 상대방을 확인하는 얼굴이었다. 그러고 나서 요오꼬는 조금 갈라진 목소리로 말했다.

"가까이에서 바라보았기 때문에 알 수 없었어. 글자가 보통의 글자가 되어버려서 세 글자를 한데 모아 이름을 이해하는 건 쉬운 일이 아니었다고. 게다가 가까스로 이해했더니 음감이 같지 않았어. 나는 집에서 나와 오는 도중에 반복해서 그 이름을 입속에서 외우고 왔다고. 네가 요전에 말한 이름을."

"같은 말의 음감이 그렇게 다르다니 말이 되나?"

"전혀 다른 음감이었다고."

"그러니까 어떻게 다른데?"

"처음 들어본 느낌이야. 가게 전체가 다른 식으로 보여서 본 기억이 없는 듯한 느낌이 들어, 아무래도 문을 밀고 안으로 들어올 수 없었어."

요오꼬는 한숨을 쉬고 시선을 떨구어버렸다. 무릎 위에 손을 얹고 어깨를 늘어뜨려 매우 안쓰러운 모습이지만 비스듬히 외면한 듯이 떨군 얼굴에는 자기 생리 안에 틀어박혀 끄떡도 않는 모습이 있다. 허리가 갑자기 두툼해지고, 고집스러운 무표정 속에서 막 잠에서 깬 뻔뻔스러운 얼굴이 들여다보였다.

"알 것 같아, 그건" 하고 그는 말해버렸다. 어쨌든 침묵을 깨고 다른 방향에서 공격해볼 작정이었다. 그런데 '알 것 같아'라고 수긍한 순간, 그는 요오꼬의 감각 속으로 거의 끌려들어가버렸고, 평소 입 밖에 낸 적 없는 듯한 말로 아주 진지하게 요오꼬에게 따졌다.

"그러나 가령 음감이 전혀 다르다고 하더라도 말이야, 같은 말이라는 건 알고 있었잖아. 그렇다면 그 이름을 가진 가게 안에서 내가 기다리고 있다는 것 정도는 머리로 생각해서 알 법한 거 아니야? 그걸 알고 있다면 실감이 나지 않더라도 문을 밀어 열고 들어와야 하는 거야. 매일매일 전화라는 걸 걸잖아. 학교에서 강의실 번호를 확인하고 안으로 들어가잖아. 마찬가지 일들을 너는 아무렇지도 않게 잘 처리하며 살고 있어."

그러자 요오꼬는 얼굴을 들고 그의 눈을 서서히 다시 바라보았다.

"그렇지만 너, 만일 네가 어딘가 본 기억도 들은 기억도 없는 가게 앞에 서서 안에서 내가 기다리고 있을 거라고 머리로만 판단해서 그것만으로 안에 들어올 수 있어? 큰 건물이 있는데 길고 어두운 복도를 걷고 있다고 치자고. 양쪽에 비슷한 문들이 죽 늘어서 있어. 그 어딘가의 안으로, 내가 안에서 기다리고 있을 거라고 머리로만 생각해서 너는 들어갈 수 있냐고?"

뭔가 끈덕진 감촉의 목소리였다.

"조금이라고 여기다 싶으면 눈 감고 뛰어들어오면 되는 거야. 틀린 문이라면 그런 느낌이 들 리 없어."

그의 목소리가 도리어 유치해지고 야위어간다. 역시 끈적끈적 습기를 띤 목소리로 요오꼬는 그의 말을 밀어제쳤다.

"여기라는 느낌이 희미하게 남아 있었기 때문에 오히려 안에 들어갈 수 없었어. 여기라고 느끼고 문을 열었는데 만약 전혀 다른 가게라면 어떻게 해? 나중에 그 근처 모든 가게의 문을 열며 돌아다니는 것 말고는 다른 방법이 없잖아."

그렇게 말하고 나서 요오꼬는 양 손바닥으로 볼을 감싸고 이마에 빽빽한 세로 주름을 만들고는 아무 말도 하지 않았다. 그를 찾아 이 가게에서 저 가게로 헤매 돌아다니는 여자의 모습을 마음속에 그려보며 그는 터무니없이 무거운 짐을 짊어진 듯한 기분이 들어 다시 계곡 아래에서 만난 일을 회상했다.

"중증의 방향치야, 너는" 하고 어찌할 바 모르는 입에서 아주 무의미한 말이 새어나왔다.

그러자 요오꼬의 얼굴이 빛났다.

"그래, 방향치 맞아." 요오꼬는 가늘고 새된 목소리로 말하고 예사 소녀처럼 보이는 가는 몸을 좌우로 비꼬았다.

그 변하는 모습에 그는 기가 막혔다.

"그렇다기보다 선택치겠지." 그는 또다시 무의미하게 말했다.

"그래, 선택……치." 요오꼬는 기꺼운 듯 응수했다.

요전의 고소공포증 때와 반대가 된 것을 알아차리고 그는 망연자실했다. 그러나 보기 흉하게도 여자를 어중간한 방식으로 추궁하는 추태를 참을 수 없어서 그는 요오꼬의 쾌활함에 편승해갔다.

"조금 다시 훈련시켜줄까?"

"그래, 다시 훈련시켜줘. 부탁이야. 이대로라면 곤란해."

다시 다른 가게를 지정해볼까 그는 생각하기 시작했지만 다시 똑같은 일이, 다시 판에 박은 듯 반복될 것을 예감하고 참담한 기분이 되었다.

"안쪽과 바깥쪽이라는 건 어쩐지 기분이 나빠 안되겠어."

"현수교 때처럼 도와주었으면 해."

그 말에 그는 쓸데없이 마음이 움직였다.

3

그 이래로 그는 요오꼬의 병에 두려움을 품게 되었다. 그러자 이에 감응한 듯이 요오꼬의 병은 다시 원래 소녀의 완고함 속에 틀어박혀버렸고, 성숙한 여자로서 있는 그대로의 모습은 한참 동안 드러나지 않았다.

그 시기의 일을 상기하면 초봄 햇살 속에서 무기력하게 엎드려 누워 있는 그의 주위를 요오꼬가 끊임없이 딱딱한 발소리를 내며 혼자 여기저기 뛰어다니고 있었던 것 같은 느낌이 든다.

두사람은 어둑한 찻집에서 만나는 걸 그만두고 밝은 햇빛 아래에서 공원 순례를 하게 되었다. 공원 순례로 요오꼬가 단련될 것이라고 그도 믿었던 것은 물론 아니었다. 그래도 탈것을 몇번인가 갈아타고 어느 장소까지 갔다가 다시 틀리지 않고 되돌아오는 일은,

찻집에서 서로 마주 보며 지내는 것보다는 훨씬 힘든 일이라는 느낌이 들어 그것만으로도 요오꼬에게 좋은 영향을 미칠 것 같은 생각이 들었다. 3월 들어 요오꼬가 다니는 여자대학도 드디어 봄방학에 들어갔기 때문에 두사람은 사흘에 한번씩 만났다.

요오꼬가 오전 중에는 신경상태가 계속 좋다고 말했기 때문에 이른 시각에 만나게 되었다. 만나는 장소는 넓고 조망이 좋은 곳을 골라 반드시 그가 먼저 와서 기다리기로 했다. 두세번 반복하자 시각과 장소는 저절로 정해졌다. 통근시간 한바탕 교통체증이 지난 9시 반에서 10시 사이 어느 역 앞 광장, 언제든 사람들의 움직임이 다소 적은 한구석에서 그는 벤치에 앉아 신문을 읽고 있다. 대강 다 읽을 무렵이 되면 마침 개찰구에 모습을 드러낸 요오꼬가 벤치 방향도 확인하지 않고 사람들 사이를 곧장 가로질러 그쪽으로 걸어온다.

요오꼬가 옆에 털썩 앉으면 "그럼 오늘은 어디로 해?"라고 그가 묻는다. 요오꼬는 암송을 시킨 초등학생처럼 공원 이름을 잇달아 열거한다. 그러면서 어디라고 정해오지는 않는다. 그는 어디인지 바로 정하라고 재촉한다. 그러면 요오꼬는 둔탁한 목소리로 변해 저기도 아니고 여기도 아니라고 말하고, 그대로 가만히 내버려두면 조금씩 어찌할 바를 모르는 표정이 된다. 어쩔 수 없이 그는 어디라도 상관없으니 하나를 추려내본다. "거기가 좋겠어. 왜 생각을 못했을까?"라고 요오꼬는 답답한 듯이 몸을 비비 꼰다.

그러고 나서 '준비운동'이 시작된다. 도시에서 자란 그는 장소를 말하면 어떻게 갈지 곧바로 짐작이 갔지만 일부러 요오꼬가 그곳으로 가기까지의 길을 말하게 한다. 요오꼬도 도시에서 자란 만큼 대개는 길을 알고 있었다. 다만 그것을 열거하는 방식이 이상하리만큼 면밀했다. 예를 들면 "지하도를 지나 2번선"이라고 말한 뒤 "아니면 1번선이었나?"라고 골똘히 생각에 잠겼다가 "아냐, 2번선, 그래, 틀림없어"라고 의연하게 단정을 내린다. 1번선이든 2번선이든 같은 플랫폼이며, 게다가 그녀도 자주 다녀 익숙한 역이기 때문에 눈을 감고 가더라도 플랫폼의 좌우를 잘못 알 염려 따위는 없는데도, 그녀는 아무래도 좋을 플랫폼 번호를 신경 쓰는 것이다. 그리고 전차를 타고 어디까지라는 것만 말하면 충분한데 그녀는 도중에 있는 역을 헤아리기 시작한다. 환승역이라도 되면 "계단을 내려가 개찰구를 나와 오른쪽, 오른쪽으로 50미터 정도 가서 계단을 올라가 다시 오른쪽……"이라고 출구 하나라도 틀리면 전부 뒤엉켜버릴 길 순서를 주의 깊게 더듬어간다. 그러나 그가 경탄하는 것은 그다음부터였다. 설명이 국철에서 교외선에 이르러 만약 그녀가 전에 간 적이 있는 장소면 요오꼬는 열개 이상 있는 도중의 역이라도 하나하나 헤아리기 시작해 끝까지 열거한다. 와글와글 꿈지럭거리는 군중 머리 위 어딘가 한 점에 시선을 응시하고, 작은 얼굴이 무표정해질 때까지 긴장한 채 앞으로 내민 양손 손가락을 하나씩 천천히 접으면서 계속 세기 시작한다. 그는 참견할 수도 없어 지켜보기만 한다.

그 일이 끝나고 "그러면 데려가줄 수 있어?"라며 그가 자리에서 일어나면 요오꼬는 스스로 뛰어나가 무턱대고 사람들에게 부딪쳐 비틀거리면서 개찰구의 인파 속으로 뛰어들어간다. 언제든 너무나

상세한 설명을 막 들은 참이어서 그는 걱정스러운 기분에 눈으로 좇았다. 그러나 멀어져가는 뒷모습에는 '나에게 맡겨둬'라고 그의 염려를 떨쳐버리기라도 하듯 오기가 있어서 때로는 우연히 길을 막고 있는 큰 몸짓의 남자를 팔꿈치로 가볍게 밀어제치기도 했다. 달려가는 여자를 눈으로만 좇으며 우두커니 서 있는 것도 무안하여 그는 요오꼬의 모습이 사라진 주변에 붐비는 사람들을 넌지시 주시하면서 그곳을 중심으로 완만한 포물선을 그리며 개찰구 쪽으로 발을 옮긴다. 이윽고 요오꼬는 상기된 얼굴로 구입한 표를 우쭐한 듯이 오른손으로 쳐들고 인파 속에서 뛰어나온다. 그리고 벤치를 향해 대여섯걸음을 뛰다가 멈춰서서 가볍게 당황하며 두리번두리번 그를 찾는다. 언제든 마찬가지였다.

목적지에 도착하기까지 요오꼬의 가는 몸은 계속 긴장했다. 그러나 일단 공원에 들어가 바깥 소음이 담과 나무숲에 차단되어 멀어지고 조용한 기운을 둥글게 에워싸 부드러운 웅성거림으로 변하면 요오꼬는 순식간에 풀려 쾌활해졌다. 한발자국마다 뛰어오를 듯한 발걸음으로 그녀는 걸었다. 그럴 때라도 그녀의 몸 움직임은 매끄러운 흐름이 부족하고 이른바 꺾은선으로만 이루어져 있어서 획 방향을 바꿀 때마다 그 꺾인 면에 상쾌한 정기가 넘쳤다. 그리고 멈춰서면 움직임의 여운처럼 여자다움이 날씬한 몸에 쓱 스며든다. 그러나 아주 잠시라도 쓸데없이 멈춰서 있으면 그 몸은 실이 느슨해진 꼭두각시 인형처럼 갑자기 어색해지려고 한다. 그것을 의식하고 나서 요오꼬는 끊임없이 이리저리 돌아다녔다. 맑고 딱딱한 발소리를 울리며 그의 앞으로 성큼성큼 걸어가 갑자기 획 되돌아와서는 아무 말 없이 그와 마주 지나가고 한참 지나면 다시 뒤에서 쫓아온다. 그 움직임 속에서 두사람은 가까스로 홀가분하게 말을 던지고 받을 수 있었다. 요오꼬의 신경에 거스를 듯한 말도 그는 태연하게 했다. 요오꼬도 경쾌하게 되받아쳤다.

"학교를 오갈 때에도 항상 역의 수를 헤아려?"

"그럼. 네가 옆에서 방해하지 않으니까."

"매일 숫자가 딱 맞아 기쁘지?"

"응, 아주 행복해."

"그건 그럴 거야. 매일 뭔가를 맞춰보려 하고 항상 딱 들어맞게 확인하는 사람은 거의 없으니까. 내가 진지하게 헤아리기 시작하면 숫자가 매일 반드시 꼭 맞지는 않을 것 같아."

"그렇다면 나한테 와."

지껄이고 있는 동안에도 요오꼬는 그의 옆에서, 그의 주변에서 쉴 새 없이 몸을 움직이고 있었다. 이런 묘한 대화도 있었다.

"네 방은 어디에 있어?"

"이층에 자리 잡고 있지."

"계단은 제대로 올라갈 수 있어?"

"열번에 한번은 기어서 올라가."

"계단을 세면서?"

"발로 세어도 손으로 세어도 열네계단. 때때로 열세계단이 되기도 해. 몇번이나 세어도 열세계단, 그래서 계단 위의 어둠속에서 한숨을 쉰 다음 한번 더 헤아리면 열네계단으로 돌아와 있지. 한숨 쉬고 있을 동안 나는 어둠속에서 담배를 피워."

때때로 그는 자기 둘 사이에도 남녀의 긴장감이 흐르고 있다는 것을 잊고 조금은 노골적인 말을 무심코 내뱉은 적이 있었다.

"그런 방향치라면 좋아하는 사람에게 입을 맞출 때 입술이 있는 곳도 모를 거 아냐?"

"내 입술이 있는 곳? 아니면 상대방 입술……?"

"시험 삼아 거기서 고개를 뻗어 내 입술에 입 맞춰봐."

"날고 있는 나비에게 입맞춤해."

"머지않아 붙잡아줄게."

"나는 돌이 되어줄게."

천진난만한 대화였지만 눈 속에는 혐오감이 감돌고 있었다.

공원 안을 한번 돌고 벤치에 나란히 앉자 갑자기 피곤이 엄습해왔다. 요오꼬와 만나기 시작해서 지금까지 혼자서 틀어박혀 지내던 시기의 습성이 계속되어 매일 밤 그는 잠자리에서 딱히 무엇을 생각하는 것도 아닌데 창이 밝아올 무렵까지 잠들 수가 없었다. 우유장수의 소리를 듣고 불면에 멍들어 황폐해진 몸에 겨우 졸음이 올 때, 이제 몇시간인가 지나면 다시 일어나 요오꼬를 만나러 외출한다는 것은 그에게 있어서 생각할 수도 없는 불가능에 가까웠다. 그러다 마침내 졸음에 빠져들려고 하면 늘 가던 광장에서 그의 모습을 찾지 못해 방황하는 요오꼬의 모습이, 창백하고 끔찍한 옆얼굴이 눈앞에 떠올라 그를 괴롭혔다. 푹 잠들려고 하는 인간의 방자함으로 인해 그는 요오꼬의 존재를 무거운 짐으로 느꼈다. 요오꼬를 만나러 가는 날은 언제나 세시간 정도밖에 자지 못한다.

피곤한 탓에 이야기도 조금 침울해진다.

"너는 언제나 이런 식이야? 가고 싶은 곳에도 혼자서 못 가?"

"학교에는 잘 다니고 있어."

"익숙한 길이니까. 그건 별도로 하고 그 길에서 벗어날 때는 어때? 이를테면 학교에서 돌아오는 길에 잠시 백화점에 들러볼 생각을 할 때도 있을 거 아냐?"

"최근에는 너를 만나는 것 외에는 아무 데도 나가지 않으니까, 잘 모르겠어."

"만일 학교친구와 찻집에서 만난다고 하면?"

"아마 괜찮을 거라고 생각해."

"그렇다면, 왜⋯⋯"

"왜라니⋯⋯? 네가 기다리고 있다고 생각하면 처음 너를 만났을 때처럼, 주변 느낌이 서먹서먹해져. 그런 먼 곳에서 만나는 게 아주 잘되지 않을 것 같아서 집을 나올 때부터 벌써 이상해져."

"그럼 왜 오는 거야? 왜 온다고 약속하는 거야?"

"현수교가 있는 곳에서 네가 말했지? 이런 곳을 혼자서 건널 수 없으면 이제 길거리도 만족스럽게 걷지 못할 거라고."

"그건 그때만 한 말이야."

그는 요오꼬의 말을 무기력하게 물리쳤다. 요오꼬와의 관계가 갑자기 위험하게 느껴졌다. 요오꼬가 말하는 대로라면, 그녀를 지금 병에 붙잡아두는 것은 다름 아닌 그 자신이 아닐까 생각했다. 저 골짜기 아래에서 요오꼬는 병이 최악의 상태일 때 웅크리고 앉아 있었다. 흡사 야수가 좁은 곳에 움츠리고 병이 자연히 지나가기를 기다리는 것처럼. 그곳으로 그가 와서 아무 말 없이 지나갔으면 좋았을 텐데 멈춰서서 그녀를 응시한 것이다. 두사람은 서로 바라보았다. 어쩌면 그때 요오꼬 속에서 저절로 흘러지나갈 법했던 병이, 타인의 응시로 인해 작은 돌멩이처럼 응고되어버렸는지도 모른다. 그는 요오꼬의 병을 응시하고 시선으로 끌어당겼으며, 끌어당겨 그녀를 산기슭까지 데리고 왔다. 게다가 현수교 기슭에서 다시 한번 웅크리고 앉은 요오꼬를 일어나게 하고 그의 눈을 바라보게 만들어 다리를 건너게 했다. 그렇기 때문에 지금 그를 앞에 두고 그의 시선을 느끼면, 그녀 속에서 병의 핵이 부풀어나오는 것이다. 그러나 두번째에 계단을 달려내려온 것은 요오꼬 쪽이 아니던가……

우연히 요오꼬의 추하고 괴이한 병의 목격자가 되어버린 자기 자신의 존재를 스스로 무거운 짐이라 느끼고 그는 입을 다물어버린다. 옆에서 요오꼬는 작은 몸을 딱딱한 벤치 위에 살짝 걸치고 온몸에 가득 찬 정기를 주체 못하여 혼자서 끊임없이 몸의 어딘가를 미세하게 움직이고 있다. 그러는 동안에 그는 우울한 나머지 꾸벅꾸벅 졸기 시작한다. 요오꼬는 벤치에서 일어나 시원시원하고 또렷한 발소리를 내며 한참 동안 그의 주위를 뛰어다니고 있나 싶더니 갑자기 모습이 사라졌다. 잠시 지나자 요오꼬가 화단 건너편에서 희희낙락 달려와서 그의 앞에 획 하고 발을 맞추어 멈춰서서는 "혼자서 한바퀴 돌고 왔어"라고 자랑스러운 듯 말한다.

어느날, 넓은 연못 부근의 벤치에 앉아 여느 때처럼 졸고 있는데, 건너편 물가를 따라 봄 햇빛 속을 연둣빛 블라우스가 선명한 윤곽을 유지하고 천천히 움직여가는 게 눈에 들어왔다. 눈으로 좇고 있자니 이윽고 바로 맞은편 물가에 정오의 밝은 햇살을 등지고 사람 모습이 가늘게 서서 지나가다가 문득 발을 멈추고 뭔가를 바라보는 여자의 모습이 되어 이쪽을 향해 언제까지고 움직이지 않는 것이었다. 옆에는 요오꼬가 벗어 남긴 코트가 깔끔하게 사각으로 개켜져 몸의 온기를 아직 접힌 부분에 깃들이고 있었다. 요오꼬의 표정은 짙은 그늘 속에 있어서 알 수 없었지만 온몸이 뭔가를 이상히 여기는 듯 아주 조용히 이쪽을 찬찬히 응시하고 있다. 그는 아직 반쯤 졸음 속에 사로잡혀 있어서 되받아 응시하지 못하고 단지 일방적으로 응시를 받고 있었다. 응시를 받아 기분이 으스스해지는 느낌을, 그는 알았다. 단지 일방적으로 응시를 받아, 그의 몸은 벤치 위에서 대체로 무표정하고 오로지 존재에 골몰하는 짐승과 같은 생명으로 되돌아간다.

'저 사람이 보고 있었던 건가……?'라는 놀라움, 그리고 혐오가 여자 몸에 퍼져간다. 추악한 목격자의 눈을 멀게 해주고 싶다. 그런 충동을 그는 상상했다. 그리고 자신이 단지 여기에 있다고 하는 부끄러움에서, 염치를 모르는 무거운 몸을 불쑥 움직여 다리를 다시 꼬았다.

그러자 밝은빛 물이 퍼지는 위에서 요오꼬는 쓱 오른손을 높이 올려, "어―이"라고 가늘고 새된 목소리로 불렀다. 잠시 멍하니 요오꼬를 지켜보다 요오꼬 목소리의 여운이 고요함 속에 삼켜져버렸을 무렵, 그는 무거운 몸에서 가까스로 오른손을 애매하게 들고 대답했다. "어―이"라고 요오꼬의 목소리가 다시 맞은편 물가에서 들려와, 고요함 속에서 한점의 울림이 되어 고립되었다. 그는 다시 어중간하게 손을 들었다. 그러자 연둣빛 블라우스가 물가를 따라 스르르 움직이기 시작했다. 요오꼬는 빠른 발로 한참 걷다가, 다시 멈춰서서 "어—이" 하고 부르고 그런 다음 빙그르르 방향을 바꾸어 왼쪽으로 잠시 걷다가 "어—이" 하고 부르고, 다시 오른쪽으로 되돌아가 "어—이" 하고 부르며, 그때마다 긴 시간을 두고 멍하니 손을 드는 그를 중심으로 하여 연못가를 빙빙 돌아다니며 언제까지나 싫증나지 않는 모습이었다.

다시 어느날, 그가 강변의 풀밭 위에 평평하게 엎드려 누워 땅바닥의 온기 속에서 차가운 바람을 통해 하늘빛을 바라보고 있으면 요오꼬는 어느샌가 물가로 나와 강변에 많이 모인 돌 속에 웅크리고 앉아 돌을 하나하나 쌓아 탑을 만들고 있었다.

모래 속에 반쯤 묻힌 평평한 돌을 토대로 하여 모양이 여러가지인 돌 대여섯개가 점차 조금 작게 왼쪽으로 기울어 쓰러질 듯 될 때까지 쌓고, 그 위에 갑자기 두배나 큰 돌이 오른쪽으로 반쯤 비어져나올 듯 얹혀 아슬아슬한 균형을 취했다. 그리고 그 돌을 다시 토대로 하여 다시 약간 작은 돌이, 크고 작은 순서도, 형태의 균형도 가리지 않고 아무렇게나 쌓여, 오른쪽으로 기울기 시작하다가 왼쪽으로 기울면서 가늘게 구불구불 올라간다.

요오꼬는 마침, 웅크린 몸의 이마보다도 높아진 꼭대기의 주먹 크기 돌 위에, 다시 어울리지 않게 커다란 돌을 양손으로 얹으려고 하는 참이었다. 웅크린 채로 허리를 가볍게 들어, 돌을 양손으로 눈 위로 쳐들고 탑 꼭대기에 가만히 다가간 요오꼬는 갑자기 고집스러운 눈빛으로 그 돌을 꼭대기 돌의 중심보다 일부러 왼쪽으로 크게 물려 얹었다. 그리고 양손을 날렵하게 떼고 몸을 낮고 작게 웅크리고는 흔들흔들 좌우로 흔들리는 탑을 응시했다.

탑은, 돌 하나하나가 지금 막 놓인 듯 동요에 떨면서 전체적으로 불안에 찬 생생한 성장의 기색을 띠고 하늘을 향해 소리도 전혀 내지 않고 뻗어올라가는 듯이 보였다.

그는 갑자기 요오꼬라고 하는 존재를 찾아낸 것 같은 느낌이 들어, 일어나 요오꼬 옆에 가서 함께 웅크리고 앉아 돌탑을 바라보았다. 잠시 후에 그는 요오꼬의 어깨에 손을 얹고 "이리 와, 이제 돌아가자"라고 말을 걸고는 일어났다. 요오꼬는 움직이지 않았다. 그에게 손을 잡혀 가까스로 일어났을 때에도 그녀는 아직 돌탑을 주시하고 있었다. 팔로 등을 감싸 데리고 가려 하자, 얼굴에 두려움의 그림자가 달렸다. 그는 돌탑 옆에 가서 "이대로라면, 글렀어"라며, 돌을 하나하나 내려서 밑에 쌓아 낮고 안정된 산을 만들어주었다. 요오꼬는 가까스로 몸을 풀고 걷기 시작했다.

2시가 지나자, 두사람은 이제 돌아가기로 했다. 그 시간이 되면 언제든 햇볕이 약해지고 강한 바람이 먼지를 싣고 세차게 불어닥치기 시작한다. 그리고 요오꼬의 몸에 갑자기 정기가 사라진다. 올 때의 긴장감도 조바심도 이미 없었다. 요오꼬는 세운 코트 옷깃 속에 턱을 묻고 약간 앞으로 구부린 자세로 바람 속을 걷고 있다. 발소리가 조금도 나지 않는다. 똑같은 바람 속을, 여자들이 여기저기에서 눈썹을 찌푸리고 걷고 있다. 바람이 불어닥쳐오면 여자들은 바람으로부터 얼굴을 돌리고 움츠러든다. 그렇지만 착 달라붙은 코트 속에서, 흩날리는 옷자락을 붙잡는 손 아래에서, 여자들의 몸은 오히려 수치심에서 벗어나 부풀어오르기 시작한다. 그와 반대로 요오꼬는 불어닥치는 바람 속에 무표정한 얼굴을 드러낸 채, 마치 바람의 방향마저 모르는 것처럼 머리와 코트를 멋대로 만지작거리고, 똑같이 앞으로 구부린 자세를 유지하며 계속 걷는다. 지친 몸을 한걸음마다 뒤로 남겨두고 떠돌아 흘러가는 듯한 느낌이었다. 그 모습을 다른 여자들의 모습과 비교하면 그는 갑자기 요오꼬에게 말을 걸고 싶어진다.

'어―이, 알았어. 너는 그런 식으로 몸을 소홀히 하니까 자신이 있는 곳이 확실하지 않게 되는 거야. 그렇기 때문에 가고 싶은 곳에도 혼자서 갈 수 없는 거야.'

그러나 그런 말은 입 밖에 내지 않고 그는 오른팔 안으로 요오꼬를 감싸준다. 팔에 무거운 느낌이 조금도 전해오지 않았다.

3월도 말이 되어 시내의 어느 자연공원이 공원 순례의 마지막이 되었다.

이전에 귀가하던 길에 그는 아무 말도 하지 않는 요오꼬에게 화를 내고 약간 잔혹한 기분으로 느닷없이 다음 장소를 지정해주었다. 그리고 그곳으로 가는 길 순서를 요오꼬가 항상 하는 방식으로 상세하게 가르쳐주고 혼자서 그곳까지 오라고 통고했다. 요오꼬는 원망하는 듯한 눈을 쳐들고 그의 설명을 가만히 듣고 있었다. 설명이 끝난 후에도 진지한 표정이 풀리지 않았기 때문에 그는 걱정이 되어 "잘 모르겠어?"라고 물었다. "알아. 전에 간 적이 있어"라고 요오꼬는 고개를 끄덕였다.

그는 시간에 맞춰 도착하여 차가 아주 많이 다니는 대로에서 공원 안으로 들어가서는 둘러싸여 있어서 오히려 왕성해진 원시림 사이를 한참 동안 걷다가 흡사 수풀 바닥으로 가라앉은 느낌이 드는 작고 어두운 연못가까지 와서 벤치에 앉았다.

약속시간이 십분이나 지났는데도 요오꼬는 오지 않았다.

이십분쯤 지나서 요오꼬가 오지 않은 것을 의아하게 생각하고 있는 동안에 그는 곤혹스러운 점을 알아차렸다. 아까 빠져나왔던 역구내는 몇년 전 그가 왔을 때와 비교해보면 계단 위치도 개찰구 방향도 완전히 달랐다. 플랫폼에 내렸을 때 그는 계단이 있는 곳을 찾을 수 없어서 일순 당황했지만 곧바로 새로 단장한 구내의 모습에 눈길을 빼앗겨 "깔끔해졌네"라고 그저 감탄하면서 요오꼬 생각은 하지도 않고 계단을 올라갔다. 그리고 개찰구를 나오자 전에 왔을 때의 느낌을 자연스럽게 상기하고 공원 쪽으로 걷기 시작했다. 그러나 요오꼬에게 가르쳐주었던 길 순서는 지금 역의 개찰구 쪽에서 보면 정반대 방향이다.

삼십분이 지나도 요오꼬는 오지 않았다. 예전에 혼자 왔던 때를 생각해내면 좋겠는데 하고 그는 바랐다. 그러나 요전 전차 안에서 그의 설명에 열심히 귀를 기울이던 요오꼬의 얼굴이 계속 눈에 어른거렸다. 요오꼬는 역시 자신의 기억에 의지하지 않고 그가 가르쳐준 대로 길 순서를 꼼꼼하게 더듬어 개찰구에서 정반대 방향으로 성큼성큼 가버렸을 것이다. 걸어서 십오분이라고는 가르쳐주었지만 요오꼬는 자신의 발걸음이 늦다고 생각하고 삼십분 정도를 열심히 걸을지도 모른다. 곧바로 뒤를 쫓아볼까 싶어 그는 벤치에서 일어나려고 했다. 그러나 역구내에서 요오꼬 생각은 하지도 않고 새로 단장한 주위 모습에 눈을 크게 뜨고 있었던 자신을 생각하면 새삼스럽게 요오꼬를 쫓아가 붙잡는다고 한들 아무 소용도 없을 것 같아서 다시 앉아버렸다. 이제부터 쫓아가더라도 요오꼬는 찾을 수 없을 것이다. 그보다 요오꼬가 어딘가를 헤매며 걷고 있다면 자신은 이곳을 떠나서는 안된다. 아마 요오꼬는 여기까지 올 수 없을 것이다. 그러나 한번 온 길을 역까지 되돌아가는 것 정도는 가능하겠지. 그리고 전차를 타고 집으로 돌아가면 된다. 그는 어쨌든 공원 문을 닫기 직전까지 여기에 있기로 했다.

한시간이 지나도 요오꼬는 오지 않았다. 그는 서로 주소도 전화번호도 알려주지 않은 것을 알아차리고 놀랐다. 생각해보니 앞으로 요오꼬와 연락을 취할 방법도 없다. 요오꼬는 틀림없이 벌써 전차를 탔을 것이다. 요오꼬는 다시 복잡한 인파 속에서 길을 잃어버렸다.

그래도 그는 벤치에서 움직이지 않았다. 요오꼬가 헤매더라도 자신은 있어야 할 곳에 있어야만 한다. 그는 그렇게 생각했다.

그리고 한참 지나서 요오꼬가 그가 있는 쪽을 향해 수풀 사이의 완만한 비탈길을 달려왔다. 달려온 기세로 요오꼬는 그의 주변을 비틀거리며 한바퀴 돌아 그의 앞에 멈춰서서 거친 숨을 내쉬었다. 눈을 반짝반짝 빛내며 묘하게 기분이 좋은 모습이었다.

"잘못했어. 꽤 헤맸지?" 그는 사과했다.

그러자 요오꼬는 숨을 멈추고 눈썹을 치켜올리고 머리를 심하게 흔들기 시작했다.

"금방 알았어. 쉽게 알았어."

귀에 거슬리는 새된 목소리였다. 요오꼬는 태엽인형처럼 언제까지나 머리를 계속 흔들었다.

"벌써 한시간 이상 지났어. 그렇다면 나오는 게 늦었구나."

"당치도 않아. 십오분 전에 제시각에 역에 도착했어."

"그래…… 그럼 한시간 반이나 헤매며 걸었군."

"헤매며 걷지 않았어. 금방 알았어. 쉽게 알았어."

신경이 상당히 흥분돼 있음을 알아차리고 그는 요오꼬를 벤치에 앉혔다. 두사람은 한참 동안 입을 다물고 있었다. 요오꼬는 가는 몸을 쉴 새 없이 좌우로 비틀고 얼굴을 찡그렸다. 그리고 나서 그는 길을 헤맨 요오꼬의 불안함을 늦었지만 위로해주고 싶은 마음이 들어 말했다.

"전에 왔을 때가 생각난 거군."

"이전의 일……? 그런 거 기억하고 있지 않아."

"사람들에게 물었어?"

"사람들에게 물어야 하는 거야?"

"그럼 여기까지 어떻게 올 수 있었어?"

"무슨 말을 하는 거야? 네가 가르쳐주었잖아."

"그렇지만 그건 좌우가 반대였어."

"좌우가 반대……"

그렇게 중얼거리는 요오꼬의 몸에서 정기가 쑥 빠져나가는 것을 알았다. '아뿔싸……' 하며 그는 마음속에서 혀를 찼다. 얼굴에

엷은 막이 낀 요오꼬는 그의 앞에서 삼십분이나 한시간 전에 어딘가 여기서 먼 곳에서 어찌할 바를 모르고 꼼짝 않고 서 있었던 때의 기분 속으로 다시 빠져들어가는 모습이었다. 그렇지만 곧바로 다시 조바심이 난 듯 정기가 온몸에 충만해왔다.

"왜 믿어주지 않는 거지? 금방 알았다고 말했잖아. 조금도 헤매지 않았어. 여기가 역에서 멀었을 뿐이야. 게다가 그렇게 시간도 걸리지 않았다고. 손목시계를 봐, 왜 그래?"

홍조를 띤 얼굴에 어둡고 찡그린 표정과 소녀와 같은 천진난만한 모습이 눈이 어지러울 정도로 교차했다. 그러는 사이에 요오꼬는 갑자기 눈을 빛내며 가슴 앞으로 팔짱을 끼고 가련한 표정을 짓는가 싶더니 벤치에서 일어나며 말했다.

"그럼, 혼자서 이 공원 안을 확실하게 한바퀴 돌고 올 테니까 보고 있어."

그리고 그가 말릴 틈도 없이 달려나가 10미터 정도 달리더니, 갑자기 멈추고 허둥지둥 되돌아와서는 그의 발밑에 있는 자갈을 양손바닥 가득히 움켜쥐고 신경질적으로 혼자서 중얼거렸다.

"표지를 두고 와야 해."

이미 뭔가에 홀린 표정이었다. 양손의 주먹을 꽉 움켜쥐고 요오꼬는 수풀 속으로 달려갔다. 먼 곳의 소란스러움에 둘러싸여 아주 조용해진 수풀 속에서 딱딱한 윤곽의 발소리가 한참 동안 울려퍼지더니 뚝 멈추었다.

그는 벤치에 앉아 기다렸다. 기세 좋게 달려간 것치곤 요오꼬는 좀처럼 돌아오지 않았다. 그러는 동안 그는 나무 밑에서 주시를 받고 있는 듯한 느낌이 들어 요오꼬가 사라진 주변의 한무더기의 잎들을 응시했다. 요오꼬가 숨어 있는 기색이 짙게 느껴졌다. 그렇지만 응시하고 있는 동안에 그 기색은 점점 약해져 한무더기의 잎들은 단순한 한무더기의 잎들로 변하고 그 대신 수풀 어딘가에 풀이 죽어 앉아 있는 요오꼬의 모습이 눈에 떠올랐다. '자, 찾으러 가볼까?' 하며 그는 일어섰다. 그러자 등 뒤에서 발소리가 들리더니 요오꼬가 처음에 왔던 길을, 처음과 완전히 같은 모습으로 희희낙락 달려왔다.

그의 앞까지 오자 요오꼬는 빙그르 그의 뒤로 돌아 양손을 그의 허리에 대고 이마를 등에 붙이며 숨을 헐떡거리면서 계속 그를 쭉쭉 밀었다. 그리고 그의 몸을 반회전시켜 조금 전 그녀가 달려간 쪽으로 향하게 만들더니 "직접 가서 확인하고 와"라고 외치며 엄청난 힘으로 그를 앞으로 떠밀어내는 것이었다. 비틀비틀 발을 내디디면서 뒤돌아보니 요오꼬가 오른손을 허리에 대고 왼손을 옆으로 곧바로 펴며 "이번에는 이쪽으로 갈게. 괜찮지? 여기에서 합류하는 거야"라고 외치고는 왼쪽의 무성한 수풀 속으로 사라졌다.

분기점에 당도할 때마다 좁은 길을 버리고 수풀 속의 길을 더듬어갔더니 과연 곳곳에 있는 모든 돌 벤치의 왼쪽 앞 구석에 한줌의 자갈이 말끔히 놓여 있다. 먼 곳으로부터 온 조심스럽고 꼼꼼한 신호와 같은 표정을 하고 있었다.

빠른 걸음으로 한바퀴를 돌아 연못가에 오자 때마침 왼쪽의 무성한 수풀 속에서 뛰어나온 요오꼬와 딱 마주쳤다. 요오꼬는 몸을 단단히 움츠리고는 깔깔대고 웃었다. 그리고 웃음이 그치기 전에

"이번에는 네가 저쪽, 내가 이쪽" 하고 다른 길을 가리키며 그에게 뭔가 말할 틈도 주지 않고 다시 수풀 속으로 뛰어갔다. 벌써 완전히 들떠 있는 상태였다. 그도 의아한 표정을 요오꼬에게 보이지 않고 들은 대로 달리기 시작했다. 요오꼬의 유희에 편승해가는 것 외에는 달리 방법이 없었다. 그가 망설이면 그 순간 요오꼬의 행동은 너무나 광기 어린 것이 되어버린다.

이렇게 하여 두사람은 수풀 속을 각각 다른 방향으로 달려가서는 특별히 보조를 맞추지도 않았는데 연못가에서 거의 동시에 합류하는 똑같은 행동을 몇번이나 반복했다. 이윽고 두사람은 연못가라는 거점을 버리고 어디에서 합류할지 정하지 않은 채 각각 제멋대로 걸어다니기 시작했다. 십분 간격으로 두사람은 마주쳤다. 요오꼬는 아주 여러 방향에서 그의 모습을 발견하고 달려나왔고, 그가 손을 뻗어 붙잡으려고 하면 웃음 속에 희미한 혐오감을 내보이며 그의 옆을 빠져나가 모습을 감추어버린다.

어느샌가 그의 기분은 요오꼬의 유희에 익숙해졌다. 그러자 요오꼬의 존재가 눈에는 보이지 않아도 수풀 속을 끊임없이 움직이며 돌아다니는 점 하나의 느낌으로 확실히 전해져오는 것 같았다. 때때로 모든 수풀이 요오꼬가 숨은 기색을 띠며 불룩해지는 경우가 있었다.

그 기색이 한참 지나서 자취를 싹 감추었다. 수풀의 고요함이 갑자기 공허해졌다. 그 순간에 그는 자신을 파악할 수 없어서 불안을 느꼈다. 그도 꾸벅꾸벅 졸며 걷기 시작했다. 두사람은 언제까지고 만나지 못했다.

그렇게 긴 거리를 걸어 그는 수풀 속의 네거리에 당도했다. 그러자 그의 진로와 비스듬히 교차하는 또다른 하나의 길 저쪽에서 요오꼬가 평소처럼 앞으로 조금 구부정하게 굽은 자세로 자신의 몸을 끊임없이 뒤쪽에 남겨두듯 발소리를 조금도 내지 않고 오는 것이 보였다. '아, 있었구나'라고 멍하니 생각하면서 그는 나무 옆에 몸을 가까이 대고 요오꼬가 지나가게 내버려두었다. 그러고 나서 네거리를 돌지 않고 길에서 곧바로 조릿대 숲속에 들어가 덤불 속에서 발소리를 죽이고 요오꼬의 뒤를 밟았다. 조릿대가 부스럭부스럭 소리를 내어 그가 있는 곳을 알렸다. 그래도 요오꼬의 뒷모습에는 뒤돌아볼 것 같은 낌새는 없었다.

그는 일부러 발소리를 한층 거칠게 내며 걸어갔으나 그래도 요오꼬가 몰두한 상태에서 벗어날 수 없다는 걸 알자 덤불 속에서 나와 빠른 걸음으로 요오꼬를 쫓았다. 덤불을 나올 때 자신이 사냥감에 몰래 다가가는 짐승과 같다고 느끼고 조금 망설였지만 그는 발걸음을 늦추지 않고 앞으로 나아가 요오꼬와 어깨를 나란히 했다. 그리고 보조를 맞춰 한참 동안 걷고 나서 아직 그를 의식하지 못하고 계속 걷는 요오꼬를 오른팔 안에 푹 감싸안고는 그대로 다시 한참을 앞으로 걸어갔다. 그리고 그는 오른팔을 요오꼬의 가슴에 둘러 서서히 걸음을 늦추었다. 요오꼬는 발걸음을 바꾸지는 못하고 계속 대여섯걸음을 앞으로 나아가더니 점차 가슴께에 전해지는 힘을 느끼고는 머리를 들고 멈춰섰다. 그리고 흰 목덜미를 바람에 드러내고 멀리 있는 인간을 보는 눈빛으로 그를 쳐다보았다. 아무런 표정도 없는 입술에 그는 입술을 가까이 댔다. 요오꼬의 입술은 받아들이지도 거부하지도 않고 어쩐지 막막하게 번지는 감촉을 애매하게 만들어버렸다. 그는 요오꼬의 몸을 오른팔로 강하게 부둥켜안았다. 역시 어떠한 반응도 없었다. 그는 힘을 빼고 요오꼬와 닿을까 말까 서로 몸을 맞대고 있었다.

그대로 요오꼬의 입술이 단단한 윤곽을 취하고 그의 입술에 희미하게 반응하기까지 그는 요오꼬의 몸을 팔 안에 감싸고 있었다.

4

그의 입장에서도 그 자신의 몸을 직접 감지하는 일이 오히려 적은 시기였다. 육체적인 충동에 사로잡힌 기억도 거의 없이, 마치 그렇게라도 하지 않으면 요오꼬의 감각의 혼란 속에서 서로의 관계를 유지할 수 없을 것 같아 그는 요오꼬의 몸에 손을 대게 되었다. 그런데 요오꼬의 몸은 그 순간, 그저 서로 응시하고 있었을 때보다도 오히려 그에게 있어서 머나먼, 표정을 파악하기 어려운 존재가 되어버렸다. 그리고 맨살로 서로 접촉하고 있으면서도 요오꼬를 느끼지 못하고 있는 그 자신의 육체도, 이따금 문득 먼 것에 대해 허둥지둥 더듬어 찾아가지 않으면 안되는 것처럼 느껴질 때가 있었다.

처음에는 요오꼬의 '발작'에 대한 초조한 기분 때문이었다.

두사람은 그뒤로 공원 순례를 그만두고 다시 이전처럼 일주일에 한번 시내의 찻집에서 만나 저녁때부터 두시간 정도의 시간을 서로 거의 말하지 않고 보내기로 했다. 요오꼬의 신경은 그 이래로 쭉 안정되어 그를 만나러 오는 도중 길을 헤매는 일도 없었다. 결과적으로 병을 불러일으키는 것으로 끝난 공원 순례도, 수풀 속에서 입을 맞춘 일도 모두 흔적을 남기지 않고 지나가버린 것처럼, 요오꼬는 처음에 시내에서 만났을 때와 조금도 변함없는 모습으로 그 앞에 앉아 있었다. 가게 속에서 서로 마주 보고 있는 한, 그 무엇도 기묘할 만큼 이전과 변함이 없었다. 그러나 일단 두사람이 밖으로 나오면 그는 요오꼬 때문에 주위에 끊임없이 신경을 곤두세우게 되었다. 요오꼬도 그의 긴장을 알아차리고 이번에는 그 때문에 몸의 움직임이 굳어졌다. 어느샌가 두사람은 사람들의 왕래 속에서 발소리를 내지 않고 걷고 있다. 마치 둘이서 요오꼬가 지니고 있는 병의 동정을 가만히 엿보고 있는 것 같았다. 그렇게 삼십분이나 걸으면 그는 지칠 대로 지친다. 그렇다고 해서 가게를 나와 곧바로 요오꼬를 집으로 돌려보낼 마음도 내키지 않았다. 요오꼬도 곧바로 돌아가려는 태도를 보이지 않았다.

가게를 나오자 이제부터 요오꼬와 무엇을 할지 그는 어찌할 바를 몰랐다. 이전 여자친구와 했던 일을 하나하나 생각해보았지만, 극히 철없는 그 어떤 놀이도 요오꼬에게 위험하지 않은 것은 하나도 없는 것처럼 여겨졌다. 요오꼬는 그가 옆에 있는 이상 그의 옆을 떠나 혼자서 자연스럽게 돌아다닐 수 없다. 그는 요오꼬가 옆에 있는 이상, 요오꼬가 그의 옆을 떠나 혼자 걸어다니는 것을 안심하며 보고 있을 수 없다. 그렇게 요오꼬의 병을 함께 지켜보면서 두 사람은 점차 다시 처음 만난 골짜기 아래와 같은, 처음 만난 찻집의 언제나 정해진 그 자리와 같은, 두사람만의 고립된 시간과 장소 속으로 밀려들어갔다. 그는 그런 기분이 들었다.

어느날 밤, 요오꼬 때문에 마음이 긴장되고 있는 동안에 주위의 대수롭지 않은 행위 하나하나가 아주 곤란한 일로 눈에 비쳤다. 주변 사람들이, 요오꼬와 만나지 않을 때의 자기 자신이 얼마나 자유롭고 활달하게 시간을 보내고 있는지를 생각하며 그는 경탄과 그리움에 유사한 기분을 느꼈다. 끊임없이 신경을 긴장시키고 있는 인간에게는 다른 사람들이 거의 무의식적으로 보내버릴 정도의 시간도 황량하게 전개된다. 그 자신도 실은 다른 사람들 중 한사람이면서도, 요오꼬가 옆에 있는 만큼 그러한 전개를 직접 몸으로 느꼈다. 그리고 여느 때와 같이 헤어질 시간이 아직 십오분 정도 남았을 때 문득 요오꼬를 완전히 떠맡을 수 없다는 기분이 들어 멈춰섰다. 요오꼬도 거의 동시에 발을 멈추었다. 두사람은 마침 주위보다 훨씬 어둑한 모퉁이에서 건너편의 흥청거리는 거리를 바라보는 모양새가 되었다. 요오꼬는 그의 기분을 곧바로 알아차린 듯 몸을 약간 구부리고 머리를 숙인 채 흰 이마 아래 혼자 생각에 잠긴 표정으로 건너편 사람들의 움직임을 주시하고 있었다. 그러고 나서 그녀는 한숨을 짓고 몸을 뻗어 그를 향해 괴로운 듯 웃었다. 그리고 부드러운 목소리로 그의 기분을 달래듯이 말했다.

"어딘가 식사하러 데리고 가. 배가 고파."

요오꼬의 입에서 처음으로 듣는 말이었다. 그 말에 그는 기묘하게 마음이 누그러졌다.

　레스토랑의 식탁에 앉았을 때 요오꼬는 남자친구와 식사하러 온 또래의 젊은 여자아이처럼 천진난만하게 신이 나서 떠들어댔다. 물수건으로 손을 닦고, 메뉴를 보고 좋고 싫음을 서로 묻고, 요리를 골라 주문한다. 아무것도 아닌 행위 하나하나에 요오꼬는 기쁨을 느끼는 모습이었다. 그도 하나하나의 행위를 할 때마다 자연스러운 일상을 영위해가는 분위기가 두사람 사이에 복원되어가는 듯한 안정감을 느꼈다. 그런데 요리가 두사람 앞에 놓이고 나서 그가 나이프와 포크를 쥐고 고기 한조각을 입으로 옮기며 무심코 앞을 보자 요오꼬는 식탁 위에 손도 올리지 않고 굳은 표정으로 손잡이 부분을 응시하고 있다. 그는 예사롭지 않은 요오꼬의 모습을 한눈에 알아차리고 "무슨 일이야?"라며 일부러 아무렇지 않은 말투로 묻고는 계속 먹었다. 나이프와 포크를 움직이는 그의 손에 요오꼬의 시선은 고정되어 떠나지 않았다. "어찌 된 일이냐고." 그는 얼굴을 들고 이번에는 다소 날카롭게 물었다. 요오꼬는 어색한 웃음을 띠며 가까스로 표정을 적당히 얼버무리고 있었다. 그러면서도 눈만은 미소로부터 유리되어 진지하게 손잡이 부분을 응시하고 있다. 일부러 천진난만한 말투로 그녀는 대답했다.

　"그런데 나이프와 포크를 먹고 있는 것처럼 보이는걸."

　목소리가 이미 새된 유리질의 음성을 띠고 있었다. 스스로 자신의 말이 신경에 거슬린 듯 요오꼬는 눈썹을 찡그리고 눈을 떨구었다. 그도 무심결에 자신의 양손에 쥐어 있는 나이프와 포크를 바라보았다. 그는 문득 요오꼬의 눈에 비치는 두개의 추하고 괴이한 쇠장식을 상상했다. 그리고 손이 무거워지는 것을 느끼면서 요오꼬에게 하다못해 타협을 요구하는 기분으로 말했다.

"농담하지 말고 식기 전에 먹어. 모처럼 왔으니까."

"그래." 요오꼬는 눈을 쳐들고 수긍했다. 그리고 양손을 식탁 아래에서 괴로운 듯이 끄집어올려 일단 식탁 위에 두고 나서 눈앞의 나이프와 포크를 긴 시간 걸려 하나씩 집어들고 접시 위로 옮겼다. 매우 자연스럽고 익숙한 손놀림이지만 양쪽 겨드랑이를 붙이고 팔꿈치를 딱딱하게 구부리고 있는 탓에 나이프와 포크는 접시 위의 음식에 가까이 다가가지 못하고 그녀 자신을 공격하는 도구처럼 노골적인 느낌으로 흰 손 안에서 튀어나와 공중을 향해 삐딱하게 있다.

"아무도 보고 있지 않으니까." 그는 요오꼬를 대신하여 주위를 살짝 살피고 포크를 야단스럽게 움직여 고기를 두입 세입 연거푸 볼이 미어지게 잔뜩 입에 넣었다. 그래도 요오꼬의 손은 움직이지 않았다. 나이프와 포크 끝이 형광등 빛을 받아 가늘게 떨리고 있었다. 요오꼬는 먼 눈빛으로 그의 어깨 너머 벽 쪽을 바라보면서 끈적끈적한 목소리로 중얼거렸다.

"나는 안돼, 불가능해, 이런 어려운 일은."

본의 아니게 그는 초조했다. 그의 눈앞에 있으면서도 요오꼬가 병 속으로 혼자 빠져들어가는 것을, 예전에는 미처 알지 못했지만 이제는 도저히 허용할 수 없다는 기분이 들었다.

"먹어." 그는 목소리를 죽여 명령했다.

요오꼬는 단단한 것이 몸의 아픈 곳을 서서히 내리누르듯 눈을 감고 입을 가볍게 열고는 몸을 좌우로 비틀었다.

"먹으라고." 그는 한번 더 명령했다.

그러자 요오꼬는 팔을 접은 채로 등을 웅크리고 몸째 앞으로 기울여 나이프와 포크를 접시에 갖다댔다. 그리고 짐승 같아 보이는 자세에서 손놀림만은 막힘없이 작은 주사위 모양으로 고기를 잘라 입가로 옮겼다. 작은 입술이 둥글게 오므라지더니 갑자기 두툼한 느낌이 되어 미세하게 떨리는 포크 끝부터 고기 조각을 불쑥 감싸 먹었다. 볼이 부끄러움을 참고 견디며 가만히 움직였다. 눈은 접시 조금 건너편의 식탁보 얼룩에 팔려 있었다. 가끔 볼의 움직임이 멈추고 흰 목살이 불룩해지며 눈물이 그렁그렁 고인다. 그렇게 몸 안쪽의 아픔을 지긋이 느끼듯 요오꼬는 움츠러진 몸 안으로 음식을 조금씩 보낸다. 그런 요오꼬의 맞은편에서 그는 이미 잃었던 식욕을 새삼스럽게 되찾은 것을 알리는 양 시끄럽게 접시 위의 음식을 모조리 먹어치웠다. 요오꼬를 돌보는 한편, 요오꼬의 병에, 자기 몰두의 뻔뻔스러움에 분개하는 기분까지 터무니없이 더해졌다. 그가 다 먹었을 때 요오꼬는 가까스로 4분의 1 정도 먹었고 접시 위에서 나이프와 포크를 가만히 멈추고 볼을 천천히 움직이고 있었다. 그 다음 요오꼬는 눈을 치뜨고 그의 얼굴을 들여다보며 고개를 가볍게 갸웃하면서 타액에 젖은 목소리로 "이제 봐줘……"라며 애원했다.

그리고 두시간 정도 지나 두사람은 그 레스토랑에서 멀지 않은 어느 방 어둑한 바닥에 차가운 몸을 나란히 하고, 창문 바로 아래를 지나서는 갑자기 어딘가로 사라지는 남녀 여러쌍의 발소리를 듣고 있었다. 얇은 모포가 4월의 찬 밤기운으로부터 두사람의 몸을 가리고 있었지만 아무리 시간이 지나도 그 안에 온기가 모이지 않는 것을, 그는 의아하게 생각하고 있었다. 시트도 흐트러지지 않았고 처음으로 맨살을 맞댔을 때의 서먹서먹함이 아직 유지되고 있었다. 차가운 모포와 시트 사이에 누워 그의 몸은 내면의 존재감을 잃고 불안한 윤곽의 감각만으로 여위어갔다. 커튼을 통해 스며오는 가로등 빛 속에서 요오꼬는 모포 가장자리에 애처롭게 어깨를 드러내고 눈을 크게 뜬 상태로 천장의 어둠을 응시하고 있었다. 몸을 서로 밀착하고 있는데 온기가 조금도 전해오지 않는다. 정신을 차리자 요오꼬 손이 그의 팔꿈치를 손끝으로 가볍게 잡고 있었다. 거리를 걸으면서 갑자기 방향을 잃고 몸을 기대어올 때와 조금도 변함이 없었다.

레스토랑을 나와 말없이 걸어가는 그의 뒤에서 요오꼬는 아무 말 없이 종종걸음으로 따라왔다. 요오꼬의 나체를 눈앞에서 보았을 때, 뜻밖의 풍만함에 그는 기가 죽었다. 지금까지 요오꼬를 앙상한 신경병 소녀처럼 취급해온 보복을 여기에서 당하는 듯한 기분이 들었다. 그런데 풍만한 몸을 드러내자 요오꼬는 오히려 평소보다 바짝 마른 소녀의 표정으로 변해 자포자기하는 투의 태도로 침상에 누웠다. 깜빡깜빡 흔들리는 눈꺼풀과 그의 고개를 감싸안은 팔, 어깨선이 여리고 애처로웠다. 그러나 맨살을 맞대고 있는 가슴은 그의 몸에서 나오는 열을 받아 차갑게 퍼뜨리며 어떤 표정도 전해오지 않았다. 딱딱하게 펴진 허리의 추한 감촉이 언제까지고 녹지 않고 남았다.

걸핏하면 큰길 한가운데에서 망연히 꼼짝 않고 서버리는 요오꼬에게 자기 자신의 몸에 대해 깨닫게 해주고 싶다, 그리고 자기 자신이 있는 곳을 확실히 해주고 싶다, 그런 애초의 욕구가 정욕이 사라져버린 후에도 아직 창백하게 남아 있었다. 요오꼬의 몸은 그의 바로 옆에서 온기도 전하지 않고 무겁게 누워 있다. 요오꼬의 병은 그의 몸에 조금도 동요되지 않고 오래 살아남겠지 하고 그는 생각했다. 그러지 않으면 그의 몸의 무력함을 알고 점점 분방하게 흘러넘칠지도 모른다고 그는 우려했다. 그의 팔꿈치를 잡고 있는 손끝의 희미한 표정을 남긴 채 요오꼬의 몸은 멀어지고, 손에 넣기 어려워졌다. 방금 살갗을 맞대고 있었던 사실도 이제 믿을 수 없었다. 손을 뻗어 요오꼬의 잘록한 허리를 만져보았더니, 가만히 천장을 응시하는 얼굴에게 버림받은, 단단하게 무표정으로 부풀어오른 몸에 온통 닭살이 잘게 돋아 있었다.

"옷을 입을까?" 그가 말했다.

요오꼬는 말을 들은 대로 머리를 일으켜 모포 아래에서 다시 풍만한 몸을 드러내고 부끄러워하는 모습도 없이 그의 눈앞에 웅크리고 앉아서 장난감이라도 치우는 아이처럼 쭈뼛대는 표정으로 속옷을 하나하나 입고 있었다.

두사람은 여전히 이전과 마찬가지로 찻집에서 만나 시간을 보냈다. 요오꼬의 몸집도 동작도 이전과 다름이 없었다. 그 자신도 요오꼬와 마주 보며 앉아 있으면 자신들이 이미 육체관계를 가진 남녀라는 점에 납득이 가지 않았다. 두사람은 여전히 넘을 수 없는 거리를 사이에 두고 침묵 속에서 가끔 서로 응시할 뿐 그 이상의 접점을 알지 못했다. 이 무렵부터 두사람은 빈번하게 처음 골짜기 아래에서 만났던 일을 이야기했다. 두사람의 이야기는 끊임없이 어긋나고 서로를 파악하지 못했고, 긴 침묵을 두고 다시 처음부터 세세하게 시작했다. 그녀가 말하는 것을 이해 못하고 기억의 단편을 무턱대고 나열하는 그의 얼굴을, 요오꼬는 침묵 속에 틀어박혀 찬찬히 응시했다. 그러자 그녀의 몸은 맨살로 맞대고 있을 때보다 오히려 여자답게 보였다.

이전과 다른 점이라고 한다면 만나는 시간에 요오꼬가 조금이라도 늦으면 도중에 안정을 잃은 상태에 빠져 방황하고 있을 요오꼬의 모습을 그가 생생하게 떠올리고 안절부절못한다는 것이었다. 걱정 때문이 아니었다. 그게 아니라 그런 모습이 자신의 치욕과 직접 관련되는 것처럼 생각되었기 때문이다. 십분도 기다리게 하지 않고 요오꼬가 머뭇머뭇하며 찻집 문을 열고 들어온다. 그리고 출입구에서 아주 고독한 모습으로 서서 왼손을 입가에 대고 한참을 걸려 가게 안을 둘러보다 겨우 그를 발견하고 다가온다. 그의 옆까지 오면 요오꼬는 허리를 약간 뒤로 빼고 그의 얼굴을 들여다보고는 자기 몸을 부끄러워하고 있는 듯한 애매한 웃음을 눈가에 띤다. 그런 모습에 그는 희미한 혐오감을 느꼈다. 자기혐오에 가까운 기분이었다.

밖으로 나오면 요오꼬는 갑자기 몸이 굳어졌다. 발걸음이 흐트러지면서 그녀는 그의 팔에 꼭 매달린다. 이전에는 불안으로 괴로울 때에도 그저 그의 팔꿈치에 가볍게 손끝을 댈 뿐이었고 때로는 발돋움하여 온몸으로 주위를 둘러볼 여유도 있었다. 그런데 지금은 몸의 무게를 그의 팔에 기대며 온몸의 움직임에 자칫 남겨질 듯한 발짓을 허둥지둥하면서 마치 움막에서 밖의 세계를 엿보듯 진지함과 망연함이 섞인 눈을 그의 어깨 근처에서 커다랗게 뜨고 있다. 옆에서 보면 방금 육체관계를 맺고 뭇사람들 앞에서도 그 황홀함의 여운에 젖어 있는 젊은 남녀처럼 보일지도 모른다. 그렇게 상상하고 그는 침울해졌다. 그런데 두사람의 모습을 흘끔 보고 지나가는 인간들의 비아냥거리는 눈빛을 보고 있는 동안에, 같은 눈빛이 반복되어 암시를 받는 건지, 그는 점차 자신들이 그들의 눈에 비치는 대로 되어버려도 상관없을 듯한, 그럴 수 있다면 지금 금방이라도 될 것 같은 느낌이 들며 그의 몸에 한결같이 무게를 맡기고 있는 무표정한 육체에 정욕을 느끼기 시작했다. 직접적인 정욕이 아니라 상대방의 몸을 바로 옆에 두고서도 거의 상상의 영역에 발을 들여놓는 한층 음탕한 정욕이었다. 게다가 요오꼬의 몸을 완전히 떠맡을 수 없다는 어찌할 바 모르는 기분이 뒤섞인다. 그의 발은 자연히 요전의 방으로 향해간다.

같은 행동의 반복이었다. 방 안에 둘이서 틀어박히면 무엇이든 처음과 마찬가지였다. 흥분이라기보다 조바심으로 뜨거워지는 그의 육체 아래에서 요오꼬는 인파 속을 걸을 때와 마찬가지로 팔을 휘감는다. 그러나 불안한 표정은 거기에만 머무르며, 그녀의 몸은 그의 조바심에 부응하는 표정을 하나도 보이지 않고 단지 그가 하는 대로 고분고분하게 누워 있다. 요오꼬와 나란히 누우면 그의 몸은 모포 아래에서 계속 추위를 느끼고 한시라도 빨리 옷을 입었으면 했다. 옆에는 요오꼬의 나체가 그런 추위에 괴로워하는 기색도 없이 혼자서 썰렁하게 누워 있다. 이런 몸이 일단 밖으로 나오면 그의 팔에 매달리지 않고는 걸을 수 없다는 사실을 생각하면, 그는 재차 부정하기 어려운 요오꼬의 병을 똑똑히 확인하고 지금까지 의심해본 적이 없는 신체라는 것의 현실미에 대한 신뢰가 역으로 동요되었다. 요오꼬와 나란히 집으로 돌아가는 길을 걷고 있으면 그는 자신의 몸이 무게를 잃고 뒤쪽으로 남겨지는 듯한 기묘한 느낌을 경험한다. 그러자 사람들의 흐름 속에서 자신이 있는 곳을 확인하고 방향을 정해가는 일이 조금은 곤혹스럽게 느껴졌다. 그런 그의 팔에 요오꼬가 열심히 매달려 있다. 그런데 역구내에서 '잘 가'라고 하면, 요오꼬는 그 순간에 혼자 서서 그의 존재 따위를 조금도 필요로 하지 않는 듯 머리를 푹 숙이고 곧장 앞으로 걸어가 사라진다.

어느날 여느 때처럼 요오꼬와 몸을 나란히 하여 누워 있을 때 그는 같은 일이 반복되는 것을 견딜 수 없어서 마침내 천장의 어두운 곳을 향해 중얼거렸다.

"내 힘으로는 너를 어떻게 할 수 없을 것 같아. 내가 네 곁에서 사라지면 너는 다시 혼자 온전하게 걸을 수 있겠지."

요오꼬는 아무 말도 하지 않고 천장을 바라보고 있었다. 공원에서 오전의 햇볕 속을 뛰어돌아다니던 요오꼬의 모습을 그는 회상했다. 그리고 그 육체를 자신의 무력한 몸으로 더럽히고 그 육체가 무거운 무표정의 덩어리로 변해버린 것에 슬픔을 느꼈다. 슬픔 때문에 그는 몸을 일으켜 요오꼬에게 다가갔다. 차갑게 퍼지는 요오꼬의 몸 왼쪽의 풍만한 가슴과 왼쪽의 잘록한 허리만이 그의 살갗에 희미하게 닿았다. 그 이상 몸을 밀착하지 않고 그는 불안정한 자세로 눈을 감은 채 고립되고 궁색한 접촉에 탐닉했다. 한참 지나그는 요오꼬가 낮은 한숨을 내쉬는 것을 들었지만, 그럼에도 피하지 않고 살갗의 감각을 열심히 집중시키고 있었다. 그러자 멀리서 당장에라도 사라질 듯이 깜박이던 감촉이 그의 차가운 살갗을 따라 천천히 움직이기 시작했다. 엉겁결에 몸을 단단하게 하자, 요오꼬의 몸이 어둠이 퍼지는 공간 속에서 때때로 완만하게 너울거리는 물결에 밀려올라오듯 명치의 얇고 불안한 살갗과 불룩하고 가는 늑골이며 겨드랑이 아래의 까칠한 감촉이 하나하나 떠올라와서 그의 살갗과 접촉하고는 다시 가라앉더니 점차 전신이 그를 향해 하나의 표정을 띠기 시작했다. 두사람은 살갗을 서로 밀어붙이지 않고 각각 맨살의 차가움을 유지한 채 몸을 겹쳤다. 허리의 추한 감촉이 조금씩 누그러지고 전신의 완만한 흐름 속으로 녹아갔다.

그후 두사람은 처음으로 모포 아래에 온기를 하나로 모으고는 웅크린 몸을 서로 밀착하여 깜빡 잠이 들었다. 그러자 어느샌가 습기를 띠고 모포 밖으로 퍼지는 어둠의 먼 곳, 가까운 곳에서 여자 목소리가 가끔 부드럽게 팽창하는 것이 들렸다. 그것을 들으면서 그는 조금 전 기쁨의 여운이 어둠속에 촘촘하게 스며들어 여기저기서 메아리치고 있는 듯 느끼며 계속 졸고 있었다.

눈을 뜨자 요오꼬가 하얀 등을 이쪽으로 돌리고 속옷을 입고 있었다. 하나하나 세심하게 입으면서 자신의 몸을 소중히 하고 있는 듯이 보였다.

밖으로 나와 남녀 여러쌍과 엇갈리면서 골목길을 한참 걷다가 갑자기 요오꼬가 몸을 바짝 기대며 귓전에서 속삭였다.

"그곳은 이제 그만하고 다른 곳으로 해줘. 여기저기에서 목소리가…… 왠지 우리 두사람만이 아닌 것 같아서."

피로를 내재한 채 팽창된 여자의 목소리였다. 보았더니 멀리서 비춰오는 가로등의 푸른 빛 속에서 요오꼬의 얼굴은 또다른 빛을 안쪽에서 희미하게 발산하며 미소 짓고 있다. 발소리가 조용히 울렸고 요오꼬는 그의 오른팔에 손끝만 대고 있었다.

5월이 되었다. 그는 요오꼬의 살갗이 향내를 내기 시작했다고 느꼈다. 향내가 확산되는 밤뿐만이 아니었다. 대낮에도 요오꼬가 햇빛 속에서 그늘진 부분에 들어가면 그 향내가 부드러운 파도가 되어 퍼진다. 시내를 걷고 있을 때에도 요오꼬가 뭔가를 주목하여 상반신을 비틀어 뒤돌아보면 스커트 주름이 희미하게 흔들리면서 소란스러운 거리 속에서도 그 향기를 맡고 분간할 수 있을 것 같은 느낌이 들었다.

요오꼬의 거동은 자유로워졌다. 약간 살이 붙은 가는 다리가 몸의 무게를 자연스럽게 옮기고 한걸음마다 땅바닥의 탄력을 흡수하여 팽팽해진 작은 가슴으로 전했다. 헤매며 떠도는 느낌도, 멀리서 실絲에 이끌려다니는 듯한 쾌활함도, 한발자국마다 진창에 깊이 발을 내딛는 듯한 침울함도 이제 없어졌다. 요오꼬는 그의 옆에서 느긋하게 사방을 주의해 살피면서 걷고 있다. 때때로 그가 쳐다보면 무심코 시선을 마주하며 그를 향해 졸린 듯 웃었다. 혼자서 물건을 사러 가거나 학교에서 돌아오는 길에 친구와 영화를 보러 가거나 화랑에 가거나 학과에서 맥주홀에 가거나 했다는 그런 보고가 점차 많아졌다.

　요오꼬가 여관 근처 길거리에서 속삭인 말을, 그는 젊은 남자답게 극단적으로 받아들였다. 밤의 성행위는 장소를 어디로 선택하든 무수한 남녀의 음습한 기쁨과 아픔의 그늘로부터 빠져나올 수 없다. 그렇게 생각하고 그는 한낮, 더구나 교외 주택가의 한가운데에서 요오꼬와의 장소를 찾아내었다. 3월에 요오꼬와 방문한 어느 공원에서 조금 떨어진 곳에, 주의 깊게 걸려 있는 간판을 의식하지 못하면 낡은 주택과 구분이 가지 않는 여관이 있었던 것을, 그는 기억의 한 귀퉁이에 남기고 있었다. 공원 바로 옆, 한눈에 알 수 있는 집들 여러채와는 달리 이곳은 그럴듯한 개축도 하지 않았다. 이 집이 여관이 된 경위를 떠올리자 역시 불유쾌한 상상을 불러일으키게 되었지만, 낮에는 다른 손님도 없는 것 같고 빈집과 같은 적막함이 온 집 안을 지배하고 있었기 때문에 그는 쓸데없는 생각을 하지 않기로 했다.

　전차에서 내려 개찰구를 나오면 그는 남의 눈에 띄지 않도록 요오꼬를 뒤로하고 혼자서 빠른 걸음으로 걷기 시작한다. 조용한 오후의 주택가 사이에 좁은 포장도로가 곧바로 공원 쪽으로 뻗어 있다. 도중에 뒤돌아보면 이미 100미터나 떨어진 뒤를 요오꼬가 조용히 걷고 있다. 초여름의 햇볕이 회색의 길에 내리쬐고 길 가득히 아지랑이가 피어오르며 그 흔들림 속에서 요오꼬가 입은 옷의 연한 색채가 밝게 퍼져 아련하게 위아래로 흔들리면서 지금이라도 증발해버릴 듯이 보였다. 요오꼬가 어려움에 빠지지 않고 혼자서 길을 끝까지 걸을 수 있다면 좋을 텐데 하고 이미 사라졌을 법한 걱정이 다시 되살아온다. 그와 동시에 연한 색채가 퍼지는 속에서 그는 요오꼬의 몸을, 살갗을 맞대고 있을 때 이상으로 생생하게 알아차린다. 다시 요오꼬에게 등을 돌리고 걷기 시작하자 두사람 몸 사이에 두고 있는 거리가 기묘한 실체감을 띠고 그의 감각에 거의 곧바로 호소한다. 한발 먼저 방에 도착하여 전등 불빛 속에서 요오꼬를 기다리는 동안에 그 거리는 여전히 실체감을 희미하게 띤 채로 점차 줄어든다. 머지않아 복도에 발소리가 들리고 요오꼬가 약간 얼굴을 붉히며 들어온다. 전등을 끄고 희미한 어둠속에서 서로 몸을 밀착할 때에도 거리의 긴장이 아직 남아 있다.

자세가 무너지기 전에 요오꼬는 그의 몸을 피해서 안쪽 방, 한층 짙은 어둠속으로 달아난다. 한참 시간을 두고 안으로 들어가자, 이쪽으로 등을 돌리고 방구석에 웅크리고 있던 요오꼬가 몸을 일으켜 양쪽 팔을 유방 조금 아래 근처에 애매하게 포개고 허리를 조금 뒤로 빼고는 다가오는 그를 치뜬 눈으로 바라보았다. 그리고 그가 더욱 다가오자 가슴을 열고 상반신을 공중에 맡기듯이 몸을 뻗는다. 빈지문 틈으로 들어오는 가는 빛줄기가 창 바로 밖에 있는 나뭇잎 색깔을 푸르게 녹이며 흰 살갗 위로 흘러갔다. 그저 똑바로 서 있을 정도의 긴장이 타따미 위에 디디고 서 있는 발가락에서부터 부드러운 어깨선에 이르기까지 전신에 가득 차 있다. 그는 그런 모습을 언제나 아주 신기한 물건을 앞에 둔 듯한 기분으로 바라보았다.

낮은 목소리를 입 밖에 낼 때에도 요오꼬의 살갗은 아직 차가움을 유지하고 그의 살갗에서 가만히 멀어져 몸부림치고 있었다. 그 차가움을 통해 움푹 들어간 쇄골과 두 팔의 안쪽과 유방에서 옆구리로 흐르는 선, 그리고 무디게 튀어나온 허리뼈 등의 감각이 성의 흥분으로 휩싸이지 않고, 끊임없이 먼 곳에서 머나먼 길을 따라 모이듯 한점씩 고립되어 전해진다. 그 감촉을 향해 그는 역시 성적인 흥분과 약간 어긋난 곳에서 한점씩 살갗의 감촉을 집중하기 시작한다.

살갗의 감촉을 집중하고 있으면 그는 요오꼬의 아픈 감각과 하나의 선으로 연결되어가는 듯한 느낌이 들곤 한다. 길 한가운데 우두커니 서 있는 요오꼬의 고독과 황홀을, 그는 짧은 시간에 제대로 느낀 것 같았다.

……요오꼬는 길을 따라오다 갑자기 다른 느낌 속으로 발을 내딛는다. 멈춰서면 주변의 공기가 맑아져 그녀를 둘러싼 사물의 하나하나가, 주변에서 움직이는 인간들의 표정과 몸짓의 하나하나가 자연스러운 모습으로 선명해지기 시작하여 부자연스러울 만큼 선명해지고, 흡사 깊은 뿌리에서 끊임없이 서서히 나타나는 것처럼 끊임없이 새롭게 날카로워져 그녀의 감각을 매혹한다. 요오꼬는 거의 육체적인 고독에 가까운 것을 느낀다. 하나하나의 사물이 너무나도 선명하게 드러나는 것에 매혹되어 그녀의 감각은 무수하게 나뉘어 갈라져서 아주 맑아지고, 막막한 전체의 그리운 느낌을 움켜잡을 수도 없으며, 자기 자신이 있는 곳조차 하나로 파악할 수

없다. 그래도 요오꼬는 가까스로 하나로 유지된 자신의 존재감 속에서 주위의 선명함을 차분하게 지켜보고 있다. 그리고 똑바로 서 있기도 겨우 가능한 주제에 "아아, 아름다워"라고 잠긴 목소리로 가늘게 중얼거린다……

바위 위에 앉아 있던 요오꼬와 서로 눈을 마주 보며 바위 조각들의 물결 속을 한발 한발 걸었을 때의 긴장이 아주 애절한 희구의 감정이 되어 되살아났다. 언제든 요오꼬의 병의 깊은 곳과 완전히 한줄기로 연결된 것처럼 여겨지는 순간이 있다. 그러나 요오꼬의 감각 속으로 조금 더 깊이 헤치고 들어가려고 하면, 실絲은 미묘하게 풀리며 성의 흥분 속으로 흐트러진다. 그래도 그는 이번에는 같은 일의 반복에 기쁨을 느꼈다.

그런 반복에 몰두하여 그의 몸은 요오꼬와의 행위를 되풀이해도 전혀 성숙하지 않고 언제까지라도 젊은 남자다운 욕구 속에 머물러 있었다. 그에 반해 요오꼬의 살갗은 맨살의 차가움을 변함없이 유지하면서도 그가 알지 못하는 사이에 병을 안에 품은 채로 여자로서 성숙해갔다.

어느날 요오꼬는 잠자리에서 그쪽으로 방향을 틀어 한쪽 볼을 베개 속에 깊이 파묻은 채로 물었다. 눈이 여느 때보다 끈끈한 빛을 품고 있었다.

"넌 아이가 싫어……?"

그는 순간 임신을 생각하고 그렇게 묻는 방식에 눈살을 찌푸렸다. 그걸 알아챈 요오꼬는 그를 달래는 어투로 다시 말했다.

"그게 아니야. 단지 아이가 좋은지 싫은지 그것만 묻는 거야."

안심하게 되자 그런 질문을 받은 젊은 남자의 예로서 그의 대답은 심드렁했다.

"글쎄. 전차 안에서 부모와 자식이 세명 나란히 앉아 있는 것을 보면 우스워 죽겠어. 이쪽에는 남자가 있고 저쪽에 여자가 있지. 아무 데도 서로 닮지 않았어. 그런데 그 가운데 앉아 있는 아이의 얼굴을 보면 양쪽 부모를 꼭 닮은 부분이 그대로 동거를 하고 있는 것 같아서 말이야. 마치 노골적으로 조작한 몽따주 같지만, 그런데도 자연스러워. 자연이라는 녀석은 꽤나 익살맞게 나쁜 걸 들춰내는 장난꾸러기야. 그건 그렇다 치더라도 남 앞에서 용케도 세 얼굴을 나란히 드러낼 수 있다는 게."

그러자 요오꼬는 쓴웃음을 띠고 그의 얼굴에서 눈을 천천히 떼며 어둠을 향해 혼자서 중얼거렸다.

"나는 싫어. 나 같은 인간이 하나 더 어딘가를 걷고 있을 것을 상상하면 소름이 끼쳐. 지하감방에라도 가둬주고 싶어."

그는 그저 요오꼬가 '나도' 라고 말하지 않은 것을 의아하게 생각했다.

돌아가는 길에 이제 옷을 갖춰입고 몸을 엉거주춤하게 일으킨 그를 아랑곳하지 않고 요오꼬는 여관의 지저분한 화장대 앞에 털썩 다리를 모아 옆으로 구부려 앉아서 갑자기 윤곽이 느슨해진 몸을 완만하게 구부리고 언제까지나 머리를 빗고 있었다.

5

7월 들어 얼마 지나지 않은 어느날, 찻집에서 서로 마주 보고 앉아 있던 요오꼬는 그의 와이셔츠의 가슴 부근을 가만히 주시하며 "그 옷, 아주 더워 보여. 더 시원한 폴로셔츠를 사줄게"라고 연상의 여자처럼 말하더니 대답을 기다리지 않고 자리에서 일어났다.

그다지 마음이 내키지 않는 그에 앞서 요오꼬는 황새걸음으로 백화점에 들어가 매장에 다가감에 따라 진지한 눈빛으로 변해갔다.

그의 폴로셔츠를 정하려는 요오꼬의 얼굴은 연인을 위해 뭔가를 하려고 하는 여자의, 실생활의 한 끝을 주둥이로 쪼며 순수함을 즐기는 표정과는 멀었고, 식구를 위해 조금이라도 좋은 제품을 조금이라도 싸게 사려고 하는 여자들의 깐깐한 표정을 보이고 있다. 몸에 걸치는 물건을 선물 받는다는 것은 몸을 접촉하는 것보다 더욱 농후한 관계를 맺는 일일지도 모른다고 마음속으로 생각하면서 그는 요오꼬로부터 조금 떨어져 서 있었다.

매장의 여자가 점차 언짢은 표정으로 변해가는 것도 개의치 않고 요오꼬는 연이어 다른 폴로셔츠를 꺼내오도록 했다. 여자가 한창 물건 하나를 계속하여 권유하고 있을 때에도 요오꼬는 다른 물건에 불쑥 손을 뻗어서, 그것을 그의 가슴에 대보고 마네킹이라도 보는 듯한 눈빛으로 그의 몸을 둘러보았다. 그는 어떤 옷을 대보더라도 "이거 괜찮지 않아?"라고 같은 말을 반복했다. 매장의 여자도 설명이 무시당한 조바심을 은근한 웃음으로 얼버무렸고, 아니 얼버무렸다기보다는 오히려 드러내며 "그것도 어울리시는군요"라고 같은 대답을 반복하고 있었다. 요오꼬는 그런 것은 전혀 알아차리지 못한 모습으로 그의 가슴에 댄 폴로셔츠에 험악한 눈길을 보내고는 아무 말 없이 고개를 갸웃하더니 다시 새로운 것을 꺼내오도록 했다.

그사이에 요오꼬의 눈이 희미하게 안으로 틀어박히기 시작하는 것을 그는 알아차렸다. 지금까지 바쁘게 셔츠를 잇달아서 쥐고 있던 손의 움직임이 갑자기 완만해지고, 막 내려놓은 물건을 바로 다시 집어들거나 집어들었던 것을 탁 떨어뜨리고 다시 다른 물건을 끌어당기는 어중간한 짓을 반복하고 있었다. '뭐야, 이 여자'라고 말하듯 쏘아보는 매장 여자 앞에서 요오꼬의 얼굴은 스르르 방심 상태 속으로 가라앉아가는 것 같았다. 입술만이 오기로 다물어져 있었다. "한번 더 둘러볼까?"라며 그가 제지했다. 매장 여자가 진열대에서 반발짝 물러나 가볍게 목례를 하고 두사람이 떠나가기를 기다리는 태세를 갖췄다. 그래도 요오꼬는 의미도 없이 폴로셔츠를 손에 들었다 내려놓는 짓을 그만두지 않았다. 그렇지만 한참 지나자 그녀는 갑자기 끈기가 다한 듯이 한숨을 쉬고 진열대 위에 어질러진 셔츠를 양손으로 모아 여자 쪽으로 밀어보내며 "수고했어요"라고 이 말만은 상쾌하게 내뱉은 다음 걷기 시작했다. 그가 요오꼬의 뒤를 쫓으면서 매장 여자에게 가볍게 머리를 숙이자, 그 여자는 정중하게 절을 하면서 입술을 삐죽거리고 웃었다. '자기 물건은 스스로 고르는 게 어때?'라는 눈빛이다.

어디로 갈 작정인지, 요오꼬는 남성용 매장을 곧바로 빠져나와 빠른 걸음으로 걸어갔다. 그도 대여섯걸음 뒤에서 요오꼬와 보조를 딱 맞추어 따라갔다. 정말로, 기분이 서로 맞지 않는 일이 갑자기 생겼지만 그런데도 헤어지지 못하는 남녀의 그림이구나, 하고 생각하며 그는 자신이 벌써 상당히 전부터 관찰의 태도를 취하고 있음을 알아차렸다.

그러는 동안에 요오꼬의 발걸음이 무거워졌다. 뭔가 이런저런 생각을 하기 시작한 듯하다. 그를 가까이 오게 하여 뭔가 말하고 싶은 듯이 요오꼬는 점차 발걸음을 늦추었다. 그리고 갑자기 그의 존재 따위는 안중에도 없는 듯한 고독한 뒷모습으로 가던 길을 멈추고 핸드백을 가슴 앞으로 돌려 양팔로 안았다. 그러자 그 팔 안에서 핸드백이 요오꼬의 몸을 타고 미끄러져 떨어지려고 했다. 요오꼬는 안으로 움츠리듯이 무릎을 꿇어 상반신을 앞으로 확 굽혀서는 움푹 팬 배 근처에서 핸드백을 받았다. 그리고 그대로 핸드백을 아랫배에 밀어붙이고 움직이지 않았다. 앞으로 굽힌 상반신에 끌려 긴장된 원피스가 등에서 허리선을 노골적으로 비추고, 몇겹이나 되는 깊은 주름이 잘록한 허리로부터 움푹 들어간 배의 안쪽을 향해 매우 자극적으로 끌렸다. 아무리 꽉 안아도 핸드백이 계속해서 아랫배에서 흘러내리는 듯 무릎이 점차 불안한 표정으로 굳어졌다.

아주 짧은 시간이었다. 가까스로 요오꼬는 등을 펴고 핸드백을 가슴 앞에 다시 안고 걷기 시작했다. 그렇지만 대여섯걸음 걸어가는 듯싶더니 그녀는 다시 엉거주춤한 자세로 점차 왼쪽으로 비틀거리다, 왼쪽 벽에 한쪽 팔꿈치를 대고 몸의 무게를 가만히 맡긴 채 다시 움직이지 않았다. 그 몸이 점차 벽을 따라 미끄러져 쓰러질 것 같은 느낌이 들어 수수방관하던 그는 제정신을 차리고 요오꼬 옆으로 걸어가서는 자기 몸으로 요오꼬의 모습을 타인의 시선으로부터 막아주었다. 그리고 벽에 몸을 기대 핸드백 속을 뒤지는 동행인 여자를 어깨 너머로 들여다보는 체하며 요오꼬의 귓전에 얼굴을 가까이 댔다. "무슨 일이야?"라고 묻자 요오꼬는 눈을 가늘게 감은 얼굴을 들고 뒤로 뺀 허리부터 상반신을 비스듬히 밀어올리듯이 그를 향해 뻗고는 가늘고 긴 한숨을 쉬었다. 그는 무심코 주변을 둘러보고 아무도 이쪽을 보고 있지 않음을 확인했다.

우선, 그는 요오꼬의 팔꿈치를 잡아 그녀의 몸을 벽에서 떼어놓았다. 요오꼬는 그에게 기대지 않고 팔 부축을 받으며 몸을 완만하게 부등호처럼 구부리고 천천히 발을 옮겼다. 눈을 너무 크게 떠서 표정이 사라져 있었다. 굳게 다문 채 군침을 계속 삼키고 있는 듯 움직이는 입술이 저절로 붉게 익어 여자다움을 있는 그대로 드러내고 있었다. 때때로 요오꼬는 멈춰서서 머리를 천천히 돌려 가게 안 사람들의 움직임을 둘러보았다. 그 방심상태가 노골적으로 드러난 모습을 남의 눈에 띄지 않도록 하기 위해 그도 요오꼬의 머리 움직임에 맞추어 둘이서 뭔가를 찾고 있는 듯이 가게 안을 둘러보았다. 그렇게 똑같이 움직이자 그는 요오꼬의 병과 다시 하나의 선으로 연결되어가는 느낌이 들었다. 그러나 다시 걷기 시작하자 그는 요오꼬의 병이 어느샌가 성숙한 여체의 무게를 갖추고 있는 데에 놀라움을 느꼈다. 이전처럼 몸이 사라져가는 느낌도, 혼자 서 있을 수 없는 단순한 물체의 무게로 되돌아가는 느낌도 이제 들지 않았다. 요오꼬의 몸은 걸어가면서 마치 가슴을 안고 무릎을 조금 오므리고 잠자리로 이동해갈 때와 같은 여자의 육체감을 드러내고 있었다. 요오꼬는 자꾸 비틀거리고 그대로 다른 방향으로 벗어나려고 한다. 그가 팔꿈치를 붙잡고 끌어당기면 요오꼬는 그의 팔 안에서 희미하게 황홀한 감각으로 주변의 소란스러움 속으로 몸을 비틀었고, 가늘고 쉰 목소리가 가슴속에서 새어나왔다. 그때마다 그는 요오꼬의 병이 자신들의 은밀한 일을 폭로하며 혼자서 사람들 속을 걸어다니려는 것처럼 여겨져 왠지 불안한 기분이 들었다.

한참 지나서 그는 겨우 계단을 발견했고 요오꼬를 인도하여 층계참까지 내려왔다. 그곳에서 그는 다시 우울한 기분이 들었다. 층계참은 양측에서 내려오는 계단이 합류하여 마치 무대와 같이 펼쳐져 있고 거기서부터 폭 넓은 계단이 지하층의 플로어를 향해 이어져 있었다. 그 계단의 가장자리까지 와서 요오꼬는 걸음을 멈춘 채 지하층 사람들의 움직임을 멍하니 둘러보았다. 터무니없는 곳에 멈춰서 있구나 싶어 그는 어찌할 바를 몰랐다. 그리고 일각이라도 빨리 둘이 지하층 인파 속에 섞여버렸으면 하는 마음에 조바심이 나서 요오꼬의 팔죽지를 다시 잡고 그녀를 옆으로 끌어당겼다. 그러자 요오꼬 몸이 가까이 끌려오는가 싶더니 그로부터 머리를 쓱 멀리하며 이상한 눈으로 그의 얼굴을 응시하더니 어깨를 좌우로 비틀어 그의 팔에서 빠져나와서는 아연해하며 서 있는 그의 가슴을 양손으로 힘껏 밀어냈다.

"뭐야, 너 같은 게."

끈적끈적하게 중얼거리는 소리가 바로 뒤로 비틀거리는 그의 귀에 들어왔다. 몸을 다시 제대로 세운 그는 이제 손을 내밀 기력조차 잃고 조금 떨어진 곳에서 요오꼬와 지하층 손님들의 모습을 번갈아 쳐다보았다.

요오꼬는 등을 뻗어 가슴을 펴고, 게다가 플로어를 향해 배를 조금 내밀고 서 있었다. 계단 옆에 멈춰서서 남 앞에 모습을 드러내고 어디로 갈까 혼자서 생각하는 여자의 모습이었다. 플로어 여기저기에서 남자들 몇이 발길을 멈추고 각각 둔하게 의아한 표정을 띠며 그녀를 올려다보았지만, 그 눈에 분명한 관심의 빛이 들기도 전에 다시 발밑을 보고 각각의 갈 길을 서둘렀다.

이윽고 요오꼬는 눈을 얌전히 발아래로 떨구고 자연스러운 여성의 발걸음으로 계단을 내려가기 시작했다. 그는 하인처럼 잠자코 곁으로 다가갔다. 팔을 내밀자 요오꼬는 순순히 잡았다.

찻집으로 돌아와 "이제 괜찮아……?" 하고 묻자 "뭐가?" 하고 요오꼬는 되물었다.

"뭐라니…… 아까 이상했잖아."

"전혀 이상하지 않았는데."

의외라는 듯한 목소리였다. 그러나 눈앞의 요오꼬를 보니 마음의 균형을 잃은 다음 안도감에 잠겨 있는 모습이 의자에 깊숙이 기대앉은 등에서도, 주스를 조금씩 홀짝이는 입가에서도 명백히 엿보였다.

"앞으로 좀 조심해야겠어."

요오꼬의 안도감을 어지럽히고 싶지 않아서 그는 그것으로 이야기를 마무리하려고 했다. 그러나 요오꼬는 무죄를 주장하듯이 덤벼들었다.

"뭐 말이야? 내가 어쨌다는 거야?"

"혼자서 걷지 못했던 것 같은데……"

"그건 약간 속이 안 좋아져서 그런 것뿐이야."

병에 관해 요오꼬의 입에서 처음으로 듣게 된 진부한 변명이었다.

"그렇게 숨길 것 없잖아." 그는 흥이 깨진 듯한 기분으로 중얼거렸다.

"병은 이제 나았다고." 이렇게 대답하며 요오꼬는 불만이 가득한 얼굴을 가지런히 모은 풍만한 무릎 위로 향했다.

그리고 두사람은 말이 없었다.

그 이후로 그는 요오꼬와 시내에 머무르는 시간을 가능한 한 짧게 하기로 했다. 이제 다음에 요오꼬는 병 때문에 남의 눈도 꺼리지 않고 소리를 지를지도 모른다…… 그런 분방한 상상에 그는 불안해했다.

뭇사람들 사이에 가능하면 오래 머무르지 않도록 하려니 두사람의 행동은 자연히 그 장소로 제한되었다. 두사람의 관계를 점차 외부와 차단해가는 일에 그는 기쁨을 느꼈다. 정오가 좀 지나 역에서 내려 평소 늘 갔던 곳을 향해갈 때에도 그는 이제 요오꼬를 뒤에 두고 길을 서두르는 식의 어중간한 짓은 하지 않았다. 그는 무거운 여름의 햇볕 속에서 요오꼬를 환자처럼 팔 안에 에워싸고 천천히 걸었다. 그리고 그 장소 바로 앞까지 일정한 발걸음으로 걸어온 다음에 둘이서 갑자기 햇빛 속에서 짙은 그림자 안으로 들어간다. 작은 정원수 뒤에 가만히 서 있으면 바로 뒤에서 오던 사람도 빛과 그림자의 낙차로 눈이 어두워져 두사람의 행방을 알아차리지 못하고 지나간다.

그러나 그렇게 틀어박혀 있다보면 그는 밖에서 서로 떨어져 긴장하며 보내는 시간에 의해 지금까지 자신들의 성행위가 얼마나 청결한 감각을 유지하고 있었는지 알게 되었다. 어둠속에서 요오꼬와 서로 몸을 밀착하고 있을 때면 뭇사람들 속에서 핸드백을 아랫배에 끌어안고 무릎을 움츠린 채 꼼짝 못하고 서 있는 요오꼬의 모습이 갑자기 눈앞에 생생하게 떠올라 감각과는 별도로 그를 몹시도 자극했다. 그날 요오꼬의 음란한 발작이 남의 눈에 대한 경직에서 해방되어 한꺼번에 어두운 방 속으로 흘러들어왔다. 요오꼬의 몸은 물론 그의 몸도 변화하기 시작했다. 이전에 가지고 있었던 윤곽의 견고함을 잃은 그의 몸은 그와 더불어 맨살의 맑은 감각도 잃어버렸다. 그만큼 두사람은 이전보다 더 분방하게 살갗을 맞댔다. 요오꼬의 몸은 이제 뜨거운 습기가 끊임없이 그 살갗에 흘렀고 날이 지남에 따라 여자다운 수줍음을 드러냈다. 그는 요오꼬와 함께 한층 그녀의 병 속으로 빠져들기를 바랐다. 그러나 병의 핵과 같은 부분에 냉랭히 접촉하던 일은 이제 끊어졌다. 병 자체는 그날 이후 토라진 여자처럼 계속 침묵하고 있었다.

그 대신 요오꼬는 오히려 자신의 병에 대해 빈번히 말하게 되었다. 시트에 몸을 깊이 묻고 천장을 응시하며 "최근 다시 상태가 나쁘다니까"라고 요오꼬는 느닷없이 중얼거린다. 어떤 상태냐고 물었더니 "몸이 무겁고 서서 걷는 게 벅차고"라며 그녀는 베개 위에서 머리를 천천히 좌우로 흔든다. 괴로움을 푸념하는 목소리에도 깨나른한 충족감이 어려 있었다.

이전처럼 자신이 있는 곳이 확실하지 않은 듯한 느낌은 사라졌다. 그렇기는커녕 오히려 너무 확실하여 속수무책이다. 마치 방치해두었던 누름돌처럼,이라고 요오꼬는 한숨을 섞어 중얼거린다. 혼자서 방에 틀어박혀 자신의 몸을 곰곰이 보면 가슴 부분도 그렇고 허리 주변도 그렇고, 자신의 몸이라 생각할 수 없을 만큼 굵어졌다. 그건 좋은 일이지만 아무것도 아닌 동작 하나하나에도 묘한 느낌이 늘 머리에서 떠나지 않는 건 견디기 어렵다. 예를 들어 손을 귀 뒤에 가져가 머리를 매만지고 있으면, 어딘가에서 조금 살찐 여자가 누군가와 세상 돌아가는 이야기를 하면서 무의식중에 한 손을 목덜미에 대고 가려운 곳을 긁고 있는, 그런 모습을 자신의 손 움직임에서 느낀다. 밥을 가득히 담은 밥공기를 손에 들면, 젓가락을 쥐고 있는 손이 밥알과 같이 부풀어 흰빛을 띠기 시작하여 웬지 계속하여 부끄러워하고 있는 듯한데, 그런데도 아주 뻔뻔스러운 느낌으로 저절로 총총히 움직이기 시작한다. 타따미에서 일어날 때의 허리 느낌, 계단을 내려올 때의 넓적다리 느낌, 방바닥에서 뭔가 주울 때의 움푹 팬 배의 느낌, 뭐든지 모두 이제 어린아이 두명이나 있을 듯한 여인의 느낌이 되어, 동작에는 조금 늦게 몸의 안쪽에서 조금씩 퍼지기 시작한다. 그렇다고 해도 몸이 타인의 몸이 되어버리는 것 같지는 않고, 뭐든 자신의 것이라는 실감은 생생한데 뭔가 자신의 힘으로는 버거운 무게와 같은 느낌이 들어, 괴로움에 시달린다……

"괴로움에 시달린다……"라는 쉰 목소리를 마음속으로 삼켜버리고 요오꼬의 얼굴은 오히려 도취되어가는 듯 보인다. 베개에서 머리를 조금 일으켜 그쪽을 보았더니 부풀어오른 타월 아래에서 요오꼬는 몸을 구부러뜨리고 있다.

그런 일이 한주에 한번 반복되었다. 한달 정도 지난 어느날 무거운 몸을 아주 주체 못하는 듯 구부러뜨리고 있는 요오꼬의 모습을 보고 있는 동안에 그는 문득 그녀의 평소 생활이 걱정되어 물어보았다.

"하루 종일 무엇을 하고 지내고 있어?"

"방에 틀어박혀 누워 있어, 대개는."

요오꼬는 그가 보고 있는 걸 알아차리지 못하고 계속 몸을 움직였다.

하루 종일 이층의 창문을 전부 열어두고 요오꼬는 벽 옆에 있는 소파 위에 몸을 완만하게 구부리고 누워 있다. 벽의 한면에 천장 높이까지 책장이 놓여 있는데, 아버지가 남긴 오래된 책들이 누가 읽는 것도 아닌데 가득 차 있고, 방 한가운데를 향해 무게중심이 기울어 있는 것처럼 무질서한 느낌으로 서 있다. 그녀의 몸도 무겁고, 벽의 책장도 책상도 탁자도 의자도 모두 무겁고, 자신의 무게를 스스로 지탱하는 게 괴로워서 차라리 서로 무게를 맡겨버릴까라고 생각하면서도 역시 자신의 무게로 서 있다. 이전에는 주변의 물체가 묘하게도 강렬하게 다가와 그 사이에서 그녀 자신이 사라져버릴 것 같은 느낌이 들어 마른 몸을 꽉 안고 탁자 앞에서 웅크려버린다. 그런 일이 일년에 한번 내지 두번 정도 있었다. 그렇게 하여 몸의 깊은 속에서 스며나오는 불안한 기분을 가만히 마무르고 주변 물체의 강렬함과 겨우 균형을 취하고 있었다. 그러는 동안에 점차 멍해지기 시작하여 조금이라도 몸을 움직여서는 안된다고 하는 긴장감을 남기고, 그다음엔 뭐든 졸음 속에 녹아버린다. 다가오는 물체의 양을 가능한 한 적게 하기 위해 두꺼운 커튼을 내려 방 안을 어둡게 하고 있었지만 한여름에도 조금도 땀을 흘리지 않았다. 그런데 지금은 창을 모두 열고 방문도 열어 통풍이 잘되는 곳에 누워 있어도 피부에 흥건히 땀이 배어난다. 주변의 물체가 그녀 속으로 쏟아져 들어오는 것 같은 불안은 이제 없다. 물체는 물체로서 각각 괴로운 듯 자신의 무게에 몰두하고 있다. 그녀의 몸도 소파를 내리누르며 부끄러울 정도로 오로지 누워 있다.

"그게 왜 괴로워? 괴로우면 일어나서 뭐든 좋으니까 활동해보는 거야." 그가 말했다.

"그게 말이야." 요오꼬의 목소리는 끈끈하게 꼬리를 끌었다.

"그게 일어나서 뭔가를 하려고 하면 어떻게 해야 좋을지 모르겠어. 병은 확실히 좋아졌어. 좋아졌으니까 빨리 내 생활을 이뤄나가지 않으면,이라고 생각하는 거야. 그래도 말이야, 일어날 기분이 나지 않아. 가능하면 이대로 언제까지라도 엎드려 있고 싶어."

"왜……"

"왜라니, 일어나 걷기 시작하면 이대로의 몸으로 다른 인간이 되어가는 것 같은 느낌이 들어. ……사소한 동작에 언니의 동작이 쑥하고 중첩되어오는 거야."

요오꼬의 단 하나의 육친이자 보호자인, 아홉살 차의 언니에 대한 이야기였다. 오년 전에 결혼하여 지금은 세살과 한살이 되는 남자아이가 있다고 한다.

"언니를 닮아가면 좋은 일이잖아?"

언니에 대해 말할 때 요오꼬의 싸늘함에 대해, 그는 이전부터 자매 사이의 긴장을 어렴풋이 짐작하고 있었지만 골짜기 아래에서 웅크리고 있던 요오꼬와 훌륭하게 한집안 살림을 잘 꾸려가고 있다는 언니와의 거리를 생각하고 무심코 그런 질문을 하고 말았다.

"언니를 닮다니 그게 될 말이야?"

요오꼬는 쉰 목소리를 낮게 죽이고 중얼거리며, 아주 밉살스러운 눈으로 천장을 응시했다. 이쪽이 흔해빠진 응답이라도 한다면 히스테릭한 조소로 폭발할 듯한 기색이었다. 그는 타인의 집안에 대해 주둥이를 깊이 파고들어버렸을 때의 겸연쩍음을 느끼고 입을 다물었다. 그리고 상대 집안에 대해 서로 제대로 묻지도 않고 이렇게 하나의 이부자리에 몸을 나란히 하고 누워 있는 것을 떳떳하지 못한 행위라고 처음으로 느꼈다.

그렇지만 한참 지나자 요오꼬는 빙그르르하고 그의 쪽으로 몸을 다시 돌려, 시트에 양 팔꿈치를 대고 타월 아래에서 흰 가슴을 천천히 일으키는가 싶더니 갑자기 외설스러운 빛이 어리는 눈을 그의 얼굴에 가까이 가져왔다. 그리고 두사람 외에 인기척도 없는 어둠속에서 목소리를 낮추고 속삭였다.

"그 사람, 옛날에 이상했었어."

그는 무의식중에 눈살을 찌푸린 자신을 알아차리고 요오꼬의 눈으로부터 얼굴을 돌렸다. 확실히 그것을 보았을 텐데, 요오꼬는 그를 향해 한층 더 몸을 앞으로 내밀어 한쪽 유방을 그의 두 팔 부근에 밀어붙이고는 한쪽 팔을 그의 목에 휘감고 입술을 귀에 살짝 대어 재잘거렸다.

"마침 지금의 나와 똑같은 나이였을 때야. 그 사람, 집에서 역까지 걸어 십분 정도의 길을 삼십분 걸려도 역에 당도할 수 없어서 올빼미 같은 눈을 하고 집에 돌아오는 거야. 모퉁이를 단지 세번 돌 뿐인 단순한 길이야. 길 순서를 물으면 분명하게 말하는 건 가능해. 그게 막상 길을 찾아가면 도중에 평소와 느낌이 달라 알 수 없어져버린다고 해. 아직 건강했던 엄마를 상대로 정말로 심각한 얼굴로 한탄하고 있는 것을 옆에서 듣고 있으면, 웃음을 터뜨릴 것 같았어…… 도중에 담배 가게가 있어. 최초의 표적이지. 아, 여기가 담배 가게구나,라고 생각하며 다가간대. 그리고 앞까지 오면 그 가게의 느낌이 평소와 완전히 달라. 그래서 아무리 애써도 그곳을 지나쳐서 앞으로 나아가지 못하고 어쩔 수 없이 집 앞까지 되돌아와 처음부터 다시 시작하지. 이번엔 담배 가게 쪽을 보지 않도록 꾹 참으며 바로 앞까지 와서 갑자기 눈을 들어. 그러면 전혀 본 기억도 없는 가게라는 거야. 몇번이고 몇번이고 같은 짓을 반복하고 있어, 매일 아침. ……그렇지만 실은 모두 알고 있었어. 제정신이었던 거야, 그 사람은. 단지 고집이 세고 제멋대로여서 매일 한번 자신의 느낌을 관철하지 않으면 만족하지 못했던 거야. 그 증거로 일단 역까지 바래다주면 그다음은 천연스럽게 학교로 가서 반듯하게 돌아오는걸."

그는 아연했다. 비슷한 병을 앓고 있는 요오꼬에게 대체 어디에 그런 냉담한 현실감각이 잠겨 있는 걸까? 그런 눈을 가지고 있다면 왜 자신의 병은 그렇게 바라보지 않는 걸까? 아니면 그런 식으로 자신을 바라보면서도 실조失調가 일어나면 단지 괴로워해버리는 걸까? 한바탕 재잘거리더니 요오꼬는 그로부터 몸을 떼고 반듯이 누운 모습으로 되돌아가 "아……"라고 한숨을 짓고 눈을 감았다. 그런데 다시 한참 지나자 난데없이 머리를 일으켜 뭔가 아주 재미있고 추접스러운 이야기를 생각해낸 듯이 끈끈한 웃음을 띤 얼굴과 가슴이 동시에 다가왔다.

"그러는 사이에 여름방학에 들어가. 밖으로 나오지 않아도 해결된 것은 다행이지만, 그랬더니 그 사람, 매일 아침 길에서 하고 있었던 짓을, 집 안에 갖고 들어와버린 거야. 가족이야말로 달갑지 않은 일이야. 사소한 일이라도 그 사람이라면 정해진 순서를 밟지 않으면 끝날 수가 없어. 아침에 일어나 옷을 입잖아. 누구라도 무의식중에 매일 아침 그 사람 나름의 순서를 지키고 있지. 그것을 그 사람은 흡사 첫 의상을 입을 때처럼 하나하나 확인하고 가지 않으면 만족하지 못해. 단추를 잠글 때에 조금이라도 앞뒤가 맞지 않는 느낌이 든다면 정말 큰일이야, 속옷부터 다시 시작이야. 계단을 내려올 때에도 반드시 오른발부터 내딛고 한단씩 정중하게, 불안한 듯 밟으며 내려와. 그런데 도중에, 계단을 뛰어내려오면 다리가 꼬이지. 그런 식으로 다리의 리듬이 흐트러져 앞으로 넘어질 듯이 기우뚱하여 멈춰버려. 그러고 나서 제일 위의 단까지 되돌아가 다시 시작. 그게 이상해. 내려올 때는 그렇게 신중했는데 되돌아갈 때에는 탁탁탁 하고 한숨에 올라가버리니까."

"하나하나 그런 것을 하고 있으면 하루가 끝나지 않겠지?"

그는 어느샌가 요오꼬의 이야기에 빨려들어가 물었다. 둘이서면 제삼자의 이야기를 하고 있는 듯한 느낌이었다.

"그게 신통한 일이야." 요오꼬는 자연스럽게 말을 이었다.

"……꼼꼼한 주제에, 어딘가가 쑥 얼빠져 있어. 삼십분이나 걸려 옷을 입고 내려온 주제에 세수는 잊어버리고 그대로 아침밥 식탁에 앉거나 목욕할 준비를 한시간이나 걸려서 한 다음 그대로 자버리거나."

그리고 요오꼬는 그의 귓전에서 낮은 목소리로 웃었다. 음감이 부족하고 심보가 나쁜 웃음이, 옆에서 입을 다물고 있는 그를 아랑곳하지 않고 어둠속에서 언제까지나 계속되었다. 언니가 지금의 요오꼬와 같은 나이였다고 하니 요오꼬는 열두살 소녀였다. 계단 도중에 선 채 꼼짝 못하고 있는 여자를, 신경질적인 소녀가 앙상한 몸을 아래층의 어둠속에 숨긴 채 험악한 눈으로 응시하고 있다. 그 눈은 현재의 요오꼬를, 아직도 멀리서 응시하고 있을지도 모른다……

요오꼬는 갑자기 웃음을 털어버리고 다시 목소리를 낮추어 말했다.

"한달이나 지나자, 그 사람, 마침내 자기 방 안에 완전히 틀어박혀버렸어. 지금 내가 진을 치고 있는 방이야. 더운데 커튼을 완전히 닫고 방 한가운데에 있는 탁자에 엎드려 몇시간이든 꼼짝 않고 있어. 가족들이, 아버지와 엄마와 내가 함께 그 사람이 살아가는 데 방해를 하고 있다는 거야. 자고 있는 동안에 머리맡에 단정하게 벗어 가지런히 놓아둔 옷을 개는 방식을 조금 바꿨다든가. 알지 못하는 사이에 치마의 허리 치수를 조금 가늘게 하여 그 사람의 허리 느낌을 굵게 하려고 했다든가. 가구의 위치를 모두 조금씩 옮겨 방의 느낌을 불안정하게 만들어버렸다든가. 뭔가 어떤 이야기라도 입에 올리면 그땐 듣지도 않고, 사람이 설득하려고 하면 미치광이 고양이처럼 눈을 부라리고 탁자 앞에 웅크려버려……"

요오꼬의 목소리는 점차 멍해지기 시작했다. 옛날 언니에게 받은 성가신 일을 지금 다시 한탄하고 있는 것 같기도 하고, 자기 자신의 병의 외고집스러움에 스스로 괴로워하면서 호소하는 것 같기도 하고, 말의 구석구석이 불분명한 감정 속으로 빨려들어간다. 탁자 앞에 웅크리고 있는 기분으로 생각에 잠겨 있는 듯, 요오꼬는 말을 끊고 잠시 침묵하고 있었다. 그러고 나서 다시 이전의 상태를 회복하고 재잘거리기 시작했다.

"그래서 내가 식사를 가지고 가게 되지. 방 안에 들어가면 어둡고, 그 사람은 탁자 위에 가슴을 찰싹 엎드려 머리를 껴안고 있어. 그렇지만 허리 부분이 묘하게 가늘고 길게 뻗어 있어서 탁자에서 멀리 떨어진 의자 위에 엉덩이가 별도의 생물처럼 얹혀 있어. 접시를 탁자 위에 올리고 말을 걸어도 몸을 조금도 움직이지 않아. 그런데도 한시간 정도 지나서 다시 오면 음식이 깨끗하게 사라져 있어. 화장실에 가고 싶으면 혼자서 쓱 하고 내려오는 거야. 발소리가 들리면 엄마도 나도 미닫이를 꽉 닫고 소리를 내지 않고 있어. 얼굴을 내밀게 되면 큰일이지. 그 사람, 엄청난 기세로 계단을 뛰어올라가."

무의식중에 요오꼬는 계속 그의 어깨 살갗에 가는 손톱을 세우고 있었다.

"목욕탕에는 아무리 해도 들어가려고 하지 않았어. 그렇기 때문에 닷새가 지나면 여름이니까 방 안에 냄새가 끼기 시작해. 접시를 양손으로 받치고 들어가면 가슴이 나빠질 것 같아. 조금이라도 빨리 나가자. 그렇게 생각하고 접시를 탁자 가장 가까운 곳에 두고 코에 손을 대고 방문까지 뒷걸음질로 와서, ……그러고 나서 막상 밖으로 나오려고 하면, 언제든 이 사람, 이런 냄새 속에서 어떻게 하고 있는 걸까라고 무심코 보게 돼. 그러면 이상해. 그런 냄새라도 조금은 코에 익숙해져 그 사람의 몸이 아주 만족스러운 듯 보이기 시작하는 거야. 자신의 병에 웅크려들고, 자신의 냄새 속에 잠겨들고…… 저런 것이, 외설스러운 거야. 추악한 거야, 짐승이야……"

요오꼬는 재잘거리면서 머리를 그의 몸에서 점차 일으키고 마침내 그의 위에서 대가리를 쳐든 것 같은 모습으로 방구석의 짙은 그늘 쪽을 미친 듯한 눈으로 노려보았다. 그리고 할 말을 더 찾지 못하고 한참 동안 어깨에서 헐떡이고 있었지만 문득 자신이 말한 '외설스러운'이란 말에 스스로 자극받은 듯이, 그의 목덜미에 얼굴을 밀어붙였다. 그리고 입술을 그의 살갗에 가볍게 댄 채로 속삭였다.

"그 사람, 그때는 아직, 육체에 대해 알지 못했어."

그의 살갗을 따라 요오꼬의 육체가 부풀어 움직이기 시작했다. 그는 그 가슴에 양손을 대고 힘껏 밀어제쳤다.

아까까지 타월을 부드럽게 돋우어 누워 있던 곳에 요오꼬가 윤곽이 희미한 몸으로 반듯이 구르더니 그의 눈을 머뭇머뭇 들여다보았다. 그러고 나서 그녀는 깜짝 놀란 모습으로 가까스로 몸을 일으켜 이불 위에 양 무릎을 꿇고는 타월을 끌어당겨 가슴부터 아래를 감추고 그를 되받아 응시했다.

"무정하게 내치지 마." 요오꼬는 가늘고 새된 목소리로 말했다.

"피를 나눈 언니의 병에 대해 그런 식으로 말하는 게 아냐."

"난, 병이 아니야."

그에게 통하지 않는 말을 열심히 우겨대는 요오꼬의 얼굴을 보고, 그는 자신의 말이 분별이 없었음을 느꼈지만 그보다도 빠르게, '골짜기 아래에 대해 생각해봐'라는 말이 그의 눈에서 새어나왔다. 요오꼬는 타월을 가슴에 강하게 끌어당겨대고 괴로운 듯이 몸을 비틀었다.

"병 안으로 들어가 눌러앉고 싶지 않아. 나는 언제나 경계선에 있는 얇은 막 같아. 얇은 막처럼 흔들리고, 그래서 살아 있음을 느끼고 있어. 언니처럼 되고 싶지 않아."

"언니는 건강해졌지? 지금은 한 가정의 주부로 두 아이의 어머니잖아?"

"그게 싫어. 옛날 일을 완전히 잊어버리고, 그래서 내 병을 기분 나쁜 듯이 보는 거야."

"그것으로 괜찮아. 건강해져 병에 대해 잊어버리는 건 어쩔 수 없는 일이 아냐?"

"병 속에 웅크려드는 것도, 건강해져 병에 대해 잊어버리는 것도, 둘 다 같은 일이야. 나는 싫어."

요오꼬는 이불 위에 정좌를 하고 타월을 무릎 위에 떨어뜨리고 가슴을 드러낸 채 고개를 숙였다. 어깨에서 가슴으로 이어지는 선이 애처롭고, 자신의 몸을 잊고 슬픔에 젖어 있는 아이의 모습을 연상시켰다.

6

보름 정도 지나서 두사람은 한동안 만나지 않기로 했다.

8월도 말이 되었다. 혼자만의 여름방학을 되찾자 그는 바로 깊은 산중의 싸구려 여관을 향해 출발했다. 책 몇권과 등산장비 한벌을 갖추어 열차를 탔을 때 그는 역시 해방감을 느꼈다. 그러나 여관에 정착하자 무언가 할 기력을 잃고 하루 종일 방에 틀어박혀 식사만 하고 꾸벅꾸벅 졸며 보낼 뿐이었다. 게으름을 피우며 잠만 자는 그의 몸속에 작은 계곡 소리가 높아졌다 낮아졌다 하며 계속 들려왔다. 계곡에 이른 황혼이 시작되어 여름의 정기가 끌어들인 부드러운 공기 속에 이삭 끝에서 노란빛을 띠어가는 풀내음이 잔잔하게 온통 가득 찬 시간이 되어도 그는 여전히 방구석에서 세운 무릎 그림자를 조금 더러워진 벽에 비춘 채 졸고 있었다. 때때로 계곡 물소리가 골짜기에 가득 차 흐르며 움직이는 느낌을 문득 잃어버린다. 그러면 그 고요함 속에서 요오꼬의 슬퍼하는 무거운 육체감이 그의 위에도 옮겨온다.

밤이 깊어 두꺼운 이불을 뒤집어쓰고 골짜기의 어둠에 귀를 기울이고 있자, 그는 몸이 피곤 속에 가라앉은 채로 요오꼬에 대해 생각했다. 다양한 요오꼬의 모습이 떠올랐다. 그러나 모두 계곡 물소리에 바로 섞여, 마지막에는 오로지 무릎으로 타월을 완만하게 들어올린 상태로 깨나른한 여름 오후 속에 누워 몸의 무게를 깊이 느끼고 있는 요오꼬의 모습이 남았다. 요오꼬의 몸은 병을 안에 품고 그대로 성숙하여 안정되기를 바라고 있다. 그의 마음이 앞으로, 앞으로 나아가려고 안달하지 않으면 요오꼬의 몸은 성깔 사나운 소녀처럼 바짝 마를 일도, 음란한 여자처럼 비만한 느낌을 띨 일도 없다. 요오꼬의 병을 고쳐주고자 하는 교만함은 그의 마음속에서 이미 깨끗이 사라졌다. 병이 쾌차하는 것도 악화하는 것도 그는 바라지 않았다. 좋아지는 것, 나빠지는 것, 그건 모두 요오꼬를 파괴하는 일처럼 생각되었다. 요오꼬는 자신의 몸의 무게를 슬퍼할 필요가 없다. 그는, 적어도 그의 몸은 지금 이대로 요오꼬와의 일이 똑같이 반복되어도 얼마든지 견딜 수 있다. 그것에 기쁨조차 느낄 수 있다……

여관 주소를 알리고 갔기 때문에 열흘째 되는 날에 요오꼬로부터 편지가 왔다.

　　—언제까지나 누워 지낼 수도 없기 때문에 이제 슬슬 일어나

생활하려고 신경을 쓰고 있습니다. 의자에 단정히 앉아 더운 오후시간을 보내고 있으면 머리를 희박한 공기 속에 넣고 있는 것 같은 기분이 듭니다. 인간이란 서서 걷는 것. 누워서만 지낸다면 환자 아니면 짐승입니다. 저녁때가 되어 햇빛이 부드러워지면 집을 나와 근처를 산보합니다. 길을 헤매는 일은 없지만 익숙할 법한 풍경이 조금 자극적인 느낌이 들어 때때로 얼굴을 찌푸리게 됩니다. 똑바로 걸으려면 몹시 난감해하는 듯한, 조금 우스운 당신의 얼굴이 앞쪽에 있다고 떠올릴 필요가 있습니다.

편지를 다 읽고 한참 지나서 그는 자신의 얼굴이 요오꼬가 말하는 우스운 얼굴로 경직되어 있음을 깨달았다. 골짜기 아래에서 요오꼬와 서로 마주 보며 바위 사이를 한발 한발 걸었을 때, 현수교 위에서 요오꼬의 시선을 끌면서 뒷걸음질 치고 있었을 때의 그 얼굴이었다. 그날부터 그는 졸며 지내던 안정감을 잃고 낮에는 하는 일 없이 고통받고 밤에는 불면으로 고통받으며 다시 신경을 곤두세우기 시작했다. 마침 그날부터 날씨가 변해 비가 계속 내린 탓인지도 모른다. 골짜기의 차가운 가을 습기는 누워 뒹굴다 졸며 보내기엔 기분이 편하지 않았다. 그는 벽에 기대 무릎을 껴안고 창밖의 비를 바라보며 시간을 보냈다. 벌레 한마리가 이쪽 물가에서 날아올라 세차게 내리는 비를 맞으면서 계곡 위를 낮게 건너간다. 그걸 눈으로 가만히 좇고는 그가 다시 신경을 곤두세웠다. 밤이 되자 빗소리는 계곡 물소리와 하나가 되어 무겁고 시끄러운 소리를 내며 골짜기 어둠속으로 흘러갔다. 그 속에 다시 요오꼬의 모습이 떠올랐다. 요오꼬는 이미 일어나서 앞쪽에 떠올린 우스운 얼굴을 향해 앞으로 조금 웅크린 채로 천천히 움직이고 있다. 발걸음이 흐트러 지자 그녀의 몸은 굳었고 편집증적인 눈빛이 어리기 시작했다. 그러더니 그녀의 발걸음은 갑자기 될 대로 되라는 듯 변하며 어딘가 히스테릭한 눈초리를 하고 여전히 주체 못하는 몸을 꾸벅꾸벅 졸면서 질질 끌고 간다. 긴장과 이완이 끊임없이 교체하는 꿈속의 모습이 웅성거리는 어둠속에서 여기저기 창백하게 떠오르고 앞쪽을 바라보며 잠시 걷다 다시 웅성거리는 소리에 밀려 사라져간다.

무리할 필요는 없다고 요오꼬에게 답신을 보낼까 생각도 했다. 그러나 낮에는 그녀의 모습을 떠올릴 수 없었고 책상 앞에 앉을 기분도 들지 않았다. 밤이 되면 요오꼬의 존재가 무거운 짐이 되어 그의 마음에 덮쳐온다. 웅성거리는 골짜기 여기저기에서 창백한 모습이 다시 배회하기 시작한다.

그는 그렇게 닷새를 더 골짜기 여관에 머물렀다. 엿새째도 여전히 비가 내렸다. 다음날 요오꼬와 만나기로 약속을 했기 때문에 그는 비가 내리는 골짜기를 버스로 내려와 역이 있는 마을로 나왔다. 아무 소용도 없었던 책과 등산장비를 수하물로 맡겨 보내버린 다음 그는 젖은 레인코트를 걸친 가벼운 차림으로 이웃 마을에 잠시 일을 재촉하러 가듯 디젤차를 탔다.

다음날 집을 나서려 하자 비가 쏟아질 날씨 같지는 않았지만 살갗을 스치는 바람이 축축하고 으스스 추웠기 때문에 그는 어젯밤 현관 벽에 축 늘어지게 걸어둔 레인코트를 다시 걸쳤다. 레인코트는 아직 골짜기의 습기를 머금고 있어서 그의 피부에 부질없이 차갑게 느껴졌다. 그렇지만 일단 입었더니 다시 벗기도 귀찮아서 그는 그대로 외출했다.

표지로 삼은 가게 앞에 서서 기다리고 있자 요오꼬도 하얀 레인코트를 입고 다가왔다. 구름은 아직 상당히 높고, 거리를 둘러보아도 레인코트 따위를 입고 있는 것은 두사람뿐이었다. 요오꼬는 인파 속에서 천천히 걸어와 막 병상에서 일어난 여자처럼 회복의 안도감인지 아픔의 여운인지 알 수 없는 웃음을 띠었다. 몸은 다시 이전의 여린 몸매로 돌아와 있었지만 그건 이미 이전처럼 구석구석까지 괴로운 듯 긴장된 여윈 몸이 아니라, 일단 확대되기 시작한 육체감을 부드러운 윤곽으로 드러내고 있었다. 손목 안쪽과 장딴지의 살갗이 창백하고 투명해서 가는 혈관이 비치고 있었다. 온몸의 살갗이 얇고 투명하여 열병에 씻긴 육체를 조용히 감싸고 있는 느낌이었다.

요오꼬는 자기 몸의 그런 투명함을 자각하고 그것을 애지중지하듯 그와 나란히, 그리고 천천히 다리를 움직였다.

요오꼬를 데리고 갈 만한 다른 곳도 없었기 때문에 그의 발은 자연히 평소 다녔던 여관으로 향했다. 요오꼬는 양손을 코트 주머니에 넣고 고개를 숙이고 따라왔다. 그렇지만 한참 지나자 그녀는 왕래하는 사람들 속에 두 발을 모두 멈추고 섰다.

"오늘은 해변으로 가." 요오꼬는 맑은 목소리로 말했다.

바다라는 말에 환기되어 한줄기 날카로운 선이, 수평선이, 그의 정욕이 미지근하게 퍼지는 한가운데로 뻗어나갔다. 수평선을 쳐다보며 요오꼬와 둘이서만 모래해변에 서 있는 기분을 생각하고 그는 아픔에 가까운 것을 몸으로 느꼈다. 바닷물 표면이 구석구석까지 비추일 듯한 날씨는 아니었다. 게다가 이미 멀리 나가기에는 너무 늦은 시간이었다. 그는 요오꼬의 신경을 걱정하며 물었다.

"그 이후로 외출한 적 있어?"

"오늘이 처음이야."

"갑자기 무리를 하지 않는 편이 좋지 않겠어? 아무래도 바다라는 곳은……"

"난 네가 돌아오면 우선 해변에 가리라고 혼자서 틀어박혀 있는 동안 쭉 생각하고 있었어."

천진난만한 말이었지만 그에게 응석 부리는 느낌은 전혀 없었고 계속 생각하고 있던 결의를 조용히 내미는 말투였다. 요오꼬는 사람들의 왕래가 많은 보도의 한가운데에 서서는, 통행인들이 그녀 앞에 성가시게 발길을 내디뎠지만, 한걸음도 그곳에서 움직이려 하지 않았다. 떨어져 있는 동안 요오꼬가 뭔가 한가지를 쭉 생각하고 있었다는 데에 그는 주눅이 들었다. 게다가 돌아오자마자 단순히 몸을 접촉하기를 요구한 자신을 부끄러워하며 그는 말을 더듬었다.

"어디에 갈까? 날씨도 나쁘고 시간도 늦고……"

"네가 정해."

그렇게 말하고 요오꼬는 걷기 시작했다. 평소 다니던 그 방으로 가는 길에서 벗어났다고 생각하는 것만으로도 이미 요오꼬의 발작에 대한 두려움으로 발걸음이 자꾸 흐트러지는 그를 아랑곳하지 않고, 요오꼬는 등을 펴고 행선지도 알지 못하는 처지에 얼굴을 곧바로 들고는 앞을 향해 나아갔다.

장거리 전차의 창가 좌석에 요오꼬는 진행방향으로, 그는 반대 방향으로 앉았다. 요오꼬 옆에는 나들이옷을 입은 상점 안주인 같아 보이는 여자가, 그 옆에는 월급쟁이 같은 중년 남자가 앉았다. 전차가 달리기 시작했다. 십오분 정도 갔을 때 그는 요오꼬의 신경을 다시 걱정하기 시작했다. 요오꼬의 자세는 아까까지 보였던 활달함을 잃고 다시 어색해졌다. 좌석에 똑바로 앉아 딱딱하게 움츠린 무릎 위에 양손을 놓고 손끝 주변을 응시한 채 그녀는 옴짝달싹도 하지 않았다. 좌석 등받이에도 창가에도 몸을 기대려 하지 않았다. 그러면서 혼자서 몸의 균형을 열심히 유지하려고 한 탓인지 전차의 진동에도 그녀의 몸은 흔들리지 않고 그대로 지나가는 듯 보였다. 서 있는 손님도 상당히 많아 소란스러운 분위기 속에서 그 모습은 마치 텅 빈 넓은 방에 혼자 앉아 있는 소녀처럼 주위와 기묘하게 분리되어 있었다. 숙인 이마 위에 창 뒤쪽으로 물러나는 전봇대나 가드레일의 모습이 눈이 어지러울 정도로 비치며 지나갔다. 철교에 접어들자 우악스러운 철골 형상이 굳게 움츠린 몸을 연달아 비스듬히 후려쳤다. 그때마다 요오꼬의 왼쪽 볼이 희미하게 굳어졌다. 그저 1미터 정도 바로 앞에서 그는 손을 쓸 방도도 없이 조마조마 지켜보았다. 적어도 요오꼬가 무릎을 그렇게 딱딱하게 움츠리지 않고 좀더 편안하게 앞으로 내밀면 둘의 무릎이 맞닿을 것이고 그 한 지점을 맞대는 덕분에 두사람 모두 훨씬 안정될 수 있을 텐데,라고 그는 요오꼬의 옹고집이 원망스러웠다.

그동안에 옆에 앉은 남자가 가끔 주간지에서 눈을 들어 요오꼬의 숙인 이마부터 작게 움츠린 가슴을 따라 허리 주변을 둘러보고 있음을 그는 알아차렸다. 요오꼬의 온순한 모습을 감상하며 이 여자는 처녀일까, 따위를 상상하고 있는 눈빛이었다. 남자는 머지않아 가볍게 타오른 정욕의 여운을 옮겨 전차에서 내리며 자신의 생활로 돌아갈 것이다. 그 여운이 무의식중에 주위 인간들에 대한, 예를 들면 가족에 대한 상냥함으로 나타날지도 모른다. 잠자리에 들어 불을 끌 때 요오꼬의 모습이 문득 떠오를지도 모른다…… 요오꼬로 인해 온통 신경을 긴장시키고 있는 괴로움 때문에, 그는 문득 옆 남자의 무책임한 입장이 부러워져 남자와 나란히 남자와 같은 눈빛으로 요오꼬의 모습을 바라보았다. 그러자 둘이서 요오꼬를 더럽히고 있는 듯한 불쾌한 기분이 들어 그는 무심코 요오꼬로부터 눈을 돌렸다. 그리고 육체관계까지 가졌는데 여기에서 이렇게 따로따로 앉아 있는 자신들 두사람에 대한 벌처럼, 이번에는 자신이 다음 역에서 아무 말 없이 일어나 내려버리는 모습을 상상했다. 그가 사라진 후에 요오꼬는 이대로 어디까지라도 가버릴 것이다. 플랫폼에 서서 멀어지는 전차를 보내는 기분을 그는 상상해보았다. 버림받은 외로움은 그에게 남았다. 그는 요오꼬를 지켜보는 일에 지쳐 눈을 감았다.

눈을 뜨자 옆에 앉은 여자가 커다란 목소리로 요오꼬에게 말을 걸고 있었다. 요오꼬는 고개 숙인 얼굴을 여자 쪽으로 반쯤 돌려 여자 무릎 주변을 무표정한 얼굴로 주시하면서 여자의 빠른 말을 열심히 들으려고 했다. 뭔가 질문을 받을 때마다 요오꼬는 곧바로

파악할 수 없는 듯 잠시 불안하게 골똘히 생각에 잠기고 나서 허둥
지둥 대답을 했다. 대충 파악하지 않고 그냥 대답해도 괜찮을 질문
까지 하나하나 의미를 이해하려고 하는 듯 요오꼬는 반복적으로
가벼운 방심상태에 빠졌다가 여자 눈빛에 재촉을 받아 허둥거리
며 모두 고분고분하게 대답해버린다. 그렇게 그녀는 수많은 인간
들 사이에서 스쳐지나다 만난 여자에게 연령이며 학교며 주소며,
그에게도 곧바로 이야기하지 않았던 일신상의 문제를 계속 대답했
다. 여자는 그런 시골 처녀 같은 미숙함이 마음에 든 것 같았다. 게
다가 요오꼬에게 부모가 없다는 말을 듣고 동정심이 생긴 듯 보호
자인 양하는 말투로 목소리를 높여 인생론을 펼치더니 혼자서 감
개에 젖었다. 그러는 동안에 자기가 한 농담에 스스로 재미있어하
며 금니가 두드러지는 입을 크게 벌리고 웃었다. 요오꼬는 한쪽 볼
에 울상을 지으며 소리를 내지 않고 여자의 웃음에 응하고 있었다.
여자는 웃을 만큼 웃자 갑자기 웃음을 그치고 한숨을 짓더니 어쩐
지 서글픈 표정으로 창밖을 바라보고 있다가 느닷없이 요오꼬 쪽
을 향해 말했다.

"아, 배가 고프네."

"예, 그렇네요."

요오꼬는 끌려들어 대답하고 말았다. 여자는 무릎 위 손가방 속
을 뒤적뒤적 찾기 시작했다. 한참 지나자 여자는 주름투성이의 종
이 보자기를 꺼내 속을 들여다보고 "어, 하나밖에 없네. 반씩 나누
지"라고 말하고는 불그스름한 큰 손으로 팥빵을 꺼내 두개로 나누
어 팥이 비어져나온 쪽을 요오꼬 손에 내밀었다. 요오꼬는 무심코

받고 나서 어찌할 바를 모르는 눈으로 그를 처음으로 보았다.

'괜찮으니 먹어'라고 눈으로 대답해주는 것 말고는 방법이 없었다. 그러자 요오꼬는 우선 입술을 살짝 연 다음 빵을 잘게 잡아 뜯어 마치 약을 먹을 때처럼 손끝으로 입가에 가져가 입술 사이로 입안에 밀어넣었다. 세살짜리 아이보다 어설프고 보기에도 딱하게 먹고 있었다. 그러나 일단 빵을 입에 넣고 천천히 볼을 움직이자 요오꼬의 얼굴은 지금까지의 어설픔이 믿어지지 않을 만큼 뿌루퉁하니 고집을 드러내서 연령을 뛰어넘어 여자티가 나기 시작했다. 오직 눈만이 그의 호기심을 확인하려는 듯 뭔가를 먹는 부끄러움 속에서 가만히 그의 눈을 응시하고 있었다. 그는 문득 요오꼬가 뭔가 먹고 있는 모습을 본 게 이것으로 세번밖에 되지 않음을 알아차렸다. 함께 레스토랑에 들어갔을 때에도 처음 갔을 때의 일이 생각나서인지 요오꼬는 그 혼자만 먹게 하고 자기는 뭔가 음료수를 주문해놓고는 유리컵 가장자리로 그저 입술을 적시듯 조금씩 홀짝홀짝 마실 뿐이었다. 그런 요오꼬가 전차 속에서 뭔가를 먹는 고통을 상상하며 그는 요오꼬의 손에서 빵을 빼앗아 감출 틈을 노렸다. 그렇지만 여자가 입을 느릿느릿 움직이면서 계속 요오꼬에게 말을 걸고 있었기 때문에 손을 쓸 수 있는 기회도 없었다. 이윽고 빵을 먹고 있는 요오꼬의 표정은 괴로운 듯한 모습 그대로 옆에 앉은 여자와 흐릿하게 비슷해졌다.

해변에 도착하자 하늘은 시내보다 낮게 드리워져 있었다. 끊임없이 움직이는 구름 사이로 가끔 빛줄기가 비스듬히 내려와 너울거리는 물결 사이로 밝은 띠를 펼쳤지만 멈춰서서 바라보는 사이에 퍼지는 회색 속으로 삼켜졌다. 하늘과 바다, 그저 농담濃淡이 다른 두 회색의 전개를, 수평선이 무디게 나누고 있었다.

전차에서 내린 이후 요오꼬는 침울해져 무슨 말을 해도 만족스럽게 대답하지 않았다. 띄엄띄엄 중얼거리는 목소리에 아직 조금 전 빵의 찰기가 남아 있었다. 입안의 달짝지근한 맛을 넘기려고 요오꼬는 가끔 하얀 목을 부풀렸고 그러고는 눈물을 글썽였다.

두사람은 구불구불 굽이진 작은 후미 여러개를 따라 바위만 있는 바닷가를 걸었다. 요오꼬는 그가 내민 손을 의지하려 하지 않고 그보다도 바다 가까운 길을 택해 크고 작은 다양한 바위를 가는 구두로 하나하나 힘껏 디디며 걷고 있었다. 10미터 정도 앞으로 나아가더니 멈춰서서 눈앞에 펼쳐지는 바위들을 조망하고, 다음에 어느 바위로 발을 내디딜지에 자기 걸음걸이의 지속성이 걸려 있기라도 한 듯 진지하게 골똘히 생각하는 표정이었다. 바위 위에서 약간 발돋움하는 요오꼬의 몸은 긴장 때문에 너울거리는 회색 물결 앞에서 바싹 말라간다. 그렇지만 오른발이 다음 바위를 선택하여 내딛자 바싹 마른 몸은 다시 원만함을 되찾아 부드러운 형체가 가슴에서 허리를 감돌며 이 바위에서 저 바위로 천천히 옮겨간다. 모양이 다양한 바위들에 다양한 보폭으로 내디딜 때마다 발밑의 바위를 응시하는 요오꼬의 진지한 눈과는 별개로 다양한 여체의 표정이 생겨났다. 그것을 바라보면서 그는 발걸음에 몰두하는 요오꼬의 뒤에서 10미터 정도 비스듬히 떨어져 따라갔다.

요오꼬가 바위 위에 호리호리한 몸으로 서서 다음 바위를 확인하고 있을 때 하늘빛이 바뀌었다. 그녀의 숙인 이마에서 아득히 먼 위쪽 수평선이 갑자기 예리함을 더했다. 그러자 선명하게 서 있는 요오꼬의 몸과 수평선을 남기고, 넓디넓은 물과 바위도 광막해져 분간하기 어려웠고, 요오꼬가 있는 곳을 확인하는 근거로서 원근조차 분명하지 않은, 거의 다른 공간 속에 있는 듯 한줄기 수평선 외에는 무엇 하나 존재하지 않는 것 같았다. 그때마다 그는 요오꼬의 몸이 되어 하늘과 물이 펼쳐지는 곳에 정면으로 몸을 드러내고 이런 황량한 바위 사이를 똑바로 서서 걷는 일의 괴로움을 느꼈다. 그리고 요오꼬가 얼굴을 들고 황량한 주위를 알아차리지 못하도록, 언제까지나 발밑을 응시하기를 한결같이 바랐다.

그렇지만 바위 위에서 요오꼬가 그가 있는 쪽을 돌아보며 미소를 지었을 때, 요오꼬의 존재는 떨어져서 서 있는 그에게 미지근하게 착 달라붙었다. 시선을 맞추고 있는 것만으로 그의 몸은 바람 속에서 안쪽에서부터 거품이 일었다. 회색 물이 요오꼬가 있는 쪽에서 미끄럽게 부풀어올라 요오꼬를 태우고 그에게 다가온다. 그는 요오꼬의 가슴 부근을 바라보았다. 그러자 바위 위에서 요오꼬는 괴로운 듯 웃으며 머리를 흔들었다. 좌우로 천천히 흔들리는 머리에서 흐트러진 머리카락이 그의 쪽으로 흘러왔고 코트 옷자락이 따스한 그림자를 품고 부풀었다. 등으로 바람이 세차게 불어오자 요오꼬는 몹시 난감한 표정으로 몸이 휘어진 채 아랫배를 그에게 쑥 내밀었다. 그래도 그녀는 머리를 흔드는 걸 멈추지 않으며 당장이라도 무너질 듯한 자세를 견디고 있었다.

거부당한 그의 정욕은 분별이 없어지고 어린아이의 냄새가 나는 슬픔이 되어 자기 쪽에서 요오꼬의 몸에 착 달라붙으려고 했다. 그는 바람을 거스르며 요오꼬 옆으로 걸어가 양발을 모아 바위 위에 가늘게 서 있는 몸의 잘록한 허리에 한 팔을 감았다. 그러자 요오꼬는 그의 팔 안에서 발돋움하듯이 바람 속으로 가슴을 심하게 뒤로 젖히고 수평선 쪽을 향해 눈을 크게 뜨고는 맑은 목소리로 말했다.

"지금까지 참은 게 수포가 될 거야."

"원래대로 되어도 괜찮지 않을까?"

그렇게 속삭이고 나서 그는 자기 목소리가 탁한 데에 겁에 질려 떨었다. 그렇지만 팔은 도리어 강하게 요오꼬의 허리를 꽉 안고 있었다. 요오꼬는 먼 곳을 바라보는 채로 그의 팔을 천천히 풀고는 그를 두고 다시 걷기 시작했다. 발밑만을 응시하고 바위를 하나하나 디뎌가며 걸어가는 뒷모습을 바라보고 있노라니 요오꼬가 스스로 자신의 병 속으로 한결같이 걸어들어가려는 듯 여겨져 그는 요오꼬가 조금 미워졌다.

요오꼬는 멈추지 않았다.

이윽고 길은, 바위 사이를 빠져나와 모래해변으로 향했다. 요오꼬의 걸음은 모래 속에 빠져 다소 불안해졌다. 그는 요오꼬의 뒤에서 역시 10미터 정도 떨어져 희고 외고집스러운 목덜미를 바라보면서 따라갔다. 모래해변은 그다지 넓지 않아 잠시 걸었더니 산 쪽에서 흘러들어오는 좁은 강으로 가로막혔다. 건너갈 다리는 없고, 길은 강을 따라 이미 새까맣게 바다를 향해 좁아지기 시작한 오른쪽 높은 벼랑으로 이어져 있었다. 벼랑 위에서 차가 빛을 약하게 비추며 어둠속으로 달려가는 게 보였다. 요오꼬는 강 부근에 멈춰서서 좌우를 둘러보았다. 뒷모습에 멍하니 꼼짝 않고 서 있는 표정이 보였다. 그 뒷모습을 향해 천천히 다가가면서 그는 갑자기 모래 위에 내려앉는 어둠을 느꼈다. 그러고 나서 그는 어느샌가 발소리를 죽이며 걷고 있는 자신을 알아차리고 멈추었다.

요오꼬가 뒤돌아보았다. 표정이 변해 있었다. 눈을 크게 떴지만 눈빛에 힘이 없었고 입술이 두텁게 부풀어서 슬픈 여자다움이 감돌았다. '시작되었구나' 하고 그는 생각했다. 그렇지만 두사람 외에 아무도 없는 모래해변의 넓디넓은 어둠에 휩싸인 그는 조금도 낭패를 느끼지 않았다. 모래 위에 선 채로 혼자만의 두려움 속에 웅크리고 들어간 그는 그 속에서 요오꼬를 바라보았다. 요오꼬는 어둠속에 하얀 얼굴을 띄우고 다가왔다. 그리고 그의 바로 앞까지 와서 발밑으로 눈길을 떨어뜨리고 그의 옆을 쓱 지나갔다.

한참 사이를 두고 그는 요오꼬를 뒤따랐다. 요오꼬는 한걸음마다 가는 구두 끝으로 모래를 두갈래로 나누듯이 신중히 발을 옮겼다. 그리고 바다를 따라 조금 전에 왔던 방향으로 곧바로 걸어가려 했다. 계속 조금씩 바다 쪽으로 벗어나더니 잠시 지나자 어두운 물의 정면을 향해 꼼짝 않고 서 있었다. 그런 다음 그녀는 어딘가 미친 듯한 격렬함으로 몸을 왼쪽으로 비틀거리더니 다시 왼쪽을 향해 걷기 시작한다.

요오꼬와 발걸음을 맞추어 따라가자 모래해변을 곧바로 걸어서 빠져나가려는 그녀의 의지가 아플 만큼 전해져왔다. 요오꼬가 향하는 곳이 모래해변 가장자리에 돌출해 있는 가늘고 긴 바위라는 것을 그는 이윽고 알아차렸다. 요오꼬는 바다로부터 몸을 비틀어 돌릴 때마다 바위의 방향을 확인한다. 한참 동안은 직진으로 바위를 향해 걷고 있다. 그러나 자기 발밑만 응시하고 걷는데, 아마도 구두 끝에 걸리는 모래의 느낌까지 하나하나 확인하며 걷느라 이따금 연속적인 느낌을 잃고 발을 내딛는 데 갈피를 못 잡으니, 두세걸음은 될 대로 되라는 식으로 비척대며 그때마다 물 쪽으로 빨려들어간다. 바다로 향할 때 요오꼬의 뒷모습은 두려움에 휩싸여 있었다. 모래 위로 몸을 비틀어 쓰러뜨리듯 왼쪽으로 방향을 틀었을 때 그녀의 얼굴은 보기 흉하게 일그러져 있었다.

한참 지나자 그는 계속 반복되는 같은 행동을 두고 볼 수 없어서, 바다를 향해 꼼짝 못하고 서 있는 요오꼬 앞으로 돌아가서는 등으로 바다를 가리고 언 몸을 팔로 받아안았다. 다시 가슴을 밀쳐낼 것이라고 생각했더니 요오꼬가 그의 팔 안에서 긴장을 풀고 "네가 있었네"라고 중얼거리며 한숨을 돌렸다. 그는 요오꼬를 팔 아래에 감싸서 바다에 등을 돌린 채 벼랑 쪽을 향해 걷기 시작했다.

그런데 모래가 없는 곳까지 오자 요오꼬는 걸음을 멈추더니 그의 팔 안에서 몸을 돌려 다시 바다 쪽으로 향해서는 무겁게 잠잠해진 수평선을 가리키며 말했다.

"저기까지 갔다 돌아올 테니까 넌 여기에서 움직이지 말고 있어."

목소리 밑바닥에 고집스러운 의지가 담겨 있었다.

어두운 물을 향해 요오꼬가 등을 곧바로 펴고 걷기 시작하자 그의 눈에는 모래해변이 터무니없이 넓게 펼쳐져 있는 것처럼 보였다. 요오꼬는 대여섯걸음 나아가더니 멈춰섰다. 그리고 그 뒷모습은 몇번이나 걸음을 반복하더라도 변함없이 선명한 윤곽을 유지하고 전혀 물가로 다가가지 못할 것처럼 보이면서도 비연속적인 느낌으로 작아졌다. 이윽고 매끄럽게 너울거리는 검은 물결 속에 하얀 모습이 그의 정면에 가늘고 길게 섰다. 요오꼬는 긴 시간 그에게 등을 돌리고 바다를 바라보고 있었다. 그러고 나서 몸을 천천히 이쪽으로 돌려 다소 산만한 느낌으로 그의 모습을 찾기 시작했다. 그는 한쪽 손을 들어 자기가 있는 곳을 알렸다. 요오꼬는 잠시 그가 있는 방향을 이리저리 바라보았지만 곧 검은 물을 등지고 걷기 시작하여 한걸음마다 좌우로 조금씩 흔들리면서도 거의 일직선으로 다가왔다.

20미터 정도의 거리에서 그는 요오꼬의 눈을 포착하여 응시했다. 요오꼬도 그의 눈을 응시하며 모래 위를 건너왔다. 그렇지만 두 사람의 거리가 10미터도 안되게 줄어들었을 때 요오꼬의 시선이 그의 눈 쪽을 가리키면서도 이따금 그의 눈을 지나쳐 먼 곳을 바라보는 표정으로 변한 것을 그는 알아차렸다. '다시 옆을 지나쳐가지 마'라고 그는 마음속으로 중얼거렸다. 그리고 갑자기 기분이 냉담해지더니 '이제 곧 벗어날 것 같아. 저봐, 왼쪽으로 치우치기 시작했어' 하며 요오꼬의 발걸음을 지켜보았다. 그러자 요오꼬는 문득 버팀목을 떼어낸 듯이 몸을 웅크리고 비틀거리더니 왼쪽으로, 왼쪽으로 주춤거리며 그의 눈을 험상궂게 쏘아보았다.

이윽고 요오꼬는 그에게서 눈을 떼고 양팔을 가슴 앞에서 엇갈리게 하고 모래 위에 웅크렸다. 그리고 무릎을 모래 속에 파묻어 몸을 앞으로 낮게 기울이고 모래 표면에 자욱하고 어렴풋한 불빛을 투과시키듯 응시하며 긴 시간이 걸려 가까스로 그의 눈을 다시 찾아냈다. 그리고 요오꼬의 목소리라고 생각되지 않는 아주 쉰 목소리로 말했다.

"나를 관찰하고 있지, 너. 마음대로 해. 그렇지만 네가 나를 관찰하면 나도 자연히 너를 관찰하게 돼. 어느 한쪽이라는 건 있을 수 없으니까…… 봐, 네가 모래의 흐름을 타고 이쪽을 쳐다보면서 점차 벗어나고 있는 게 잘 보여."

요오꼬의 눈빛에 움츠러들어 그는 몸을 움직일 수 없었다.

시간이 상당히 지나고 나서 요오꼬는 가까스로 눈을 감았다. 그리고 혼자서 모래 위에 모양을 그리며 장난치기 시작했다. 그는 조심조심 다가가 그녀 앞에 웅크리고 양손을 팔 아래로 넣어 안아 일으켰다. 그의 팔 안에서 요오꼬는 일단 격렬하게 발버둥을 쳤지만 그런 다음에는 무표정하게 무게를 맡기고 안겨 일어났다.

7

　돌아오는 길에 요오꼬는 처음으로 그에게 집 전화번호를 알려
주고 일주일이 지나면 전화해줄 것을 부탁했다. "몇시쯤 걸까?"라
고 묻자, 한참 골똘히 생각하더니 "역시 밤에 걸어주면 좋겠어"라
고 답했다. 다시 한참 동안 그와 만나지 않고 지낼 작정인 것 같았
다. 그도 한참 동안은 요오꼬와 만날 기력이 생길 것 같지 않았다.

　일주일째 되는 날 밤에 전화를 걸었더니, 요오꼬와 닮은 목소
리가 수화기 속에서 가늘게 들려왔다. 요오꼬의 목소리와 조금 다
르구나 알아차리고는 "S라고 하는데요. 요오꼬 씨는 집에 있는지
요?"라고 처음으로 입에 담는 '요오꼬 씨'라는 말에 오싹한 위화감
을 느끼며 말하자 상대는 "잠시 기다려주세요"라는 무감각한 목소
리와 더불어 수화기를 딸그락 전화 탁자 위에 놓고 분명한 발소리

를 내며 계단을 올라갔다. 그대로 한참 동안 응답이 없었고 이따금 우는 아이 소리와 그것을 달래는 어머니의 목소리가 전달되었다.

상당히 긴 시간이 지나고 나서 갑자기 안 보이는 곳에서 재잘거리는 듯한 목소리가 흘러나오더니 "어쩐 일이야?"라고 의아한 듯 물었다. 첫 목소리보다 훨씬 귀에 익은 목소리였다. "어쩐 일이냐니, 요전에 전화를 해주었으면 한다고 하기에⋯⋯"라고 그는 상대를 파악하지 못한 불안감에 말을 머뭇거렸다. 그러자 목소리는 조금 멀어지더니 "뭐 하는 거야, 거기서? 저쪽으로 가"라며 초조하게 외쳤다. 그러고 나서 다시 목소리가 가까워지더니 "언니 아이가 기둥 뒤에서 얼굴을 쑥 내밀고 나를 보고 있잖아"라며 그에게 호소했다.

요오꼬를 처음으로 전화로 응대해보았더니, 두사람 사이에 말이라고 하는 것이 그것만으로는 얼마나 소용없는 것인지를 그는 재차 뼈저리게 느낄 수 있었다. 해변에서 한 요오꼬 행동이 걱정되어 "그때부터 상태는 어때?"라고 그가 묻자 "아주 건강해"라고 요오꼬는 우울한 듯 대답하고 입을 다물어버렸다. 말이 끊어지자 얼굴을 마주 보고 있을 때와 달리 두사람을 연결해주는 것은 아무것도 없다. 그는 서투른 질문을 반복했다. 요오꼬는 평범한 대답을 띄엄띄엄 수화기 속으로 흘렸는데 말이 끊어지는 데에 어떤 고통도 느끼지 않는 듯했다. 그러는 사이에 중요한 이야기를 이어갈 기회를 잃고 초조해하는 그를 아랑곳하지 않고, 요오꼬는 두서없는 말투로 학교시험에 대해 수다를 떨기 시작했다.

⋯⋯시험이 시작되고 나서 집에 있는 동안은 쭉 자신의 방에 틀

어박혀 교과서며 노트를 보고 있지만, 벌써 두달 이상 아무 공부도 하지 않았기 때문에 아무리 읽어도 머리에 들어오지 않고, 그저 글자 모양만 반복하여 눈으로 더듬다보면 그렇게 하루가 다 가버린다. 결국 텅 빈 머리로 학교에 간다. 시험이 시작되기 전에 강의실에서 한번 더 노트를 보아도 자신의 손으로 쓴 것인데 도무지 눈에 익숙하지 않다. 그런데 시험이 시작되면 삼십분 정도 만에 답안을 다 써버린다. 다 쓴 답안을 얼굴에서 떼어서 자세히 보면, 그 규칙적이고 꼼꼼한 글자 모양이 불유쾌하여 찢어버리고 싶어진다. 시험 삼아 한번 더 읽어보면, 자신이 쓴 것인데 직접 읽어도 내용을 파악할 수 없다. 멍하게 바라보고 있는 동안에 시험이 끝나버린다. 친구들이 옆에 다가와 저건 어땠는지, 이건 어땠는지 묻는다. 그러면 다시 대답이 가능해진다. 그런 다음 집에 돌아와 공부를 마치고 밤늦게 목욕탕에 들어가 있으면 그때가 돼서야 답안에 이상한 말을 쓰고 온 듯한 느낌이 들기 시작한다. 아무래도 그런 생각이 든다. 그러면 걱정이 되어 욕탕에 털썩 주저앉아버린다. 왠지 자신의 몸이 있는 곳을 스스로 알 수 없어 몸에 비누를 반쯤 칠한 채로 한참 동안 움직이지 못한다……

시험에 대해 말하는 내용과 완전히 똑같이 자포자기하는 식의 말투로 요오꼬는 욕탕에서 웅크리고 있는 자신에 대해 말했다.

결국 요오꼬의 상태를 확실히 파악하기 어려워지자 그는 다소 망연한 기분으로 통화가 너무 길어지기 전에 이야기를 마치기로 했다. 그러자 요오꼬는 통화 중에는 별로 반가워하는 내색도 하지 않으면서 내일 밤 다시 전화해달라고 한다.

전화를 걸면 반드시 요오꼬의 언니가 받았다. 그는 일종의 틈입자로서 그 집안의 주부가 화를 내든 거절을 하든 그에게서 응답을 듣고자 일순간 귀를 기울인다. 그러나 요오꼬의 언니의 목소리는 처음과 마찬가지로 무표정했다. "잠시 기다려주세요"라며 수화기를 딸그락 내려놓는 타이밍마저 마치 정확하게 재고 있는 듯 똑같았다. 게다가 이해할 수 없는 것은 요오꼬가 언제나 아주 늦게 전화를 받는 것이었다. 방이 상당히 먼 곳에 있는가 생각도 해보았지만 수화기 옆에서 계단을 올라가는 발소리가 매일 밤 확실하게 들린다.

나흘째 되는 날 밤, 그는 긴 시간을 기다리는 데에 드디어 화가 나서 요오꼬가 전화를 받자마자 느닷없이 "네 방은 대체 어디에 있는 거야?"라고 다그쳤다. "어디에라니……"라고 요오꼬는 어려운 질문을 갑작스럽게 받아들인 듯 중얼거리며 입을 다물어버렸다. 실조상태를 유발해버렸는가 싶어서 "그럼, 전화기는 어디에 있는 거지?"라고 되물었다. 그러자 요오꼬는 갑자기 생기 넘치는 목소리로 전화기의 위치를 상세하게 설명했다.

"현관을 들어오면 회삼물灰三物로 되어 있는데, 그리로 올라오면 두평 조금 넘는 타따미 공간이 있고 오른쪽에 응접실 문, 그 앞을 지나가면 복도가 안쪽으로 이어져 있어서……"

"내가 지금 네 전화기 놓인 곳에 간다는 게 아니잖아. 그냥 전화가 어디에 있는지 그것만 말해주면 된다고."

그렇게 말했지만 생각해보니 집 안에 대해 알지 못하는 사람에게 전화가 있는 곳을 정말로 알려주려고 한다면 그런 설명을 할 수

밖에 없다. 그는 생략이라는 것을 알지 못하는 요오꼬가 슬프다고 생각했다. 요오꼬는 침묵하고 있었다. 그는 "예를 들어 계단 앞에 있다든가……"라고 거들어주었다. 그러자 요오꼬는 다시 생기 넘치게 그다음을 재잘거렸다.

"응, 복도로 들어오면 바로 오른쪽, 아니 네 쪽에서 보면 왼쪽이 계단이고 계단을 하나, 둘…… 다섯단을 올라오면 바로 여기야."

"계단 중간에 전화기가 있어?"

가파른 계단 중간에 요오꼬가 가는 몸으로 우두커니 서서 수화기를 귀에 대고 있는 모습이 아주 기괴한 광경으로 눈앞에 떠올랐다.

"아니, 층계참이야. 아주 넓어. 구석에 전화기가 놓여 있어. 여기서 계단방향이 바뀌어 이층과 연결되어 있어. 아버지가 만년에 이층 서재에 틀어박혀 계시는 일이 많았기 때문에 전화를 여기에 두기로 한 거야."

요오꼬의 목소리가 조금 멀어졌다. 얼굴을 수화기에서 떼고 계단을 올려다보고 있는 것 같았다.

"그럼 네 방은 어디야?" 그는 그 기회를 포착하여 물었다.

"계단을 올라가서 왼쪽이야. 오른쪽이 아버지 서재." 요오꼬는 목소리가 멀어진 채로 대답했다.

"그럼 왜 곧바로 내려오지 않는 거야?"

"곧바로 내려왔잖아."

목소리에 다시 외고집스러운 음감이 어려 있었다.

다음날, 밤 8시쯤에 전화를 하자 요오꼬의 언니가 평소처럼 전화를 받고 "잠시 기다려주세요"라며 수화기를 놓은 후 조금 지나서, 멀리서 "요오꼬, 요오꼬" 하며 부르는 목소리가 침울하고 분명치 않게 들렸다. 어깨에 손을 얹고 흔들고 있는 듯한 목소리였다. 그러자 느닷없이 "왜 소리 지르고 있어? 그런 얼굴을 하고"라며 새되게 외치는 소리가 나고, 낮게 떨리는 목소리를 어수선하게 주고받는가 싶더니 슬리퍼 소리가 계단을 뛰어내려왔다. 발소리는 전화기 옆에서 멈추었다. 그리고 조용해지자 수화기 속에서 "여보세요"라고 요오꼬의 가는 목소리가 흘러나왔다.

"무슨 일이야?"라고 그는 그 목소리를 받아안듯 물었다. 그러자, "좀 여쭙고 싶은 것이 있는데요, S씨" 하며 굳게 찌푸린 얼굴을 생생히 느낄 수 있는 목소리가 들려왔다. 아주 짧은 일순간, 그의 내부에 혼란이 일었다. 그는 그 목소리에서 문득 그에게서 거리를 두고, 그를 모르는 사람처럼 바라보는 요오꼬를 상상했다. 그리고 'S씨'라고 부르는 목소리에서 그녀의 잔혹한 병을 알아차리고 오싹했다.

"여쭙기 어려운 것이지만 언니로서 역시 걱정이 되어서요."

언니 목소리임을 알아차리자, 그는 당황하기보다 더 먼저 요오꼬와의 관계를 추궁해올 것을 대비해 준비태세를 갖추었다. 그러나 아무리 그런 자세를 취한들 결국은 모두 자백해버리고, 거기에 '요오꼬와 결혼할 작정입니다' 따위로 흔해빠진 말을 엉겁결에 입밖에 내버릴 듯한 기분마저 들었다. 그런데 요오꼬의 언니는 전화기 속에서 한번 깊은 한숨을 짓더니 타인의 귓전에 갑자기 입을 가까이 대는 수다쟁이 여자처럼 목소리를 낮추고 속삭이기 시작했다.

"요즘 요오꼬의 모습이 조금 이상한 거, 밖에서 알아차리지 못하섰어요?"

"요즘이라고 말씀하시면……" 그는 싸늘하게 질문을 되던졌다.

"최근 일주일 정도요."

"글쎄요, 벌써 열흘 이상 만나지 않았기 때문에……"

"그래요?"

목소리가 끊어지고 요오꼬의 언니는 혼자서 골똘히 생각하는 듯했다. 그러고 나서 문득 상대의 존재를 알아차린 듯 목소리를 가다듬고 재잘거렸다.

"실은 시험공부로 정신을 너무 집중해서요. 지금 상태로는 조금 노이로제 기미가 보여요. 체력이 약한데 어릴 때부터 남들보다 배는 지기 싫어하여 결국 무리를 해버리죠. 일단 이렇게 하겠다고 정하면 다른 사람 말은 더이상 듣지도 않고."

그리고 요오꼬의 언니는 다시 목소리를 낮추었다. 낮춘 목소리가 오히려 가까워진 느낌이 드는 것을 보면 수화기에 입을 가까이 대고 말하고 있는 것 같았다.

"방에 들어가면 매섭게 쏘아봐요. 마치 부모의 원수라도 들어온 것처럼요. 그러면서도 나보고 방까지 밥을 가져오게 하고 식욕은 의외로 왕성해요. 어찌 된 일일까요? 젊은 처녀가 닷새나 목욕도 하지 않고."

젊은 처녀가 닷새나 목욕을 하지 않는다는 말에서, 그것만으로 몹시 역겹고 불결한 느낌이 감돌았다. 그는 단순한 말이 짜맞춰져 지니게 되는 폭력성에 놀랐다. 그리고 말로 더러워진 요오꼬가 불쌍해져 '닷새 정도 목욕을 안한들 어떻다는 말인가요?'라고 외칠

지경이었다. 그때 "어머, 그런 곳에 서 있다니. 무서운 얼굴로 이쪽을 노려보고 있네"라고 요오꼬의 언니가 갈라진 목소리로 중얼거렸다. 그런 다음 "요오꼬, 뭐 하고 있어? S씨가 건 전화야. 항상 언제나 기다리게 하고 죄송하지도 않니?"라는, 성숙한 여자의 생기 있는 목소리가 들렸다.

그와 동시에 문이 꽝 하고 닫히는 소리가 들렸다. 잠시 지나 요오꼬 언니의 목소리가 자못 친한 듯 말을 걸었다.

"S씨, 미안해요. 내가 이야기하고 있는 걸 보고 방 안으로 들어가버렸어요. 고집이 센 아이라 곤혹스러워요. 한번 더 전화해주지 않을래요? 이번에는 내가 받지 않도록 할 테니까요……"

일부러 네시간이나 있다가 한밤중인 12시가 지나 그는 다시 전화를 걸었다. 통화음을 들으면서 그는 요오꼬의 어두운 집 안에 단조로운 벨 소리가 구석구석까지 울리는 모습을 상상했다. 소리는 층계참에서 계단을 내려가 가족들이 잠든 사이에서 울리고, 계단을 올라가 책상에 엎드려 있는 요오꼬의 침울한 존재감 속에서 넓게 퍼진다. 하얀 살갗에 때가 끼고 자기 자신의 역한 냄새 속에 웅크리고 앉아 요오꼬는 멀고 무감한 신호의 반복을 의아하게 생각하고 있다. 그의 얼굴을 멍하니 마음속에 그려보고는 다시 녹이면서 그래도 귀를 기울이고 있다. 그런 다음 천천히 일어나 계단을 기어가듯 내려온다……

한참 지나고 나서 수화기를 들었다.

"너지……?" 요오꼬는 느닷없이 물었다.

"목욕하지 않는다며." 그도 서두 없이 말했다.

"이제 닷새 되었나? 매일 목욕 따위 필요치 않다는 걸 알았어. 산에 갈 때와 같아."

"그래도 역시 기분이 찝찝하잖아."

"몸은 아무리 더러워져도 불결하지 않아."

"그건 그렇지만, 이대로 계속되면 옛날 언니와 똑같아지지 않겠어?"

"그 사람 일 같은 거 몰라."

"어쨌든 목욕은 해."

"싫어."

그 목소리에 그는 자극을 받았다. 그의 마음은 침울하게 거품이 일지 않고 가는 선처럼 되어 요오꼬의 모습을 찾았다. ……요오꼬는 청결한 방 안에 등을 돌리고 자신의 더러움 속에 웅크리고 앉아 있다. '싫어' 하는 목소리와 함께, 그녀는 몸을 일으켰다. 그러자 요오꼬를 에워싼 공간이, 그 자연스러움이 그대로 지나치게 강렬해진다. 요오꼬는 자기 자신의 어두운 그늘 속에 아직 반쯤 몸을 잠그고 양 무릎을 바닥에 꿇고 등을 구부리며 주위의 강렬한 자연스러움을 견디고 있다. 그런 다음 요오꼬는 그늘 속에서 상반신을 빛속으로 높이 드러내고 공중에 가슴을 젖힌 채 괴로워하기 시작한다. 긴장된 가슴으로부터 허리로 이르는 선, 그 자체가 너무나 선명하여 괴로워하는 것이다. 그렇지만 번민을 반복하는 동안에 윤곽이 조금씩 온화해지고, 그에 따라 강렬한 빛이 요오꼬의 몸 주변에서 점차 누그러져간다…… 그는 무심코 요오꼬를 향해 말했다.

"지금 바로 너한테 갈까?"

요오꼬는 잠시 골똘히 생각하고 나서 말했다.

"내일, 와줘. 3시 무렵에. 이대로 기다리고 있을 테니까."

요오꼬의 목소리를 잠자리에서 듣고 있었는지, 다음날 요오꼬의 언니가 그의 방문을 기다리고 있었다. 3시 조금 지나 현관의 초인종을 조심스럽게 눌렀더니 두번도 채 울리기 전에 안쪽에서 문이 열리고 요오꼬와 아주 닮은 얼굴이 문틈으로 내다보았다. "S씨죠? 요오꼬를 만나시기 전에 잠시 할 이야기가 있어서요"라며 요오꼬의 언니가 속삭이고 나서, 계단 쪽 기색을 살피면서 그를 현관 옆 응접실로 안내했다. 그도 무심코 발소리를 죽이고 요오꼬 언니의 안내에 따랐다.

요오꼬의 언니와 마주 보고 앉았을 때, 그는 요오꼬와 처음으로 찻집에서 마주 대했을 때의 희미한 불쾌감이 되살아났다. 두 아이의 어머니라고 해서 허리선이 둔해지기 시작한 여자 모습을 상상했으나 요오꼬보다 오히려 더 가냘픈 몸이 마치 여름 더위를 타서 몸이 여윈 여파에 아직도 시달리고 있는 듯이, 허름한 원피스 속에서 괴로운 듯 가슴으로 숨을 몰아쉬고 있었다. 안쪽에서 옷을 밀어내고 옷에 기운을 불어넣는 듯한 여체의 그 충실한 느낌이 없다. 그러면서도 몸 어디를 보아도 여자답고 하얗게 바랜 여자의 생리감 같은 것이 대범하게 감돌고 있다. 윤기가 없는 창백한 팔에 투명한 솜털이 가득히 자라 피부에 달라붙어 있는 것이 그의 눈길을 끌었다. 처음 만났을 무렵의 요오꼬 팔에도 그런 솜털이 나 있었다. 그러나 최근 요오꼬의 팔에서 그런 것을 본 기억이 없었다.

요오꼬의 언니는 의자에 살짝 걸터앉아 무릎 위에 양손을 두고 상반신을 딱딱하게 앞으로 기울여 눈을 감고 있었다. 추운 날에 요오꼬가 밖에서 돌아와 코트를 입은 채 난로 앞에 앉아 있다고 하는 바로 그 방이었다. 그 무렵의 요오꼬와 지금의 요오꼬, 지금의 요오꼬와 눈앞에 있는 언니의 모습을 비교한 그는 요오꼬 안에서 때때로 잠겨가는 것, 잠기지 않고 남아 있는 것을 막연하게 생각하면서 요오꼬의 언니에게 뭔가 결정적인 질문을 받기 전에 요오꼬를 다시 파악하려고 했다.

"여동생이 늘 신세를 지고 있죠……" 빈정거림으로밖에 들릴 수 없는 인사를 한바탕하여 그를 곤혹스럽게 한 후, 요오꼬의 언니는 가까스로 그의 얼굴 정면을 향해 미소 짓더니 바로 그 순간 서른이 넘은 여성다운 활달한 태도로 연하의 그에게 빈틈없는 말투로 재잘거렸다.

"어제는 엉뚱한 이야기를 전화로 들으셔서 깜짝 놀라셨죠. 자매싸움의 한 부분이에요. 저 아이가 고집이 센 것은 알고 계시죠? 아니면 S씨에게는 상냥할지…… 게다가 내가 나잇살이나 먹어가지고, 정상이면 부부싸움 쪽에 신경을 써야 할 텐데 여동생이 고집을 부리면 결국…… 우리는 아홉살이나 나이 차가 나거든요. 그 정도 차이가 나니 내가 처녀였을 적에는 싸움이 되지 않아 좋았지요. 그렇지만 저 아이가 성장을 해가고 대신 나는 이제 한계점에 이르러 조금도 더 성장하지 않으니까 점차 나이 차가 줄어드는 것 같아요. 최근 몇년 사이에 점점 자매싸움이 치열해졌어요."

어젯밤 전화가 준 인상을 얼버무리기 위해, 그것만을 위해 자신을 이런 식으로 불러들인 것인가, 그는 의아하게 생각했다. 여동생의 남자친구에게, 더구나 첫 대면인데 지나치게 소탈한 말투였다. 자신의 집에 이를테면 틈입을 한 젊은 남자의 인품을 확인하려고 하는 것도 아니고, 딸을 둔 세상 부모들이 자주 그러듯 초대면 인사를 하자마자 상대 남자의 내력에 대해 부담없이 살피려고 하는 것도 아니다. 그를 여동생의 '연인'으로서, 흡사 학생끼리의 관계로 선선히 인정하는 듯한 분위기마저 있다. 그가 의아해하는 표정을 보지도 않고 요오꼬의 언니는 계속 재잘거렸다.

"우리는 자매 사이에 일이 생기면 그 순간에 두사람 모두 스무살 무렵의 정신연령으로 돌아가버리는 거예요. 부모가 없는 것은 좋지 않은 일이죠. 내가 결혼하기 전해에 부모님이 모두 연이어 돌아가셨어요. 그 탓에 저 아이의 경우는 남들처럼 부모님에게 반항하는 시기를 잃어버렸고 내 경우는 결혼생활이 처녀시절 때와 같은 집에서 애매하게 연결되어버렸지요. 뭐라고 하면 좋을까요? 부모님과 사별했는데 오히려 부모님 집에서 정신적으로 독립하지 못한 느낌이에요. 평소는 아이를 돌보느라 처녀 적 기분은 전혀 생각지도 못하는데 복도 같은 데에서 여동생과 갑자기 얼굴을 마주치면 훌쩍 스무살 무렵의 기분으로 돌아가버릴 때가 있어서…… 그래요, 내가 스무살이면 저 아이는 열한살일 테고 싸움이 될 수도 없었겠지만, 그럼에도 우리 둘은 같은 나이의 처녀인 양, 쌍둥이인 양 서로 노려보는 거예요."

초대면 인사부터 그런 이야기까지, 몇개인가 있을 법한 단계를 한꺼번에 생략하고 요오꼬의 언니가 자신의 집에 관해, 그것도 상당히 내면적일 법한 내용을 그의 앞에 펼쳐가는 상황에 그는 안정되지 않는 기분이 들었다. 어젯밤 전화로 인해 그는 이제 이런 식으로 서두도 필요없을 만큼 요오꼬의 집안 속에 말려들어버린 것일까? 그렇지 않으면 요오꼬의 언니는 그와 요오꼬의 관계를 감지하고 이제 서두 따위는 필요로 하지 않는다고 보고 있는 걸까? 그러나 그렇다면 그가 요오꼬의 병에 대해, 나아가서는 자매 사이의 기묘한 긴장에 대해서까지 이미 알고 있음을 언니는 당연히 짐작하고 있을 텐데, 그에 비해서는 쌍둥이 운운 하는 것이 너무나 구애받는 구석이 없는 말이다. 역시 언니는 언니일 수밖에 없고 보호자가 될 수는 없는 노릇이다. 그는 그렇게 결론 내리고 남의 집안의 이를테면 누설을 바라보는 제삼자의 냉정한 입장에 일단 안주하려고 했다. 그러나 그렇게 결론 내리고 보니, 지금까지 요오꼬 병의 뿌리 중 하나임에 틀림없는 집이라는 부담을 따돌려줄 작정으로, 요오꼬를 집에서 벗어난 곳으로, 벗어난 곳으로 이끌어온 자신의 방식이 보호자다운 보호자를 가지지 못한 요오꼬의 약점을 이용하고 있는 듯 여겨져 그는 언니에 대해서도 떳떳하지 못함을 느꼈다. 그가 당황한 것을 겨우 알아차리고는 요오꼬의 언니가 이야기를 처음으로 돌렸다.

"정말 깜짝 놀라셨죠?"

"아니요, 노이로제라면 저도 익숙하니까요."

그렇게 말해버린 후 그는 상대가 모쪼록 철없는 자매싸움으로 감추려는 어젯밤 사건의 핵심을 일부러 귀에 거슬리는 말로 언급해버린 자신의 서투름에 화가 났다. 요오꼬의 언니는 '어라' 하는 식으로 눈을 크게 뜨고 그의 얼굴을 바라보았다.

"그럼 노이로제끼리의 교제군요."

"노이로제라면 내 쪽이 뛰어납니다."

비슷한 대화를 언젠가 요오꼬와도 나눈 적이 있는 듯한 느낌이 들었다. 확실히 같은 말로 그는 요오꼬의 병을 완화시키기 위해 도운 적이 있다. 그러한 반복에 으스스한 기분을 느끼면서 그는 다시 어젯밤의 사건을 언급했다.

"닷새 정도 목욕하지 않아도 걱정할 일은 아니라고 생각합니다만."

요오꼬의 언니가 가볍게 눈살을 찌푸렸다. 그리고 웃음을 입가에 남긴 채, 창밖으로 눈을 돌리고 약간 새된 목소리로 말했다.

"이 집은 옛날부터 매일 목욕하는 습관이 있어요. 아버지가 결벽증이 심한 분이어서……"

그는 틈입자로서 자신을 재차 강하게 의식했다. 그리고 몸 둘 곳이 없는 심정에서 젊은 남자의 철없는 자기과시로 치달렸다.

"나는 산에 가서 열흘 동안 몸을 씻지 않은 적도 있습니다."

"어머, 불결."

요오꼬의 언니는 젊은 처녀처럼 천진난만하게 외치고 눈을 반짝였다. 그리고 나서 그녀는 한층 허물없는 말투가 되어 그의 산행이나 대학, 그리고 전공에 대해, 요컨대 막 서로 알게 된 학생들끼리 묻는 듯한 말을 잇달아 매우 흥미로워하며 물었다. 그리고 당돌한 화제전환에 당황하면서도 연상의 여인의 싹싹한 관심으로 우쭐해진 그가 언제인가 산에서 만난 우스꽝스러운 사건을 말하자, 그녀는 가는 몸을 비틀며 자지러지게 웃었고, 그런 다음 그를 S군이라고 부르기 시작했다. S군이라는 말을 듣고 그는 과연 어안이 병병해져서, 요오꼬에게 방문을 알리지도 않고 언니와 수다를 떨고 있는 기묘함에 다시 괴로워졌다. 손목시계를 보니 요오꼬와 약속한 시간이 상당히 지났다. 그는 머뭇머뭇하며 눈으로 물었다.

그러자 요오꼬의 언니는 눈을 무릎에 떨어뜨리고 다시 처음의 어색한 자세로 돌아가, 한참 골똘히 생각하는 체하고 나서 이층 쪽으로 눈길을 보내고는 작은 목소리로 말을 꺼냈다.

"동생을 병원에 보내고 싶어요."

"그럴 필요는 없다고 생각합니다."

대답이 반사적으로 나왔다. 그러나 그도 목소리를 낮추고 있었다. 요오꼬의 언니는 처음으로 탐색하는 눈빛으로 그의 눈을 응시했다. '요오꼬의 병에 대해서는 잘 알고 있습니다'라는 마음으로 그는 되바라보았다. 요오꼬의 언니는 다시 눈을 무릎 위로 떨어뜨리고, 천천히 머리를 좌우로 흔들기 시작했다.

"아니요, 저대로는 안돼요. 의사 선생님도 그렇게 말하셨어요."

고개를 숙인 이마에 요오꼬와 비슷한 옹고집이 묻어나 있었다. 요오꼬의 언니는 어둠에 틀어박혀 조용히 한탄하는 듯한 말투로 계속 수다를 떨었다.

"본인이 스스로 가면 그보다 더 좋은 일은 없어요. 그렇지만 불쌍하게도 저 아이는, 자신이 지금 병에 걸려 있다는 걸 알지 못해요. 병원에 가도록 권유하면 코에 주름살을 짓고 나를 냉소하고, 그렇게 방해가 된다면 집에서 나가주겠다는 말 따위를 꺼내, 말을 붙여볼 수도 없어요. 의사 선생님이 말씀하시기로는 동생과 같은 경우는 특히 입원을 시키는 방식이 중요하다고 해요. 무리하게 데리고 오면 환자 마음에 저항심이 남아 치료효과가 나지 않는다는 거예요. 그래서 본인이 저런 식이니까, ……똑같이 달랬다고 하더라도, 친한 사람, 마음을 허락한 사람이 달래는 게 아니면 안된다, 결국 본인이 속았다고 알아차려도 속인 사람의 애정은 믿을 수 있다, 그런 식이면 아주 다르다고 해요.”

요오꼬의 언니의 요구가 겨우 확실해졌다. 그러나 그녀가 환자라는 말을 입에 담은 데에 그는 육친의 잔혹함을 느끼고 요오꼬를 지켜주고 싶다고 생각했다. 그와 동시에 틈입자였던 자기 안으로 느닷없이 자매관계가 역으로 틈입해온 것에 그는 곤혹스러움을 느끼고 모순된 기분에서 힐문의 어조로 물었다.

“언니로서는 왜 안된다는 거예요?”

요오꼬의 언니는 고개를 숙인 채 다시 천천히 머리를 흔들었다. 바로 전과 조금도 다르지 않은 동작이었다. 무엇을 말하든, 어떻게 강하게 말하든, 굳어버린 똑같은 동작이 되돌아오는 듯한 느낌이 들어, 그는 조금 겁을 먹었다.

“우리는 서로 너무 닮았어요. 그렇기 때문에 일단 으르렁거리기 시작하면 서로가 서로에게 가까이 있는 것만으로도 이미 견디기 어려운 곳까지 가버리고, 한참 동안 원래대로 될 수 없어요. 말다툼의 원인은 이미 사라져버려도 사소한 동작이나 표정이, 그것만으로 서로를 괴롭히고……”

그는 요오꼬의 언니의 말을 이해했다. 그리고 그 방향에서 반박

할 길이 막혀, 요오꼬를 위해 젊음이 그대로 드러난 말로 단도직입적으로 매섭게 따지는 것 외에 방도가 없어졌다.

"그녀가 정말 병이라고 말할 수 있습니까?"

"저 아이는 병이에요."

"사람 마음이 병이라든가 건강하다든가, 그렇게 확실히 정할 수 있는 것인가요?"

"저 아이는 병이에요."

"무엇을 기준으로 그렇게 정하는 겁니까?"

"저 아이가 병이라는 건 틀림이 없어요. 왜냐고요? 나도 옛날에 병이었던 적이 있어요."

'요오꼬가 지금 병이고 당신이 지금 건강하다고, 어떻게 말할 수 있는 건가요?'

그렇게 말하려다 그는 입을 다물었다. 처음 밤에 전화를 통해 들린 아이 목소리가 그의 귀 안에 되살아났다. 조용한 집 안에 아이가 있는 기색이 온통 가득한 느낌이 들었다. 그의 말은 순식간에 궤변으로 퇴색되어갔다. 확실히 이러한 생활을 보면 요오꼬는 병이며, 병이라면 병원에 가지 않으면 안된다. 그러나 그런 생활에 뿌리박혀 있는 요오꼬의 언니가 마치 자폐증에 걸린 여자처럼 무엇을 들어도 꼭 같은 표정으로 같은 대답을 고집스럽게 반복하고 있다. 그 앞에서, 그는 요오꼬의 '병'을 껴안고 어찌할 바를 모르는 기분이 들었다. 그러자 요오꼬의 언니는 온화한 표정을 되찾아 고집스러운 젊은 남자를 잘 타이르는 듯이 말을 걸었다.

"부탁이니 동생을 설득해주세요, 건강하게 만들어주세요. 저 아이는 당신을 좋아해요. 전화 후, 계단을 올라가는 발소리가 가벼워요. 당신도 요오꼬를 좋아하시죠?"

"예, 그건, 좋아합니다."

그는 무뚝뚝한 표정으로 고개를 끄덕이고, 본인 앞에서 한번도 입에 담은 적이 없는 말을, 언니 앞에서 선선히 말한 것을 알아차리고 아연해했다. 두사람은 함께 천장 구석 쪽으로 눈길을 보내어 요오꼬가 틀어박혀 있는 방의 기색을 함께 살폈다. 덜커덕하고 물건이 맞닿는 소리가 전해져왔다.

그리고 나서 요오꼬의 언니는 일어나 응접실 문을 열고, 어둑한 복도 쪽을 향해 중년 여성의 목소리를 부풀려 "요오꼬, 요오꼬, S씨가 오셨어"라고 외쳤다. 그리고 그를 향해 얼굴을 돌리고는 혼자서 계단을 올라가라고 눈짓을 했다.

8

한쪽 구석에 전화대가 놓인 직사각형 층계참에서 방향을 바꿔 계단을 올라가자, 요오꼬의 언니 일가가 사는 아래층의 분위기와 는 돌연 거리감이 생겼다. 그는 문득 장소에 대한 의식이 어두워지 면서 처음 온 집이 아니라 마치 살림살이를 알고 있는 집에 몇번이 고 다녀 익숙한 계단을 찾아가고 있는 듯한 느낌이 들었다. 계단을 다 올라간 곳에서 왼쪽 문을 천천히 열자 어둑한 방 내부에서 아래 층보다 농밀한 냄새가 그의 얼굴을 부드럽게 스쳐갔다. 꽤 넓은 마 루방의 양쪽 창이 두꺼운 천 커튼에 가려져 있고 한쪽 커튼이 3분 의 1쯤 젖혀져 흰 레이스를 통해 흐린 날의 햇빛이 어둠속으로 흘 러들어왔다. 그 희미한 빛이 퍼지는 마루에서 요오꼬는 이쪽으로 옆얼굴을 향하고 탁자에 턱을 괴고 있었다. 흰빛이 도는 잠옷 차림이었다. 그 위로 붉은 카디건을 걸치고 있다. 출입구에 서 있는 그의 기척을 느끼자 요오꼬는 머리를 손바닥 속에 묻은 채로 그의 쪽을 향해 웃었다. 목욕탕에서 막 나온 듯이 뽀얗게 하얀 얼굴이었다.

"무슨 일이야?"라는 말이 두사람의 입에서 동시에 나왔다. 그러나 어느 쪽도 대답을 요구할 생각은 전혀 없었고 여느 때처럼 자연스럽게 탁자에 마주 앉아 눈만 움직여 서로의 몸을 신기하게 마주 바라보고 있었다.

탁자에서 조금 멀찍이 떨어진 의자에 요오꼬는 엉덩이를 맡기듯이 앉았고 허리 위쪽을 앞으로 쭉 뻗어 탁자에 팔꿈치만 기대고 있었다. 언젠가 병을 앓던 무렵의 언니에 대해 그녀가 말한 대로의 모습이었다. 그러나 요오꼬의 몸은 경직되어 괴로워하는 모습도, 무게로 괴로워하는 모습도 없이 어딘지 모르게 자족한다는 느낌으로 의자와 탁자에 무게를 나누고 있었다. 하늘색 네글리제가 확실히 조금 더러워져 있다. 둥그스름한 몸에 딱 붙은 속옷이 얇은 천에 비치고 있었지만 그 속옷도 순백색은 아니었다. 낙낙하게 열린 옷깃으로 들여다보이는 피부에도 기분 탓인지 여느 때보다 짙고 흐린 빛이 감돌았다. 그렇지만 불결한 느낌도 외설스러운 느낌도 없이 요오꼬와 그는 친숙하고 온화한 동물 둘이 서로 바라보는 듯한 느낌이었다.

"굉장한 모습을 하고 있군."

"이대로 기다리고 있겠다고 어젯밤 말했잖아."

"언제부터 그런 모습을 하고 있었어?"

"잠옷을 벗지 않은 지가 오늘로 사흘째, 피부와 옷감의 따스함이 완전히 하나로 익숙해져 좋은 기분이야."

"지저분한 여자로군. 냄새나."

그렇게 말하고 그는 어둑한 공기를 가슴 가득히 들이마셔보았다. 확실히 끊임없이 배어나오는 체액의 염치없는 냄새가 희미하게 들어차 있었지만 그것도 점차 코에 익숙해져 원만해졌다. 너무나도 사람이 여기에 틀어박혀 있다는 냄새구나 싶어 그는 소박한 감정이 들었다. 요오꼬도 네글리제의 가슴을 부풀리고 천천히 숨을 내뱉으면서 깨나른한 듯 눈을 가늘게 뜨고 웃었다. 선선히 그는 비밀을 팔아넘기고 말았다.

"언니가 병원에 가도록 너를 설득해달라고 말했어."

"네가 가라고 하면 지금 금방이라도 가겠어."

"병원에 가면 어떻게 돼?"

"건강해지는 거지."

"건강해진다는 게 어떤 것인데?"

"주변 사람을 안심시킨다는 거야."

자포자기라고 하기보다는 병과 화합하여 이렇게 이 상태로라도 있을 수 있다고 확신한 만족감 속에서, 남은 가족의 걱정을 생각하여 추세를 기다려본다는 식이었다. 닷새 전부터 요오꼬가 옛날 언니처럼 목욕탕에 들어가려고 하지 않는 이유를, 그는 알 듯한 느낌이었다. 아마 요오꼬는 자기 병의 뿌리를 제대로 느꼈음에 틀림없다. 그리고 무엇을 하든 무슨 일이 생기든 평생 변할 수 없는 자기 본연의 모습을 알고 아래층 언니를 향해 자신을 환자로서 병원에 보내도 상관없다고 신호를 보내고 있었던 것이다. 그렇게 생각하자 정말로 자기만족에 빠진 모습의 요오꼬를 앞에 두고 그는 다시 버림받는 기분이 들어 탁자를 따라 요오꼬 쪽으로 몸을 뻗었다. 요오꼬는 그의 얼굴을 응시하고 한동안 손바닥 안에서 머리를 갸웃거리고 있었지만 곧 턱을 괴고 있던 손을 풀고 입술을 가까이 가져왔다. 입술을 맞대고 있으니까 어둠에 틀어박힌 어린애의 땀과 눈물이 섞인 냄새가 곧바로 전해져왔다. 눈을 가늘게 뜨자 옹고집을 잃은 피부에 모공이 하나하나 열려 있었다.

"병원에는 가지 않아도 괜찮아." 그는 입술을 댄 채로 속삭였다.

"이대로는 역시 생활할 수 없어." 요오꼬는 언니와 똑같은 말을 했다.

"해나갈 수 있어. 걱정하지 마."

"이 방에 이렇게 틀어박혀 있으면 그렇지."

"거리를 걸어다닐 때에도 이 방과 똑같은 어둠을 네 주변에 마련해줄게."

"그게 가능해도 이 어둠을 언제까지고 온전하게 옮길 수는 없어. 여기에 완전히 틀어박혀 사는 게 아니면."

"이 기분 그대로, 하는 행동만은 보통 사람들과 같은 것을 꼬박꼬박 지키면 되는 거야."

"넌 건강한 사람이니까 건강한 생활의 대단함을 진정으로 알지 못하는 거야."

그렇게 말하고 요오꼬는 그를 위로하듯이 입술을 강하게 밀었다. 너는 알지 못한다는 말로 요오꼬에게 거절당한 것은 이번이 처음이었다.

그때 요오꼬의 언니가 계단을 올라오는 발소리가 들렸다. 그는 요오꼬로부터 얼굴을 떼려고 했다. 그러자 요오꼬는 반대로 얼굴을 가까이 가져와 입술을 접촉하면서 눈을 크게 뜨고 발소리에 귀를 기울였다. 그러고 나서 그녀는 입술을 그의 귓전으로 돌리고 "저 사람이 하는 짓을 자세히 봐줘"라고 속삭이고는 얼굴을 당겨 턱을 괸 원래 자세로 돌아갔다.

"요오꼬, 차 가져왔다" 하는 목소리가 들리고 문이 조용히 열리더니 문턱 저쪽에 요오꼬의 언니가 양손으로 쟁반을 들고 서 있다. 그리고 굳은 얼굴로 요오꼬의 잠옷을 매섭게 쏘아보았다. 요오꼬는 턱을 괸 채로 침착하게 언니를 다시 바라보았다.

"어머, 어쩌면 그런 모습을 하고 있니? 화장이라도 하고 맞아들여야 할 손님이잖아. S씨에게 미움받겠어."

눈초리는 엄했지만 목소리는 잠옷 차림에 남자친구와 마주하고 있는 여동생의 단정하지 않음을 오히려 색기가 없는 미숙함으로 관대히 봐주는 듯한 말투였다. 그는 문턱 저쪽에 비해 방 안이 어두운 것에 곤혹스러워하며 의자에서 일어섰다.

"이제 인사는 마쳤으니, 자, 편히 앉으세요, S씨"라고 언니는 싹싹하게 말하며 들어왔다. 그때에는 언니를 관찰하라는 요오꼬의 말을 그는 벌써 잊어버리고 있었다. 그런데 언니가 문틀을 넘어 두세걸음 발을 옮겼을 때 그는 그 딱딱한 발걸음에 시선이 끌렸는데 묘하게 이쪽의 신경을 피로하게 만드는 걸음걸이였다. 해변의 요오꼬가 물가를 향해 한발 한발, 그때마다 퍼진 모래를 자신의 걸음으로 헤치듯이 나아간 그 발걸음과 같았다. 홍차와 조각 케이크를 담은 가늘고 긴 사각 쟁반을 양손으로 떠받치고 똑바로 편 등에서 머리를 느닷없이 앞으로 떨구며 요오꼬의 언니는 마치 접시를 1밀리라도 기울여서는 안된다는 듯 발을 옮기고 있었다. 무의식중에 그 긴장에 물들어 바라보고 있었더니 쟁반의 왼쪽 끝 아래에 두꺼운 행주가 바짝 끼워져 있어서 그만큼 균형을 취하기 어려워 보였다.

탁자 옆까지 와서 그와 요오꼬 사이에 선 요오꼬의 언니는 똑바로 편 몸을 그대로 천천히 앞으로 기울이며 요오꼬 가까운 쪽의 모서리에 쟁반을 가져왔다. 그리고 쟁반의 왼쪽 끝과 탁자 사이에 손을 대고 일순 숨을 죽인 눈빛으로 왼쪽 끝에서 행주를 쑥 빼내고는 홍차 표면에 물결조차 만들지 않은 채 쟁반을 탁자 모서리에 꼭 들어맞게 놓았다. 그리고 그녀는 두번 접은 행주를 쥐고 오른팔을 힘껏 뻗어 탁자 먼 쪽 끝에서부터 나뭇결을 따라 훔치기 시작했다. 팔의 힘이 가해진 가는 손목이 야무지지 못하다. 가늘게 떨리면서 왼쪽에서 오른쪽으로 조금씩 움직였다. 그렇게 오른쪽 끝까지 공들여 얼룩 하나 없이 닦아내더니 행주를 왼쪽 끝으로 되돌리고 바로 앞에서 조금 방향을 바꿔 똑같은 일을 세번 반복하고는 네번째에 행주를 뒤로 뒤집고 움직이려고도 하지 않는 여동생의 팔꿈치를 험악한 눈으로 흘끗 보았다. 그리고 여동생이 자리를 차지하고 있는 곳을 네모나게 남겨두고 다시 네번째로 행주를 뒤집어 세번 더 탁자를 자기 바로 앞 끝까지 완전히 닦았다. 그러고 나서 그 위에서 한번 더 행주를 뒤로 뒤집더니 쟁반을 오른쪽으로 치워놓고 그 자리까지 정성스럽게 닦아냈다. 겨우 얼굴을 들고 행주를 한 손에 든 채 아직 치워지지 않은 여동생의 팔꿈치를 곁눈으로 미련이 남는 듯 바라보았다. 요오꼬가 탁자 옆에 서 있는 그를 바라보며 눈 끝으로 웃었다.

그리고 요오꼬의 언니는 홍차 잔과 케이크 접시를 하나하나 양손으로 집어 일사불란하게 균형을 맞추면서 두사람 앞에 정연하게 죽 늘어놓았다. 다 늘어놓자 그녀는 탁자에서 얼굴을 멀리 떼고 전체를 바라본 다음 요오꼬의 잔에 손을 대어 조금 왼쪽으로 비켜놓고 얼굴을 들어 한참 동안 아무 말도 하지 않고 고개를 갸웃거리고 있다가 다시 손을 대려 했다. 그러자 요오꼬가 머리를 비스듬히 힘차게 흔들었다. 언니는 겁이 난 듯 대려고 했던 손을 움츠리고 얼굴을 조금 붉히며 탁자에서 한발 물러나더니 다시 상냥한 표정이 되었다.

"더러워 보이는 모습이라 죄송해요. 병문안이라고 생각해주세요. 그럼 편안히 쉬세요."

요오꼬의 언니는 머리를 깊이 조아려 인사하고 문 쪽으로 몸을 돌렸다. 그는 일어서서 전송했다. 어딘가 방심한 듯한 발걸음으로 요오꼬의 언니는 문으로 다가가 문턱을 넘으려고 하다 오른쪽 선반 위의 화병에 눈길을 멈추더니 한 손으로 꽃꽂이의 배열 상태를 고쳤다. 그리고 화병을 향해 중후하게 고개를 끄덕이고 나서 문턱 저쪽으로 한쪽 발을 내딛고 이제 막 나가려는 자세가 되었다가 다시 멈춰서서 그대로 손님이 있다는 것도 여동생이 있는 것도 잊은 듯 이마에 신경질적인 주름을 짓고 한참 동안 꽃을 손질하고 있었다.

이윽고 규칙 바른 발소리가 계단을 천천히 내려가자 그는 한숨

놓는 기분으로 몸을 탁자 쪽으로 돌려앉았다. 보니 어느새 요오꼬는 오른손으로 찻숟가락을 단도처럼 꽉 쥐고 광기 어린 눈초리를 하고 있었다.

"봤지?" 요오꼬는 새된 목소리로 말했다. 그리고 승리하여 의기양양한 듯 의자로부터 허리를 들어 탁자 위에 몸을 얹고 찻숟가락 끝을 거꾸로 잡아 쑥 내밀고는 자신의 쇼트케이크 크림 거품 한가운데 꽂혀 있는 붉은 딸기를 가리켰다. 그리고 그의 시선을 찻숟가락 끝에 끌어들여놓고 나서 숟가락을 쥔 손을 일직선으로 뻗어 그의 잔에서 흐릿하게 김이 피어오르는 중심 근처를 가리키더니, 손을 오른쪽으로 옮겨 그의 케이크에 있는 딸기를 가리키고 그런 다음 손을 다시 일직선으로 되돌려 자신의 잔을 가리켰다. 무슨 뜻인지 알 수 없어서 그가 멍하게 바라보고 있자, 요오꼬의 눈이 이글이글 타올랐고, 손이 자동기계처럼 몇번이나 같은 동작을 반복했다.

"무슨 뜻이야?"라며 그는 요오꼬가 그의 바로 옆에서 갑자기 온전한 광기로 미끄러져 들어가는 느낌이 들어 조심조심 물었다. 그러자 요오꼬는 그를 꾸짖어댔다. "내 얼굴 따위 보지 말고 숟가락 끝을 봐. 자, 여기랑 여기랑 여기랑 여기."

그렇게 말하고 그녀는 찻숟가락을 다시 한바퀴 돌리고 의기양양한 표정으로 외쳤다.

"봐, 직사각형이 되어 있지?"

듣고 보니 과연 네개의 점이 정확하게 직사각형으로 연결되어 있다. 게다가 모든 변이 탁자의 변과 거의 평행을 이루어 탁자 사각 속에 서로 닮은 사각을 정확히 담고 있다. 언니에 대해서인지,

여동생에 대해서인지 알 수 없었지만 그는 겁에 질려 요오꼬를 향해 애원하듯 말했다.

"그런 심술궂은 짓을 해서는 안돼. 무의식적으로 한 게 아냐?"

"무의식이니까 기분이 나쁜 거야."

그렇게 말하고 요오꼬는 앞에 놓인 컵과 접시를 힘껏 각기 다른 방향으로 밀어내고 나서 눈을 내리깔고 도리질을 하듯이 머리를 흔들었다. 그러나 한참 지나자 요오꼬는 다시 머리를 들어 심술 맞은 웃음을 띠며 그를 향해 말했다.

"너 방금 저 언니를 관찰했지? 네가 무엇을 봤는지 말해줄까?"

그리고 목소리를 낮추어 조금 전 언니의 일거일동을 그가 본 것보다 더욱 자세하고 더욱 강렬하게 말했다. 요오꼬의 쌀쌀한 눈빛에 그는 공포에 가까운 감정을 느꼈다. 그 눈을 양손으로 막고 싶은 충동에 사로잡혔다. 하지만 그때, 그는 요오꼬가 방금 전까지 언니가 방에 있는 동안 죽, 벽 쪽으로 시선을 맡긴 채로 있었던 사실을 알아챘다. 궁금하게 여기는 듯한 그의 얼굴을 보고 요오꼬는 대답했다.

"안 봐도 알 수 있어. 언제든 모든 것이 같은걸. 학교친구가 가끔 놀러 올 때도, 내 밥을 여기에 가져올 때도 지금 네가 본 것과 같은 일이 고스란히 반복되었어. 꽃을 손질하는 것도 마찬가지야. 저 꽃은 내 영토에 대한 저 사람의 교두보야. 아니면 가교일까? 병에 걸린 자매의……"

목소리가 마지막에 울먹이는 소리로 변했고 요오꼬는 양손으로 얼굴을 감쌌다. 그렇지만 한참 지나서 손을 떼니 요오꼬는 벌써 눈이 치켜올라간 표정이 되어 언니를 욕하기 시작했다.

"아니, 나는 저 사람과 달라. 저 사람은 건강해. 저 사람의 하루는 그런 반복만으로 훌륭하게 채워져 있어. 복도에서 걷는 방식, 화장을 하는 방식, 청소를 하는 방식, 밥을 먹는 방식…… 매일매일 죽을 때까지 평생……, 부끄럼도 없이 점잔을 빼며 지키고…… 그것이 건강이라는 거야. 그게 싫어서 나는 여기에 틀어박혀 있는 거야. 너는 알겠어? 모르겠지. 그런 얼굴을 하고……"

그 말을 듣자 그는 자신의 얼굴이 언젠가 말한 '우스운' 얼굴로 다시 굳어지는 것을 느꼈다. 계곡 아래에서의 일이, 현수교에서의 일이 다시 생각났다. 그러나 여기서는 어떻게든 요오꼬를 달래야 한다. 그렇게 생각하고 그는 자신이 생각하는 분별을 마구 내뱉었다.

"버릇이라는 건 누구에게나 있는 거야. 게다가 그런 버릇의 반복은 생활의 사소한 일부가 아니겠어? 아무리 반복 속에 갇혀 있는 듯이 보여도, 외부세계가 끊임없이 다른 방식으로 교섭을 요구하기 때문에, 결국은 임기응변으로 반복을 깨고 있는 거지. 언니도 그럴 거야. 그러지 않으면 한집안 살림을 잘 꾸려나갈 수가 없는걸."

"그래, 네가 생각하고 있는 인생이란 그쪽이군. 그렇지만 아무리 외부세계에 호응하여 살고 있다고 한들, 남아 있는 부분은 존재하지. 조금도 변하지 않는 자기 자신에게 되돌아오는 시간이 매일 어떻게 하든 남아 있지. 그래서 언제나 똑같은 것을 아주 진지하게 반복하고 있는 거야. 내가 생각하는 인생은 이쪽이야."

"살아 있다는 게 그런 것이니까 어쩔 수 없지 않아? 아니면 넌

살아 있는 것을 증오하고 있어?”

“증오하고 있어. 언니를 볼 때는.”

요오꼬는 고개를 떨구어버렸다. 케이크와 홍차가, 요오꼬가 싫어하는 반복 속에서 가장 굴욕적인 반복을, 뭔가를 먹을 때의 버릇의 반복을 암시하며 요오꼬 앞에 조롱적인 표정으로 늘어서 있다. 이것으로 네번째구나,라고 그는 마음속으로 생각했다. 그러나 뭔가 먹는 모습을 타인에게 보이고 싶어지지 않는 요오꼬의 기분을 이제 확실히 이해하면서도 모처럼의 홍차가 식어가는 것을 보자 그 역시 어찌할 바를 몰랐다. 그런 일로 어찌할 바를 모르는 자신을 어찌할 도리가 없었다.

“먹자.” 그는 중얼거리고 말했다.

그러자 요오꼬는 얼굴을 들고 너무나 소박한 말을 들어서 곤혹스러운 듯 웃고 나서 어쩔 수 없다는 듯 포크를 잡고 쇼트케이크의 크림을 끝에서부터 허물어뜨렸다.

요오꼬는 탁자에 팔꿈치를 괴고 포크를 잡은 손을 손목에서 축 늘어뜨리고 포크 끝으로 크림을 조금 떠서는 입가로 옮겼다. 아주 적은 크림에도 입술이 둥글어져 갑자기 두툼한 느낌으로 변해서 포크 끝을 쑥 하고 감쌌다. 닫힌 입술 속에서 혀가 천천히 몸부림치는 것이 볼에 드러나고 그 움직임이 멈추자 목 언저리의 부드러운 피부가 나른한 듯이 부풀어오르더니 입안의 것을 삼켰다. 그리고 요오꼬는 가슴으로 숨을 몰아쉬었다. 응석 부리며 얼버무릴 수도 없는 부끄러운 반복을, 그녀는 그의 앞에서 가만히 참고 있었다. 그것을 보고 그는 입안에 음식을 머금은 채 말을 걸었다.

"너의 버릇이라면 나는 견딜 수 있을 듯한 느낌이 들어."

"그렇지……"하고 요오꼬는 포크를 공중에 든 채 중얼거리며 그의 말 때문인지, 자신의 미끈거리는 목소리 때문인지 다시 난감한 듯이 웃으면서 몸을 조금 좌우로 비틀었다. 자기 자신으로부터 탈출하기 어렵다는 사실을 반 정도는 괴로워하고, 반 정도는 냉랭하게 그 사실에 잠겨 있다는 식이었다.

"지금의 나는 실은 습관이 완전히 몸에 배지 않았어. 나는 환자이기 때문에 어중간해. 건강해진다는 것은 자기 습관이 완전히 몸에 배어버려서 이제 같은 행위의 반복을 기분 나빠지 않는 것이지. 그렇게 되면 환자의 경우보다 버릇이 더 노골적으로 나오는 거야. 그렇게 된다면 너는 나를 감당할 수 있을까……?"

"어느 부부든 감당하며 살잖아."

"자기 버릇을 드러내는 것으로 상대방 버릇이 드러나는 것과 균형을 취하고 있는 거지. 그게 건강이라는 것의 대단함이야."

"두사람 모두 대단해지면 되지."

요오꼬는 눈썹을 찌푸렸다. 그는 자신이 음식을 먹는 방식을 의식하고 어색해졌다. 두사람은 아무 말 없이 서로 자신의 부끄러운 행위 속에 빠져 있었다. 목소리를 내지 않고 숨조차 죽이고 먹고 있노라니 자신의 맹목적인 생명 속에 비스듬히 잠겨들어가 눈만 밖으로 내놓고 스스로를 응시하는 듯한 고독감이 있었다. 한참 지나서 요오꼬는 크림 속에 드러난 딸기를 포크 끝으로 쿡쿡 찌르며 말했다.

"옛날에 친구가 좋아하는 사람의 사소한 버릇을 생각하는 것만으로 벌써 행복한 기분이 든다고 말한 적이 있었는데, 나는 아무리 해도 그걸 이해할 수가 없었어……"

요오꼬는 언제까지고 딸기를 쿡쿡 찌르다 다시 굴리고 있었다. 그리고 눈을 올려 그가 먹는 모습을 애처로운 듯이 바라보면서 다시 말했다.

"그렇지만 너를 만나고 나서 남의 버릇을 좋아하게 된다는 걸 조금 이해한 느낌이 들어."

"어떤 버릇이지? 나는 건강한 사람이라 잘 모르겠어."

뭔가를 먹는 완고한 슬픔 속에서 그는 눈을 들지 않고 대답했다. 요오꼬의 말을 퇴짜 놓는 것이 아니라 혐오 속에서 가까스로 내민 그녀의 상냥함을 이해한 기분에서였다. 요오꼬도 그의 말을 오해하지 않고 받아들였다.

"그래…… 너는 내 쪽을 향했을 때 언제나 약간 어찌할 바를 모르는 구석을 보이지. 자기로부터 조금 뒤로 물러나 어딘지 모르게 희박한, 그만큼 상냥한 느낌으로 이쪽을 본다고. 그러고 나서 갑자기 착 달라붙기 시작하지. 그러면서 안으로 밀고 들어오는 게 아니라 그저 살갗만 맞대고 가만히 있는 거야…… 언제나 비슷하지만 보통 사람들처럼 지나치게 강렬한 반복은 아니야."

그는 그렇지 않을 때의 자신의 모습을 생각했다. 요오꼬 옆에 있으면서도 자신만의 불안에 몰두하여 무의식중에 같은 버릇을 드러내며 반복하는 짐승 같아 보이는 모습을…… 그리고 그의 옆에서 눈썹을 살짝 찌푸리고 그것을 감당하고 있는 요오꼬의 마음을 상상했다. 그러나 그 생각은 마음속에 간직하고, 요오꼬가 내민 말을 그대로 받아들였다.

“억지로 헤치고 들어가려는 것도 아니고, 거리를 두려는 것도 아니고, 너의 병을 꽉 끌어안으려는 것도 아니고, 너를 병으로부터 끄집어내려는 것도 아니야…… 나 자신이 건강한 사람이라고 해도 어중간한 면이 있거든.”

“하지만 그렇기 때문에 여기서 이렇게 마주 보고 함께 먹으며 있을 수 있는 거야. 난 지금 네 앞에서 조금도 부끄럽지 않아.”

그렇게 말하고 요오꼬는 포크로 여기저기 찔러 허물어진 딸기를 손가락으로 집어 입안에 밀어넣고 붉게 젖은 입술을 두마리의 다른 생물처럼 움직였다. 그러고 나서 그녀는 갑자기 여자다운 손놀림으로 포크 손잡이를 손가락으로 꽉 잡고 케이크를 무너뜨려 볼이 미어지도록 입에 넣은 다음 탁자 위를 주시하면서 조용한 소리를 내며 먹기 시작했다. 그는 요오꼬에게 맞추어 소리를 내며 먹으면서 내부에서 자신의 뺨의 움직임을, 똑같이 서글픈 표정으로 똑같이 둔중하게 반복하는 것을 가만히 감지하고 있었다. 그렇게 어둠속에서 둘이서 똑같은 반복에 열중하고 있자니까 몸을 합했을 때보다 짙고 어두운 접촉의 느낌이 있었다. 그러나 그것을 서로 응시하는 눈이 남아서 어둠속에 나란히 떠다니다 서로의 두려움을 위로했다. 두번 다시 반복이 통하지 않는 균형을 그는 느꼈다.

다 먹고 나자 요오꼬는 일어나서 잠시 망설이듯 탁자 위를 쳐다보았지만 갑자기 잔혹한 손놀림으로 자신의 접시와 그의 접시를, 자신의 잔과 그의 잔을 서로 포개어 탁자 한가운데에 놓았다. 위의 잔이 아래 잔 속에서 비스듬히 기울어 손잡이를 공중에 돌출시킨 채 자리를 잡았다. 두사람은 얼굴을 마주 보았다.

요오꼬는 일각의 시간도 아까운 듯 창가로 가서 3분의 1 정도 열린 두꺼운 천 커튼을 레이스 위로 잡아당겨 짙어진 어둠속에 하얀 얼굴을 드러내고 벽 쪽 긴 의자에 편하게 앉았다.

어차피 계속되지 않을 균형을 단숨에 무너뜨려버리려고 두사람은 몸을 서로 밀어붙이고 때때로 숨을 죽이고는 아직 균형이 유지되고 있음을 의아해하며 이윽고 균형이 무너져내리는 기쁨 속으로 분방하게 몰두해 들어갔다.

몸을 일으키자 요오꼬는 머리를 곱게 매만지면서 창가로 가서 커튼을 좁게 열고 어느샌가 서쪽 하늘에 번진 붉은 빛 속에 섰다.

"내일, 병원에 가. 입원하지 않아도 해결될 것 같아. 그렇게 되면 건강해지는 일 따위는 간단해. 하지만 약을 먹어야 하는 건 억울해……"

그렇게 한탄하고 요오꼬는 붉은 빛 속을 응시했다. 그는 옆에 가서 오른팔로 요오꼬를 감싸고 요오꼬를 따라서 밖의 경치를 바라보았다. 집들 사이로 외줄기로 멀어지는 좁은 길 저쪽에 붉은 기가 더해진 가을 해가 여위어 홀쭉해진 나무 위로 막 지려는 참이었다. 땅에 서 있는 모든 것의 한쪽 면이 붉게 타고, 짙은 그림자가 똑같은 방향으로 끈끈하게 흐르며 자연스러움과 괴이함의 경계에서 아주 조용해졌다.

"아아, 아름다워. 지금이 내 정점 같아."

요오꼬가 가늘고 맑은 목소리로 중얼거렸다. 이제 거의 혼잣말이었다. 그의 눈에도 사물의 모습이 문득 단 한번뿐일 깊은 표정을 띠기 시작했다. 그러나 그 이상은 파악할 수 없었다. 집으로 돌아갈 생각을 한 그의 팔 아래에서, 아마도 그의 몸에 대한 혐오에서인 듯, 요오꼬의 몸이 희미한 윤곽만 남은 느낌으로 가늘어져갔다.

아내와의 칩거
妻隱

아파트 뒤쪽 숲속의 여름철 무성한 풀을 헤치고 노파는 나왔다.

숲이라고 해도 벌채하다 상수리나무가 열두세그루 남겨진, 겨우 오십평도 채 되지 않는 공터에 지나지 않았고, 가을이 되어 잎이 떨어지면 시선은 금세 건너편으로 꿰뚫고 나가버린다. 그리고 돌을 던지면 닿을 듯한 곳에 좁은 자갈길이 나 있고 그 길을 따라 팔려고 지어놓은 작은 이층집이 아래층도 위층도 넓이가 같은 비좁은 모습이지만 각각 단독주택의 존엄을 한껏 내보이며 북적거리고 있는 것이 보인다. 그 사이에 낀 공터는 내일이라도 비슷하게 날림으로 지어진 집으로 간단히 막혀버릴 운명을 기다리고 있다는 식이다. 그래도 한여름이 되면 아무리 포위되어 있어도 자연은 역시 자연인 만큼, 각별히 왕성하고 난잡하게 우거진 숲이 바로 코앞 신흥주택지의 전망을 완전히 덮어 가려버려서, 아파트 쪽에서는 일견 조금은 깊이가 있는 듯 보였다.

여름에는 아무도 들어오지 않는 수풀 속에 하얀 모습이 드러나더니, 여름철 무성한 풀에 기모노의 옷자락이 휘감겨서인지 멈춰서서 발밑에 눈길을 떨군다. 몸을 가볍게 비틀어 옷자락 뒤를 바라보는 모습, 목 언저리에서 들여다본 피부가 고왔다. 그러고 나서 한 손으로 옷자락을 걷어지르고 다른 한 손으로 풀을 헤쳐 조금 엉거주춤한 자세로 나오는 것을 보니, 노파였다. 주름살투성이로 늙어빠진 느낌은 아니고 살결이 희고 약간 뚱뚱하며 매우 건강해 보이지만 불안한 걸음걸이는 역시 노인이었다.

히사오는 아파트 옆쪽에 있는 공동세면장 근처에 서서, 정오의 햇빛을 하얗게 되비치는 먼지 속에서 일주일간 몸져누운 덕분에 둔하고 해이해진 눈으로 수풀 속을 들여다보고 있었다. 여름철 무성한 풀 속에서 기모노 차림을 한 여자가 나타났다는 처음의 의심은, 잘못 보았다기보다 찌는 듯이 더운 여름날에 외따로 혼자 서 있는 남자가 병상에서 갓 회복하여 일어섰을 때 일어나는 현기증과 같은 것, 반쯤 스스로 품은 착각, 거의 환상에 가까운 것이었다. 뭔가 중요한 것이 더럽혀진 듯한, 스스로 더럽히고 만 것 같은 기분으로 그는 얼굴을 찌푸리고 노파를 지켜보았다. 안짱다리 걸음으로 다가오는 노파의 허리 주변에 어딘지 모르게 감도는 여자다운 티가 그의 불쾌감을 조용히 계속 자극하였다.

히사오의 시선을 받고 노파는 가벼운 두려움의 표정을 보이고 멈춰섰다. 그리고 갑자기 노인티가 나게 허리를 구부리고 눈앞에 막아서는 듯한 모습으로 서 있는 히사오를 향해 비굴한 아첨을 머금은 눈빛으로 웃었다. 히사오는 오른쪽으로 한발자국 비켜나 노파를 위해 길을 열어주었다. 그리고 변함없이 얼굴을 찌푸리고 있었다. 그러자 노파는 눈을 치뜨며 그의 얼굴을 찬찬히 들여다보더니, 그대로 마치 젊은 남자의 옹고집을 자신의 선의로 다짜고짜 감싸버리려고 하듯이 망설임 없는 발걸음으로 곧바로 다가왔다. 그리고 그의 바로 앞에 서서 재차 상냥하게 웃고는 소름이 끼칠 듯한 젊디젊은 목소리로 물었다.

"히로시 군, 집에 있는가?"

노인인 처지에 어디에서 배웠는지 젊은 동료 사이와 같은, 매우 친숙한 말투다.

"글쎄요, 이 집에 사는 사람이 아니라서……"

쌀쌀하게 대답할 생각이었지만 히사오의 말투도 그만 상대의 친숙함에 물들어 있었다. 여기에서는 "옆 아파트에 사는 사람이기 때문에 잘 모르겠습니다만"이라고 공손하게 대답하면 될 일이었다. "아, 그래……"라며 노파는 무슨 생각인지 시치미를 뗀 표정으로 계속하여 고개를 끄덕이면서 아파트 옆의 단층 단독주택 쪽으로 흘끗흘끗 비아냥거리는 듯한 곁눈질을 하였다.

노파가 묻고 있는 것은 그곳에 입주해 있는 젊은 직인들 중 한사람에 관해서였다. 직인이라기보다 건축공사 중 뭔가 소일만을 오로지 도급 맡아하고 있는 작은 공무소의 젊은이들인데 모두 지방 출신인 듯하다. 구인에 어려움을 겪고 있는 십장이 일부러 비싼 집세를 지불하고 여기에 작은 집 한채를 빌려 숙사 대신으로 예닐곱명을 살게 하고 있다. 요 일주일간, 병으로 자리에 누워 회사를 쉬고 있는 동안에 히사오는 처음으로 이웃집 젊은 남자들의 생활에 귀를 기울이게 되었다. 매일 아침, 아파트의 부부들이 아직 잠자리에 들어 있을 시간에 밖이 시끄러워지고, 밭가에 만들어진 공동세면장에서 입을 가시는 소리, 토오호꾸東北 지방 사투리로 커다랗게 이야기하는 소리, 엉뚱하게 시작되는 유행가 등이 떠들썩하게 뒤섞인다. 이윽고 쩔그렁쩔그렁하고 공구를 소형트럭 짐 싣는 곳에 던져넣는 소리가 들리는가 싶더니 시동을 걸고 매일 아침 으레 붕하는 기이한 소리와 더불어 남자들을 태운 차가 달려간다. 그러고 나서 아파트 직장인들 가정의 하루 생활이 시작된다. 저녁때가 되면 아침의 떠들썩함이 다시 차를 타고 돌아와 세면장에서 물을 뒤집어쓰는 소리, 서로 험하게 욕하는 소리, 밥을 해주는 아줌마의 목소리 등이 근처의 얌전 빼던 고요함을 뒤흔들고, 한시간 정도 지나면 왕성한 식욕 소리가 아파트 이층까지 손바닥 보듯이 전해온다. 식사를 마치면 텔레비전 소리가 볼륨 가득히 울려퍼져 히사오의 눈썹을 찌푸리게 만들지만, 고맙게도 오래 지속되지는 않는다. 집 밖의 중노동으로 피곤하기도 하고 거칠어지기도 한 젊은 몸에는 텔레비전의 오락도 그럴듯한 논리가 많아 너무 답답한지, 삼십분 정도 지나면 벌써 질려버린 남자들이 우르르 밖으로 나간다. 밭을 따라 거친 이야기 소리가 멀어져가며 신도시 밤의 고요함 속으로 사라지면, 이에 교대하여 아파트 각 집으로부터 지금까지 이웃의 떠들썩함에 감쪽같이 사라져 있었던 텔레비전 소리가 들려온다. 아파트 거주자답게 몹시 조심스럽게 짜낸 음량이지만 그 대신

이웃 남자들의 텔레비전보다 훨씬 집요하고 낮은 소리면서도 심야까지 끊기는 일 없이 계속되어, 익숙지 않은 병후로 다소 과민해져 있는 히사오의 신경을 괴롭혔다. 그러고 나서 두시간 정도 지나면 다시 밭을 따라 남자들의 취한 목소리가 돌아온다. 그 목소리는 기분이 아주 좋은 것인지, 격렬하게 언쟁하고 있는 것인지 멀리서는 분별이 되지 않고, 점차 가까이 와서는 그대로 환담하는 목소리가 되었다가 싸우는 외침으로 변하기도 한다. 밭 부근의 어둠속에 멈춰서서 오랫동안 서로 고함치는 적도 있고 나란히 콧노래를 섞으며 집 안으로 들어가는가 싶더니 머지않아 와당탕퉁탕 서로 맞붙기 시작하는 적도 있고, 그 옆에서 당돌하게 외설스러운 합창이 터져나오는 적도 있었다. 그러나 어차피 기껏 십오분 정도로, 남자들의 목소리는 뚝 그쳐버린다. 떠들썩거릴 만큼 떠들고 퓨즈가 나간 것처럼 자버리는 것 같다.

"당신들, 일 쉬는 날이죠? 아니면 오늘은 일요일인데도 나가는가요?"

아무 말 하지 않고 딴 데를 보고 있는 히사오의 얼굴을 노파는 탐색하듯이 들여다보았다. 왠지 속마음을 떠보고 있는 듯한 모양새다.

"이 집 사람이 아니라고 말했죠?"

완강히 일축했지만, 일단 붙어버린 친숙함을 떼어내지 못하고 도리어 그럴듯한 말투가 되어버렸다.

"아, 그랬지."

노파는 그의 곤혹스러움을 달래는 듯 다시 몇번이나 고개를 끄덕여 보였다.

생각해보니 과연 이웃집 남자들이라고 오해를 받아도 어쩔 수 없는 모습을 하고 있었다. 폭이 좁은 바지에 샌들을 멋대로 신고 바로 걸쳐입은 모조 알로하셔츠 앞을 풀어헤치고 그 끝을 배 부분에서 아무렇게나 얽어매어, 정말 볼만한 형님의 여름 옷차림이었다. 그건 그렇다 하더라도 근육이 처지고 핏기가 없는 팔과 가슴, 평소의 무절제함에 요 일주일간의 병과 게으른 잠을 더해 완전히 생기를 잃은 얼굴 등을 대체 어떻게 보고 있는 걸까? 서른에 가까운 나이에 대해서도, 이미 아내가 있는 사람이라는 것도 나이를 먹은 여자의 눈은 자연히 꿰뚫어볼 수도 있을 듯하다. 그러나 이웃 남자들 중에도 종종 계절노동자인지 뜨내기 직공인지 꽤 나이를 먹어서 그만큼 침울한 느낌이 드는 남자가 눈에 띄는 경우가 있다. 여러가지로 경우의 수가 달라져도 괜찮은 셈이다. 이 할머니도 역시 그를 향해 '당신들'이라고 말을 걸고 그가 눈앞에 있는데도 '오늘은 나가는가요?'라고 묻는 것을 보면 반드시 그를 남자들의 한 패거리로 짐작하고 있지는 않는 것 같다. 눈에 익숙하지 않은 남자고 직인답지는 않지만 어차피 어딘가를 뛰쳐나와 새로 온 이겠지, 라고 그 정도로 생각하고 있음에 틀림이 없다…… 그런 것을 생각하고 있는 동안에 그는 갑자기 자신을 잘못 보고 있는 데에 기묘한 기쁨을 느꼈다. 다양하게 있을 수 있는 자신의 분신이 세상 사람들에게 뒤떨어져 전전하고 있음을 보는 듯한 기분이 들었다. 그뿐만 아니라 말을 걸어주는 사람이라면 누구에게든 매달리고 싶은 듯한 불안마저 희미하게 느꼈다. 그의 무뚝뚝한 얼굴이 조금 누그러진 듯하다.

"히로시 군, 있지요? 저기, 좀 불러와요."

노파는 차근차근 히사오의 눈을 들여다보았다. 어쩐지 남자들은 이 노파를 피하고 있는 듯하다. 물론 젊은 남자들이 노파의 방문 등을 기뻐할 리가 없다. 쥐 죽은 듯이 조용한 남자들의 집 쪽을 바라보면서 노파는 히사오를 향해 너도 히로시 군과 마찬가지로 보살펴주겠다고 단정하듯 비밀에 찬 눈빛으로 웃고 있었다.

"아까 모두 함께 어딘가에 나갔는데요."

확실하지 않은 대답밖에 할 수 없음을 유감스럽게 생각하는 기분이 히사오 마음속에 있었다. 실제로 남자들은 조금 전 함께 화려한 셔츠를 입고 짙은 썬글라스를 끼고 어깨로 바람을 헤치면서 막 외출하였다.

"정말……"

노파의 눈가가 조금 험악해졌다.

"정말이에요. 거짓말이라고 생각하면 집 안을 들여다보세요."

그런 말투가 자연스럽게 입에서 나와서 그는 스스로도 놀라웠다. 의심받은 것을 정말 분개하는 듯한 말투이다. 노파는 역시 믿는 것 같았다.

"그래. 또 놀러 갔어? 히로시 군도 함께군."

히사오는 무심코 끄덕하고 고개를 끄덕였다. 노파는 밭을 따라 먼 곳을 가만히 바라보며 히로시의 행방을 상상하고 있는 모습이었다. 노인이라 기피당하는 인물인 처지에 왜 젊은이에게 쓸데없이 마음을 쓰는 걸까? 그렇게 생각하자마자 노인이 이 정도까지 격

정해주는 남자에게 그는 이상한 선망을 느꼈다.

　연상의 패거리로부터 히로시, 히로시라고 불리고 있는 소년의 얼굴을, 히사오는 진작부터 기억하고 있었다. 남자들 사이에서 그의 모습이 보이기 시작한 것은 작년 봄부터다. 말씨로 보면 분명히 토오호꾸 출신인데 아마 중학교를 나와 곧바로 여기에 소개받아 왔을 것이다. 작년 여름 무렵에는 밖의 세면장에서 팬티 하나만 걸치고 물을 끼얹고 있었는데 히사오와 아내인 레이꼬가 밭을 따라서 난 길로 들어오자 당황하여 타월을 가슴에 대고 집 안으로 도망쳐 들어갈 정도로 순진하였다. 아침저녁으로 남자들이 모이면 히로시, 히로시라고 함부로 부르는 소리가 쉴 새 없이 들려왔다. 호통치는 말투, 조롱하는 말투, 지나가는 개를 잠시 가까이 불러들여보는 듯한 말투가 바쁘게 교차하고, 부를 때마다 소년은 대답인지 항의인지 알 수 없는, 목구멍 속에서 우웃이라고 신음하는 듯한 소리를 내면서, 역시 도회지에서 수년을 보낸 나이 많은 남자들의 심술궂음을 당해낼 순 없는지 말하는 대로 질질 끌려다니고 있는 것 같았다. 밤늦게 히사오가 밖에서 돌아오면, 남자들 집에서는 온 집 안의 등불을 환하게 켜놓고 술잔치를 하는 목소리가 안에서 쩌렁쩌렁 넘쳐났다. 그리고 밭 가장자리의 어둠속에서, 소년이 익숙하지 않은 술에 시달려 새우처럼 몸을 웅크리고 있다. 그런데 초겨울 어느날 밤 소년이 여느 때와 마찬가지로 억지로 과음을 하고 밭 가장자리에 웅크리고 있는데, 남자들의 집 창문이 드르륵 열리고 근골이 울퉁불퉁 불거진 알몸이 위압적으로 팔짱을 낀 채 창가에 서서 마침 그곳을 지나가던 히사오를 거만한 모습으로 지나가게 내버려

두고는 갑자기 새된 소리를 질렀다.

"히로시, 이봐, 히로시, 거기서 뭐 하고 있는 거야? 부탁이야, 이쪽으로 와."

히로시는 어둠속에서 방금 어깨를 떨며 막 토하고 있었는데도, 다시 고지식하게도 평소의 윙윙거리는 대답을 간신히 반복하고 있었다. 그래도 일어날 기력은 없는 듯하였다. 창가의 남자는 히로시의 곤혹스러움을 즐거워하며 점차 나긋나긋하게 여자 목소리를 내며 부르고 있었다. 그렇지만 그러는 동안에 그 목소리는 갑자기 섬뜩하고 탁한 소리로 변해 "이 자식, 내가 하는 말 못 알아듣는 거야?"라고 외치는가 싶더니, 우락부락한 모습이 창문에 비추는 밝은 빛 속에서 튀어올라 쿵 하고 땅 위로 내려와서는 엄청난 기세로 밭의 어둠속으로 달려갔다.

아파트 앞에 멈춰서서 보고 있자니, 이윽고 두 그림자가 서로 뒤엉켜 창문 쪽으로 질질 움직이고 있었다. 소년의 가는 몸이 창문의 아래틀을 양손으로 붙잡고 위로 끌려가지 않으려고 엉덩이부터 먼저 땅바닥에 주저앉아 움직이지 않는 모습이 창문의 불빛을 통해 보였다. 계단을 올라가 방에 도착했을 때에는 이미 이웃집에서 맞붙었다 떨어졌다 뒹구는 소리, 맹장지가 우지직 찢어지는 소리가 전해왔고, 온 아파트가 조용히 귀를 기울이고 있는 기색이었다. 이윽고 싸움이 진정되고 짐승같이 헐떡거리는 소리가 격렬하게 계속되었다. 흥미진진하게 귀를 기울이는 주변의 고요함 속에서 매우 고독한 느낌이었다. 그동안에 헐떡이는 소리는 말소리다운 음성을 띠기 시작하여 점차 확실한 소리로 변해 "죽여. 그렇게 내가 눈에

거슬린다면 죽여"라고 외쳤고, 남자들의 껄껄거리는 웃음이 터져
나왔다. 그러나 외침은 반 정도는 진지하고 반 정도는 연기 같았는
데 남자들의 웃음을 압도하였다. 어느샌가 날카로운 말도 감탄도
아닌 토오호꾸 사투리가 심하게 섞인 긴 대사가 이어졌다. 사투리
가 심할 뿐만 아니라 목구멍 속에 틀어박혀 짖는 듯한 소년 특유의
발성이라 히사오는 한마디도 알아들을 수 없어서 같은 토오호꾸
에서 자란 아내 레이꼬에게 "이봐, 저 말, 알아들었어?"라고 물어
보았다. 밖의 소동에 개의치 않고 타따미 위에 석간을 펼치고 읽고
있던 레이꼬는 히사오의 재촉을 받아 얼굴을 반 정도 일으켜 귀를
창문 쪽으로 돌리더니, 한참 동안 어딘가 먼 곳을 응시하는 눈빛으
로 듣고 있었다. 그렇지만 이윽고 어쩐지 난처한 듯 끈끈한 웃음을
띠고 "히로시 군, 어지간히 말하는군"이라고 중얼거렸다. 그리고
다시 신문에 눈을 떨구고는 언제까지나 눈으로 웃고 있었다.

그때부터 소년은 술에 취하면 연상의 패거리를 상대로 술주정
하는 것을 배운 것 같았다. 술에 취해 횡설수설한다고 하더라도 결
국은 유치한 허세를 부릴 뿐이지, 선배들을 위협하기에는 아무래
도 부족했지만 그래도 때때로 심한 토오호꾸 사투리로 기세 좋게
끝없이 고함쳤기 때문에 선배들은 그의 허세를 적당히 안주로 삼
으면서도 이전처럼 끈질기게 괴롭히지 못하게 되었다. 그 무렵부
터 소년의 일상적인 옷차림과 태도도 점차 변해갔다. 어느샌가 그
는 썬글라스를 늘 주머니에 넣고 다녔다. 그리고 어깨를 으쓱대며
턱을 쭉 당기고 이마를 낮게 앞으로 쑥 내미는 듯한 모습으로 활보
했다. 그렇지만 그런 모습을 하더라도 여전히 몸놀림 전체가 아주

어린 아이 같아서 강한 눈빛에 끊임없이 곤혹스러운 빛이 섞이기 때문에 선배들도 그것을 관대하게 보아주고 있는 것 같고, 이전보다는 다소 조심스럽기는 하지만 그런대로 이전처럼 그를 휘두르고 있었다. 밭을 따라 난 길에서 히사오와 엇갈릴 때, 소년은 이마를 낮게 수그린 자세를 취하고 히사오의 얼굴을 밑에서 홱 노려본 다음 상반신을 흔들며 “안녕하세요”라고 어깨를 으쓱하고는 의젓하게 고개를 끄덕여 보인다. 그러나 대학을 나온 보통의 직장인이라고 하더라도 열살 이상이나 연상이고 그런 만큼 뭐라 하더라도 강인한 히사오는 불량스럽게 인사를 하는 소년의 눈을 가만히 바라보고 그대로 그에게 다가가서 갑자기 싱글벙글 웃는다. 그러면 소년은 갑자기 어린 모습을 눈가에 몽땅 드러내고 뺨을 어색하게 무너뜨린다. 그의 조야하고 섬세한 신경의 떨림이 온몸의 움직임을 순식간에 불안하게 만들어버린다.

노파는 한숨을 쉬었다.

“히로시 군도 함께인가? 동료들이 나빠. 어쩔 수 없는 사람들이야. 어젯밤에도 늦게까지 마셨는데.”

어째서 그런 것까지 알고 있는 걸까? 이 주변의 살풍경스러운 선술집의 할머니인 듯도 하다. 그렇다고 한다면 아주 건방진 말투다. 그러나 술을 팔면서 젊은 손님을 상대로, 술 따위 그만 마시고 집에 빨리 돌아가요,라고 설교하는 아주머니도 있는 듯하다. 부주의하게 열린 현관문으로 바로 옆방이 통째로 보이고 타따미 위에 남자들의 땀으로 더러워진 속옷이 여기저기 어질러져 있다. 맹장지문은 찢어진 곳투성이고 도처에 누드사진이 핀으로 걸려 있었다. 정확히 현관 입구에서 곧바로 눈에 들어오는 벽에는 포스터인지 달력인지, 어딘지 모르게 촌스러운 느낌의 여배우 얼굴이 청초한 미소를 이쪽으로 향하고 있다. 시골 버스 정류장 옆의 잡화점 벽 등에서 자주 미소 짓고 있는 그런 얼굴이다.

"아무도 없군."

노파는 한번 더 확인하였다. 그리고 다시 히사오 쪽을 향해 이미 설교 조로 말하기 시작했다.

"열심히 일하고 있는 건 알지만 말이야, 일이 없을 때에 하찮은 일로 소일하는 것은 탐탁지 않은 일이야. 괴로워도 일하고 있는 동안은 괜찮아. 한가한 때가 무서운 거야. 젊은 사람들이니까, 얌전하게 집에 틀어박혀 텔레비전을 보고 있을 수는 없겠지. 처음은 기껏해야 빠찐꼬나 술, 그 정도라면 그런대로 괜찮지만 점차 노는 데 익숙해지면 경마, 경륜에 손을 대고 종국에는 나쁜 여자에게 향하도록 정해져 있어. 나쁜 여자가 다시 술이나 경마, 경륜에 더 불을 붙이는 거야. 위험하지, 위험해. 요물이 만단의 준비를 하고 대기하고 있어. 고향의 어머니가 걱정하고 있어. 한가로울 때, 빈둥빈둥 놀면 안돼. 정말로 마음이 즐거운 일을 하지 않으면."

다른 사람도 아닌 히사오를 향해 말을 걸고 있다. 히사오는 아내가 있는, 서른살 가까운 자의 짓궂은 기분을 노파에게 간파당하지 않으려고 얼굴을 숙였다. 곁에서 보면 노인의 설교 앞에서 곤혹스러워 머리를 숙이고 있는 젊은이의 모습이다.

"마음이 즐겁다는 건, 자기 혼자 즐기고 있으면 그것으로 충분한 게 아냐, 그런 건 진정한 즐거움이 아니야. 자신도 즐겁고 다른 사람도 즐겁고 부처님도 기뻐할 수 있게 하여, 아, 좋은 일 하며 보냈구나라고 마음으로 만족하며 잠자리에 드는 것, 바로 그거야. 그리고 내일부터 다시 왕성하게 힘을 내어 일에 힘써야 해. 그러지 않으면 안돼. 누구든 마음가짐 하나로 그럴 수 있어. 그런 즐거움이 있다면 자네에게 요물이 허점을 이용할 틈 따위도 없는 거야.”

그건 그렇다 하더라도 자세라고 하는 것은 기묘하다,라고 히사오는 생각했다. 처음에는 형태뿐이었는데, 점차 내면으로 그에 어울리는 기분을 불어넣는다. 또는 노인 앞에서 고개를 숙이는 젊은 이의 자세라는 건, 아주 옛날부터 여러대에 걸쳐 전해온 것으로 히사오 개인의 연령이라든가 경우라든가 생각이라든가, 그 정도의 차이는 없애버릴 힘을 가지고 있는지도 모른다. 느릿하게 오는 조건반사라는 것 때문일까, 노파의 말투로 마음 한구석이 역시 조금은 침울해지는 걸 그는 느꼈다.

“자네들도 언제까지나 그렇게 들뜬 생활을 하고 있을 수는 없겠지. 머지않아 싫증이 날 거야. 벌써 싫증이 났을 거야. 그렇기 때문에 저렇게 거칠게 술을 마시는 거지. 자신의 마음속을 가만히 응시해보게. 아, 누군가에게 매달리고 싶다고 원하는 걸 스스로도 알 수 있으니까. 그걸 착각하여 나쁜 여자에게 빠져서 말이야. 자네가 마음만 다시 먹으면 좋은 새색시를 확실하게 소개해주지. 마음이 예쁜 처녀 아이들이 잔뜩 우리 집회에 오고 있어. 노인도 젊은이도 마음을 터놓고 말이야, 그건 화목한 모임이야. 사흘에 한번, 저녁 후 모여 둥글게 앉아……”

그렇게 말하고 노파는 갑자기 신중한 눈빛이 되어 히사오의 몸을 구석구석 둘러보았다. 말이 끊어진 순간, 그는 뭔가 부족함을 느꼈다. 희미한 어리광이, 손이 움츠러들어 허공을 잡았다. 이것은 누구냐라고 하는 듯 노파는 그를 바라보고 있었다. 히사오는 자신의 집 앞에서 마치 자신이 틈입자인 듯 주시를 받으면서 오로지 노파를 화나게 만들고 싶지 않다, 속이고 있었다고 여겨지고 싶지 않다는 기분으로 굳어졌다. 그런 긴장이 안쪽의 짓궂은 생각을 밀어내고 아주 잠깐 동안 그는 노파에 대해 완전히 고분고분한 기분이 들었다. 그러자 노파는 만족스러운 듯 웃었다.

"신변을 정리해. 마음이 흔들려서는 안돼."

경계심은 경계심이고, 조금 떨어진 곳에서 평등하게 감싸버리는 웃음이었다.

"그래. 자네는 조금 나이를 먹었군. 그래도 똑같아. 그렇지…… 오늘은 다른 일이 있으니까 다시 이야기하러 오지."

그렇게 말하고 노파는 걷기 시작했다. 그리고 조금 걷고 나서 뒤돌아보고 덧붙였다.

"히로시 군이 돌아오면 오늘밤 집회에 와달라고 말해줘. 도움이 되는 이야기가 있으니까."

그리고 나서 한마디 더 덧붙일 듯한 표정을 지었지만 그대로 히사오에게 등을 돌리고 싱싱한 발걸음으로 밭을 따라 난 길을 햇볕을 받으며 멀어져갔다.

뒤늦게 마음속으로 비웃으며 아파트 옥외계단을 올라 방으로 돌아왔더니 아내 레이꼬가 거실의 타따미 위에서 지친 듯 눈만으로 그를 맞이하며 한숨 섞인 목소리로 중얼거렸다.

"당신, 어떤 할머니로부터 계속 뭔가 권유받고 있었지?"

열어둔 현관문으로 들어오는 미적지근한 바람이 부엌을 빠져나와 거실의 연둣빛 커튼을 창밖으로 가득히 부풀리고 있었다. 계속 바람이 부는 가운데, 레이꼬는 몹시 더위를 타는 하얀 몸을 타따미 위에 납작하게 눕히고 있었다. 가볍게 세운 무릎 아래에서 원피스 옷자락이 바람에 나부끼고 있다. 그대로 몸을 일으켜 머리를 창쪽으로 조금 가까이 대니, 부풀어오른 커튼 끝에서 조금 전 노파와 그가 서 있었던 곳이 딱 마주 보이는 방향이다. 확실히 이쪽으로 비스듬히 등을 돌리고 서 있었지만 노파의 이야기에 귀를 빌려주면서 위아래 네개씩의 창문으로 형형색색의 커튼이 밖을 향해 일제히 부풀어올라 있는 것을 뭔가 마음에 들지 않는 것처럼 멍하니 눈여겨보고 있었던 듯한 느낌도 들었다. 권유라고 하는 말이 귀에 거슬렸다.

"권유라고? 나는 말이야, 회사에서 조합의 분열소동이 있고 나선 권유라든가 설득이라든가 획득이라든가 하는 말에 알레르기를 느끼고 있어. 사람을 사람으로도 생각하지 않는다는 말이야."

"그래도 이 주변에 사람들이 와서 싱글벙글하며 말을 건다면 반드시 뭔가 권유하려는 거야. 외판원에서 서명운동, 종교단체에 이르기까지 각양각색이지. 어지간히 탐욕스럽고 경솔하게 보여."

그를 빗대는 것도 같고, 뭔가 타인으로부터 쉽게 모멸을 받는 자기 자신을 견딜 수 없는 기분으로 응시하고 있는 듯한 여운이 어려 있다. 그러한 여운이 마음에 걸려 그는 중얼거렸다.

"그런 건가. 집에 틀어박혀 있어도 귀찮게 권유받고 그러는구나."

"빨리 밥을 먹지 않으면 정돈되지 않아서 곤란하겠지?"

그렇게 말하고 레이꼬는 몸을 천천히 일으켜 타따미 위에 모로 앉았다. 그리고 금방이라도 일어나 부엌으로 갈 듯하면서도 좀처럼 일어나지 않고, 집안일의 흐름이 밀려 화난 주부의 모습을 이마에 드러낸 채 방 한구석을 의미도 없이 바라보고 있었다. 조금 떨어진 곳에 히사오는 누웠다. 한참 지나서 레이꼬가 물었다.

"뭐라고 이야기하고 있었어?"

"음, 나에게 새색시를 소개해주겠대. 단, 새사람이 되어 들뜬 생활을 고친다면 하는 이야기야."

레이꼬가 젊은 처녀처럼 눈으로 웃었다. 때마침 간이 맞는 농담이었던 것 같았다.

"어쩔 수 없는 사람이네. 회사를 때려치우고 싶다고 말하는가 싶더니 이번에는 새로운 새색시를 탐내다니."

"어느 것도 이쪽에서 부탁한 게 아니야. 할머니가 멋대로 생각한 거야."

"당신도 참 당신이야. 그런 이야기, 아무 말 없이 듣고 있으면 안되지."

특별히 불쾌한 기색도 없다. 레이꼬는 어이없는 표정으로 창밖을 보며 아까 그가 노파 앞에서 고개를 숙이고 있었던 주변을 '잘하고 있군'이라고 단정 짓듯 찬찬히 바라보며 혼자서 웃고 있었다. 여자가 여자의 행동을 바라볼 때의 눈빛이다. 그는 문득 노파에 대해 이미 잘 알고 있는 듯한 느낌이 들어 물어보았다.

"뭐 하는 사람이야? 그 할머니."

"그런 거, 내가 알 리가 없지."

레이꼬는 분연히 그의 질문을 일축했다. 결벽증적인 눈이 불유쾌한 것을 떨치듯이 온 방 안을 안절부절못하며 둘러보았다. 그렇지만 그런 다음 그녀는 갑자기 평정을 되찾고는 위를 향해 누워 있는 남편 쪽으로 획 하고 얼굴을 가까이 가져와 조금은 요염한 빛을 머금은 눈으로 웃으면서 물었다.

"마음을 고쳐먹는다는 게 어떤 거야?"

"음, 여하튼 여가가 나면 하찮은 일로 시간 보내지 말고 정말로 마음이 즐거운 일을 하라고."

"뭐야, 그게?"

되묻는 목소리가 조금 엉뚱하였다.

"여하튼 집회에 나오라고 하는 것 같아. 집회에 나오면 젊은 처녀들이 많이 있어서 서로 알게 된다는 모양이야. 음, 생각해보니 아주 노골적인 권유군."

"남자들이 노골적인 거야."

생각지 않은 곳에서 여자라는 전선이 만들어지자 그는 아내의 얼굴을 보았다. 레이꼬는 눈썹을 찌푸리고 다시 창밖을 바라보고 있었다. 남자들의 욕구를 평등하게 감싸버리는 노파의 눈과는 달리 이쪽은 신경질적인 거절의 눈이다. 그러나 어딘지 서로 통하는 데가 있다. 남자들을 동일시하는 여자의 눈은 결국 모두 비슷한 표정을 띠는 것일까? 그건 그렇다 치고 레이꼬는 그런 눈을 언제 어디에서 얻은 것일까? 그렇게 의아하게 생각하면서 그는 아내의 시선을 더듬어 밭을 따라 멀어져가는 노파의 모습을 상상했다.

"그러나 낯익지 않은 할머니군."

의미도 없이 한 말이지만 노파에 대한 그의 소박한 감상이었다. 레이꼬는 창밖을 바라본 채 아주 불만스러운 듯이 중얼거렸다.

"낯익지 않고 뭐고 간에 당신은 아침에 나가 밤에 돌아올 뿐이지. 이 아파트에 사는 사람들의 얼굴조차 변변히 알지 못하는 주제에."

그렇게 단정하더니 레이꼬는 우선 만족한 듯 옆으로 내놓았던 발을 끌어당겨 타따미 위에 정좌했다. 그리고 신경질적인 주부의 표정으로 "그런데"라고 허공을 향해 중얼거리더니, 최근 현저하게 풍만해진 허리를 일으켰다.

히사오는 위를 향해 드러누운 채 내일부터 다시 시작되는 근무에 대비하여 체력 회복 상태를 가늠해보았다. 체력이라기보다 기력 회복이 문제다. 본시 일주일간이나 쉴 정도의 병은 아니었다. 월요일에 조퇴하여 화요일부터 토요일까지 닷새나 휴가를 얻었지만 그 휴가 첫번째 날인 화요일 아침에는 40도나 되었던 열이 벌써 거짓말처럼 내렸다. 그래도 화수목 사흘간은 익숙지 않은 고열 이후라 심신이 모두 완전히 처져서 온종일 침상에서 깜빡깜빡 졸며 보냈다. 그것은 괜찮다. 그러나 목요일 저녁때에는 다음날부터 이럭저럭 출근할 수 있을 정도로 체력이 회복되었다. 그럼에도 그는 주저하지 않고 아내에게 집주인 집에서 회사에 전화를 하도록 하여 병후의 회복이 시원찮기 때문이라고 전해 금요일과 토요일 휴가를 연장해버렸다.

덕분에 월요일에 고열로 의식이 혼미해져 집에 돌아와서부터 아까 노파가 말을 걸 때까지 약 일주일간 그는 아내 이외의 누구와도 말하지 않고 지냈다. 이런 일이 몇년 만인가? 오년 전에 둘이서 여기서 살기 반년 전까지 여기보다 더욱 도심에 가까운 방 한칸짜리 아파트에서 아직 학생 신분으로 거의 아무도 만나지 않고 두문불출하고 있었던 일년간, 어쨌든 농후한, 지금 생각하면 땀 냄새로 가득 차 있는 듯한 일년간, 그 이래의 일이다. 일주일간 계속되는 긴 무위도 그 이래다.

일의 시작은 월요일 아침이었다. 평소 시각에 현관문에서 구두를 신었을 때, 그는 전신이 말로 표현할 수 없는 권태감에 휩싸여 현관 바닥에 선 채 꼼짝하지 못했다. '쉬어버릴까'라며 그는 뭔가 확실한 것이 권태감 속에서 나오기를 기다렸다. 그러나 두통도 복통도 아무것도 나타나지 않았다. 한참 서 있는 동안에 권태감은 처음의 격렬함을 잃고 뭔가 순화된 듯이 몸 구석구석까지 미세하게 가득 찼다. 이마가 왠지 무겁고 무릎 근육이 무르게 풀어진 듯한 느낌이었다. 그는 그대로 나갔다.

가장 가까운 역까지 이십분 정도의 길을 전속력으로 걸어 만원인 통근급행을 타고 두번 갈아타며 회사에 도착하기까지 발열은 이미 시작되었을 것이다. 그러나 여름의 고갯길을 넘어온 몸으로 만원전차에 비집고 들어가 사람들 속에서 숨을 죽이고 있다는 괴로움과 발열의 불쾌감을 본인도 그렇게 느끼지 못했던 것 같다. 회사에 도착하여 냉방 바람이 살갗을 쓱 하고 스며들었을 때 그는 이제 자신이 까치걸음으로 만족스럽게 서 있을 수 없음을 알아차렸다.

의료실로 달려갈까라고 책상 앞에서 생각하고 있는 동안에 누군가 민 것도 아닌데 의자에서 주르르 미끄러져 떨어져 바닥에 주저앉아버렸다. 동료들이 조르르 다가와 주위에 원을 만들었다. 그들은 곧바로 손을 내밀지 않고 낙오자를 불쌍히 여겨 위로하는 눈빛으로 그를 향해 계속 고개를 끄덕이고 있었다. '그래. 당신은 너무 지쳤어. 한계야. 휴양할 시기야……' 분열소동이 한창일 때에는 서로 눈을 치켜뜨고 으르렁거리고 양쪽에서 그를 서로 들볶았던 패거리가 한데 모여 거의 화기애애하게 바닥에 앉아 일어날 수 없는 그를 지켜보고 있다. 이윽고 그들은 피보호자가 된 그를 요란스럽게 의료실로 떠메고 들어갔다.

얼마만큼 지났는지, 흰옷을 입은 젊은 남자가 침상 옆에서 그의 얼굴을 들여다보고는 옆집에서 잠들어버린 아이를 깨워 일으키는 듯한 투로 말을 걸었다.

"상당히 편해졌죠? 자, 일어날까요? 더위를 먹었을 뿐이고 걱정할 필요는 없어요. 해열주사를 놔드렸어요. 차를 불렀으니까 집에 돌아가 푹 쉬세요. 그것이 제일이에요. 과장님에게도 연락해두었으니까요."

왜 이런 곳에서 자고 있었는지, 그것을 확실히 기억해내기 전에 그는 반사적으로 침상 위에 단정히 일어나 앉아 아마도 자신보다 연하일 의사를 향해 정중하게 감사의 말을 했다.

차 속에서 그는 다시 열이 있는 듯 잠에 떨어졌다. 배기가스 냄새와 열병 냄새가 짙게 서로 녹아들었다. 그 속을, 커다란 차 그림자가 끊임없이 뒤흔들며 지나간다. 시트에 깊이 도사린 허리 아래에는 빨라졌다가 느려지며 소리도 없이 미끄러져 물러나는 아스팔트의 검게 빛나는 물결이 있고 속력이 변할 때마다 명치 주변에서 미적지근한 구역질을 유발한다. 그는 잠에 휩싸여 있으면서 시시각각 견디고 있었다. 반죽음된 몸을 벨트에 태워 옮겨지고 있는 듯한 기분이었다.

집에 도착하여 현관문을 두들겼지만 대답이 없었기 때문에 그는 열쇠로 열고 안에 들어가 벽장에서 이불을 끌어당겨 떨어뜨리고는 거실의 거의 한가운데에 폈다. 그러고 나서 양복을 벗어던지고 속옷만 입은 채 아무도 없는 방 안을 휙 하고 한번 둘러보았다. 묘하게 익숙하지 않은, 서먹서먹한 느낌의 공간이었다. 그러나 그 이상 서 있을 힘도 없어서 그는 길가에 주저앉는 기분으로 침상에 굴러들어갔다. 무슨 작정인지 출구 쪽으로 머리를 향하는 것에만 마지막 주의를 기울였다.

얼마나 지났을까, 베갯머리 쪽에서 아내 레이꼬가 허리를 웅크리고 주뼛주뼛 다가왔다. 그리고 그의 머리를 멀리서 들여다보고는 손을 쑥 뻗어 이마에 대고 "열이 엄청나네"라고 중얼거렸다. 그때 그는 집이 아니라 어딘가 알지 못하는 방에서 자고 있다고 생각했다. 레이꼬가 달려와주었다. 장바구니를 들고 있는 것을 보면 한창 장을 보다 남편의 갑작스러운 병을 알고 그대로 택시를 타고 달려왔음에 틀림이 없다. 그렇게 생각하고 그는 다시 잠에 떨어졌다.

깊은 잠에서 빠져나와 다시 눈을 뜨자 장소 의식은 한층 혼탁해 있었다. 하얀 사람 그림자 하나가 침상 주변에서 끊임없이 움직이고 있다. 그는 아직 회사 의료실에 있다. 약 냄새가 불안하게 감돌고 있다. 콘크리트 벽을 통해 멀리 또는 가까이서 전화가 계속 울리고 있는 것이 들렸다. 바로 밖의 복도에서 여자아이들이 소문 이야기를 하면서 멀어져간다. 요전 소동에 관한 이야기를 즐거운 듯이 하면서…… 동료들이 일하고 있는 한가운데에서 누워 있는 것이 괴로워 일어나려고 했지만 몸이 말을 듣지 않는다. 애매하게 몸부림치고 있는 동안에 다시 의식이 어두워지고, 하얀 사람 그림자가 조급하게 그의 주변에서 움직이고, 그는 그런 모습을 눈으로 쫓으면서 점차 다시 차 안에서 자고 있는 듯한 느낌이 들었다. 기름이 흐르는 듯한 아스팔트 띠가 신기루를 앞쪽으로 너울거리게 하며 어디까지라도 스르르 미끄러져 물러간다. 그는 어디까지나 구역질을 견디고 있다. 아무리 해도 지나가버리려 하지 않는 시간……

그러고 나서 그는 다시 생판 모르는 방 안에서, 누군가의 호의로 우연히 길가에서 발견되어 옮겨져 잠시 쉬고 있었다. 하얀 사람 그림자가 변함없이 일어섰다 앉았다 바쁘게 움직이고 있다. '깨어났으니 고맙다고 하고 돌아가야지'라고 생각하고 있는 동안에 이미 적절한 곳에 연락이 닿은 것인지, 그를 데리러 온 차가 그의 침상 바로 아래에 해당하는 차고 속으로 둔탁한 소리를 내며 들어왔다. 아스팔트의 물결이 재차 그를 옮기기 시작했다.

그런 일이 하룻밤 동안 계속 반복되었다. 때로 그는 여러 장소에 동시에 있는 듯한 느낌이 들었다. 그러자 그는 이제 어디에 있다고 하는 확실한 느낌의 버팀목을 잃고, 터무니없이 펼쳐진 속에 몸째 내던져져 자신의 관자놀이의 고동을 유일한 의지로 삼아 불안한 기분으로 듣고 있었다. 고동 소리가 가늘게 울리며 공간은 어디까지든 펼쳐져가고 사방에 무서운 심연을 품었다. 더구나 그 공간 어느 부분도, 그 자신은 공허하면서도 마치 커다란 바위 속에 가두어진 문양처럼 영원하고, 그런데도 음란한 모습을 띠고 있다.

다음날 아침, 머리맡의 창밖이 밝아오자 그는 자신이 있는 곳을 회복해갔다. 창문이 밝게 부풀어오름에 따라서 그의 바로 옆에 부어서 부석부석한, 익숙한 얼굴이 어둠속에서 떠올랐다. 천장 판자며 기둥이 부족한 빛을 빨아들여 나뭇결이 생생하게 돋보였다. 타따미는 완전히 햇볕에 그을린데다 여러사람의 발에 밟혀 곳곳에 보풀이 일어 있고, 여러해 빨아들인 땀과 권태의 냄새가 여기에 자고 있는 두사람의 체취보다 한층 더 짙게 피어나고 있다. 그는 옛날 레이꼬와 둘이서 살았던 낡은 아파트에 있는 듯한 느낌이 들었다. 여행지 여관에 밤늦게 도착하여 가정부 방 같은 곳에 비집고 들어가 아침을 맞이한 것 같은 생각도 들었다. 그러나 그것은 이미 분열된 장소 의식이 아니고 하나의 장소 감정이었다. 비몽사몽 속에서 그는 겨우 자신의 거처에 자리 잡고 안도했다.

그러고 나서 돌연, 그는 평소와 같이 집에서 자고 있는 것을 알아차렸다. 타따미 여섯장 크기의 방과 부엌. 침상에서도 보이는 청결한 스테인리스 개수대와 양복 옷장. 젖은 곳도 마른 곳도 이것저것 뒤섞어 동일하게 처넣고, 조금의 유흥도 없는 사각 사면의 살림살이였다. 천장은 화장판인데 나뭇결은 있지만 조금도 돋보이지 않는다. 타따미는 올봄 집주인이 갈아주었기 때문에 아직 매우 새 것이다. 필름이 끊겨 갑자기 다른 장면이 나오는 것처럼 당혹스러웠다. 그 변화는 어떤 뉘앙스도 포함하지 않았다. 그것이 한순간 그를 불안하게 만들었다. 옆에 있는 여자의 얼굴만이 같은 표정으로 이쪽을 향해 잠들어 있었다.

점심을 마치고 바람이 지나가는 거실 안에서 아직 누워 있자니 레이꼬가 쟁반 위에 복숭아 세개와 접시와 칼 그리고 알루미늄 사발을 담아가지고 와서 그의 베갯머리에 앉았다. 열이 내린 후, 처음으로 히사오의 목을 지나간 것이 이 복숭아였다. 고열로 과민해진 입속의 점막을 달래듯이 둥글게 익은 복숭아의 달고 시큼한 맛이 목 속으로 흘러들어갔다. 그의 몸은 열이 내리고 엿새째가 되어도 그때의 복숭아 맛의 부드러움에 아직 의지하고 있는 것 같고, 그는 다른 음식은 아무튼 답답하게 느껴져 세끼 식사도 반 정도밖에 먹지 않는다. 언제나 재빨리 식탁을 벗어나 엎드려 누워서는 식후의 복숭아를 기다리고 있다.

레이꼬는 가지런히 한쪽 무릎 앞에 사발을 놓고 그 위에 몸을 기울여 복숭아 껍질을 벗겼다. 잘 익은 복숭아는 열십자 모양으로 칼로 금을 그어 손끝으로 얇은 껍질을 벗긴다. 딱딱한 복숭아는 칼을 얕게 넣어 마음껏 잘 움직이게 한다. 그가 하면 얇게 벗기려고 신중해질 뿐이고, 결과적으로 도리어 과육이 껍질에 끈적끈적 달라붙어버린다. 껍질을 다 벗기고 나면 과즙을 떨어뜨리고 있는 복숭아에 비스듬히 칼을 넣어, 속에 있는 심을 피하면서 과육을 자른다기보다 깎아내듯이 하여 접시에 쌓는다. 복숭아 세개 중 두개는 남편 몫, 한개는 자신의 몫이라는 계산이지만 하나의 접시에 담겨 있어서 히사오가 엎드려 누운 채로 멋대로 손을 뻗어 먹기 때문에 레이꼬가 먹을 몫이 거의 남지 않는 경우가 많다. 그러나 스스로는 그다지 복숭아에 관심이 없는 듯하고 껍질을 벗기면서 때때로 한조각을 입에 넣고 맛을 보듯이 먹을 뿐이었다.

그것은 보름 정도 전에 레이꼬의 고향에서 상자에 담아 보내온 복숭아였다. 그런 덕분인지, 복숭아 껍질을 벗기는 레이꼬의 손놀림은 평소 그녀의 동작 속도에 비해 아주 가정주부다운 위엄이 드러나 있다. 아마 레이꼬의 어머니는 이런 식으로 껍질을 벗겨 아이들에게 복숭아를 먹였을 것이다. 자칫 잘못하면, 그는 자신이 지금 레이꼬의 손에 의해 복숭아 열매로 병든 몸을 보양하고 있는 듯한 느낌이 드는 일도 있다. 물론 병으로 쉬고 있는 동안이라도 근무처에서 급료가 나오고 있으며 그 의미에서는 그가 아내를 부양하고 있는 데는 변함이 없었지만, 그러나 다른 음식을 잘 받아들이지 않는 몸으로, 아내가 껍질을 벗긴 복숭아를 탐하듯이 먹고 있으면 '보양받고 있다'라는 말은 가장 직접적인 의미를 띠기 시작한다.

생각해보면 결혼이든, 아니면 동거든 남자와 여자가 한집에 살고 있어서 남자가 밖에 나가 돈을 벌고 여자가 안에 틀어박혀 집안일을 척척 해내고 있으면 여자가 가정주부다워지는 것이 이상하진 않은 일이다. 그러나 아이도 없이 매월 받는 급료 외에는 관리할 재산도 없고, 제사를 모셔야 할 조상의 혼도 없고, 밖도 안도 없는 겨우 두칸짜리 방 안에서 가정주부의 모습을 문득 의식할 때, 그는 늘 기묘한 기분이 든다. 특히 요사이 일주일간, 온종일 침상에서 꾸벅꾸벅 졸며 보내면서 때때로 눈을 뜨고 방 안을 질리지도 않고 둘러보고 있으면 종종 그는 오래 보아 익숙할 법한 아내 모습을 자신이 찬찬히 주시하고 있음을 깨닫는 경우가 있었다.

확실히 화요일 오후, 열이 내린 후 기분 좋게 졸다가 갑자기 깨어보니, 레이꼬가 부엌의 식기찬장 앞에 폭 웅크리고 앉아서 찬장 가장 아래 물건 넣는 곳을 열심히 들여다보고 있었다. 고열 후라 예민해진 그의 코에 된장과 간장과 술 냄새와 뭔가 쉰 듯한 냄새가 현관 입구에서 거실 창문으로 지나가는 바람을 타고 희미하게 전해온다. 찬장 속에 곰팡이라도 핀 것일까, 바퀴벌레라도 들끓는 걸까, 레이꼬는 신경질적으로 눈썹을 찌푸리고 한 손으로 찬장 속 물건을 조금씩 옆으로 치우고는 그 안쪽을 틈새로 보고 있다. 티끌 하나 놓치지 말자고 하듯 눈의 각도를 아주 조금씩 바꾸면서 응시하고, 눈을 늦추고는 한숨을 쉬고, 그다지 깊지도 않은 찬장 앞에서 언제까지고 움직이지 않는다. 단지 그러한 모습에서 한동안 눈을 뗄 수 없었다.

그러고 나서 같은 날인지 다음날인지 기억은 없지만 레이꼬가 조리대를 향해 있을 때 현관 입구에서 외판원의 목소리가 났다. 현관 입구라고 해도 부엌과의 경계는 단지 커튼 한장인데다가 현관 문은 바람이 들어오도록 계속 열어둔 채로 있어서 때때로 바람에 감겨올라가는 커튼 자락으로 서쪽 해를 받으며 밖에 서 있는 외판원인 젊은 남자의 모습이 히사오의 침상에서도 보였다. 개수대에서도 그다지 큰 목소리를 내지 않고도 용무는 해결 지을 수 있을 것 같았다. 그런데 레이꼬는 예,라고 낮게 대답을 해두고는 젖은 손을 앞치마로 조심스럽게 닦고 냄비 뚜껑을 조금 들어올려 불의 세기를 보고 나서 천천히 일부러 식탁 먼 쪽의 모퉁이를 돌아서 커튼쪽으로 향했다. 게다가 커튼 뒤쪽에서 다시 잠시 멈춰서서 한 손으로 머리카락을 가볍게 쓰다듬었다. 그리고 커튼 끝 쪽을 아주 조금만 열어 쑥 밖으로 나가고는 바로 뒷손으로 커튼을 닫았다. 과연 양지에서 기다리는 외판원의 입장이 되어보면 이렇게 비좁아 답답한 집이라도, 주부는 역시 안쪽에서 나오는 법이다. 쥐 죽은 듯 조용한 커튼 건너편의 기색을 순간적으로 엿보는 외판원의 기분을, 히사오는 침상 속에서 멍하게 상상했다.

목요일 저녁때, 그는 다시 병상에서 막 일어나 게으른 잠에서 꾸벅꾸벅 깨어나려고 하였다. 그러자 석양이 옅게 비추는 현관 입구 커튼을 몸으로 가르면서 세탁물을 양팔로 안은 레이꼬가 들어왔다. 그의 시선은 가슴 주변에 멋대로 따라다녔고, 그녀는 황새걸음으로 그가 있는 쪽으로 다가와서 침상 옆에 앉아 세탁물을 개기 시작했다. 아직 햇볕 냄새가 나는 흰 속옷을, 그녀는 한장 한장 신중하게 주름을 펴서 개고, 다 갠 것부터 옆 장롱 아래에서 두번째 서랍 속에 넣어두었다. 세탁물에서 서랍으로, 서랍에서 세탁물로, 조금도 쉬지 않고 옮겨가는 아내 시선의 움직임을 그는 끌려들어가는 듯한 기분으로 좇고 있었다. 속옷을 넣을 때마다 그녀는 타따미 위에 주저앉은 몸을 허리 부분에서 비스듬히 밀어올리듯이 하며 서랍 속을 들여다보고, 수납상태를 확인하고 있다. 그 차분한 눈은 매일 반복되는 것을 타성에서가 아니라 매일 재차 확인하고 있는 듯했다. 이윽고 레이꼬는 속옷 수납을 마치자, 정좌한 자세로 옷장 쪽으로 무릎걸음으로 조금 다가가 서랍 속을 한번 더 끝에서 끝까지 훑어보고 나서 빽빽한 속에 속옷을 밀어넣었다. 그때 히사오는 갑자기 될 대로 되라는 기분이 들었다. '그 속옷은 어차피 조금 전까지 집 밖 빨래 너는 곳에서 남의 집 세탁물에 섞여 막 바람에 춤추고 있었던 게 아닌가?'라고 그는 분방하게 몸을 비틀며 바람에 휘날리고 있는 속옷을 새삼스레 강렬하게 눈에 떠올려보았다. 그런데 아주 분방한 존재로서 그의 눈에 비친 것은 창밖에서 춤추는 셔츠나 슬립 종류가 아니고 창문 안쪽에 조용히 앉아 있는 주부라고 하는 존재 쪽이었다.

그때 그는 아내 옆에 엎드려 누워 있으면서도 창밖에서 남의 가정의 기색을 살짝 엿보는 독신남의 기분이 되었다. 어느 창문 안에도 여자 한사람씩 틀어박혀 있고, 이렇게 일상의 일들을 진지한 눈으로 응시하면서 원래 남자보다도 농밀한 자신의 존재를 더 한층 농밀하게 마물러간다. 거의 무제한으로 마물러간다. 그는 그런 생각에 한참 동안 압도되어 있었다.

레이꼬는 다시 진지한 시선으로 복숭아와 칼을 주시하고 있다. 그는 재차 가벼운 전율을 느끼면서 그녀의 눈을 옆에서 바라보고 있었다. 지금 물건을 주시하고 있는 저 시선이 그대로의 강도로 쓱하고 이쪽을 향해, 그늘에 숨듯이 옆에서 엿보고 있는 그의 시선과 일직선으로 이어진다면…… 부부가 매일 얼굴을 보고 눈을 마주보고 있다고 하는 것을, 그는 갑자기 이해할 수 없게 되었다.

"뭐를 빤히 보고 있어?"

레이꼬가 눈도 들지 않고 귀찮다는 듯이 말했다.

"음. 허리 부근이 아주 포동포동해졌다고 생각해서 말이야."

히사오는 당황하여 대답하고는 입 밖으로 내면 이런 건가 하고 스스로도 어이가 없었다.

"바보구나. 환자인 주제에."

의외로 레이꼬는 얼굴을 붉혔다.

환자인 주제에,라고 레이꼬는 말했다. 복숭아만 먹고 있거나 노파로부터 젊은 사람 취급을 받거나 아내를 옆에 두고 무책임한 생각에 빠져 있거나 하는 것을 보면 과연 아직 환자다. 히사오의 심신은 한참은 더 이런 상태가 지속되는 것을 바라고 있었다. 그다지 바쁜 시기가 아니기 때문에 이삼일 더 휴가를 연장하는 것은 불가능한 일도 아니다. 그러나 이대로 휴가를 질질 끄는 것은 역시 위험하다. 이러한 심신 상태이기 때문에 그것은 피해야 한다. 접시 위에 얼마 남지 않은 복숭아를 보고 그는 아내에게 물었다.

"고향에서 보내준 복숭아도 이제 다 떨어지지 않았어?"

"훨씬 예전에 다 먹었어."

체념하는 듯한 기분으로 말했는데 이렇게도 깨끗한 대답이 돌아와 오히려 그는 속으로 아쉬운 기분이 들었다.

"그래…… 고향의 복숭아가 아니고 가게에서 사온 거야?"

그러자 레이꼬는 진지한 눈을 칼에서 떼지 않고 다시 시원스럽게 대답했다.

"아니, 같은 복숭아야. 히로시 군이 가져다줬어."

입속에서 복숭아 맛이 갑자기 변한 것 같은 기분이 들었다. 저 소년에게서 받은 복숭아로 막 병상에서 일어난 심신을 보양하고 있었다고는 생각지도 못한 일이었다. 짙은 썬글라스 뒤에서 곤혹스러운 눈이, 아내가 껍질을 벗겨준 복숭아를 먹고 독신자인 듯한 생각에 빠져 있는 남자의 음란함을 바라보고 있다.

"역시 동향인이었어?"

"그건 말씨를 보면 알 수 있지."

"그쪽도 알 수 있을까?"

"글쎄, 어떨까."

레이꼬는 창밖을 향해 웃었다. 깊숙한 곳이 아무것도 모르는 인간에게 조금 알려졌을 때의 웃음이었다. 초등학교 때, 같은 반 여자아이들 앞에서 막 알게 된 외설스러운 말을 입에 담았더니 그녀들은 갑자기 어른스러운 표정으로 그런 웃음을 지은 적이 있었다. 동향인이라는 사실에는 그런 것과 마찬가지로 내밀한 무엇이 있는 듯하다.

"그러니까 동향인의 인연으로 가지고 온 거겠지."

"아니야. 당신에게 가지고 왔어. 병문안이라고."

"당신, 그 아이에게 말했어?"

"말하지 않았어. 그 아이가 보고 있었던 거야. 당신이 비슬거리며 돌아오는 것을."

무심코 그는 눈을 감았다. 그때 밭 가장자리에서 냉방차에서 내리자 공중에서 열기가 무겁게 내려와 주변 땅바닥이 눈부시게 빛나고, 안팎으로 열에 그슬려 시야가 확 좁아졌다. 아플 만큼 밝아

양끝에서 갑자기 어둡게 흐려진 시야, 그 변두리에 누군가 서 있었던 것일까. 듣고 보니 왼쪽에 펼쳐진 밭의 느낌을 등지고 가는 사람 그림자가 이쪽을 가만히 보고 있었던 듯한 느낌도 든다. 한발 한발 이를 악물었던 기억이었다. 아파트가 바로 앞에 보이는데 그 사이에 하얗게 빛나는 먼지가 끝없이 펼쳐져 있고, 아무리 걸어도 당도할 수 없을 듯한 느낌이 들었다. 확실히 그때, 이 염천하에 열이 있는 듯한 몸을 집까지 끌고 가야만 하는 게 괴롭고, 차라리 그 길로부터 별안간 벗어나 스쳐지나가는 바람 속에 멋대로 서서 바라보며 있고 싶다,라고 그런 것을 그는 바랐던 것이다……

눈을 뜨자 레이꼬가 어쩐지 잔혹한 눈빛으로 이쪽을 바라보고 있었다.

"아주 심각한 모습이었던 것 같아."

"그건, 열이 40도나 올라가고 염천하를 비슬거리고 있으면 남의 눈에도 띄겠지."

그렇지만 레이꼬는 이야기를 딴 데로 돌리지 않았다.

"시장바구니를 들고 밭으로 난 길을 들어왔더니 그 아이가 밭 가장자리에 혼자 서서 이상한 얼굴을 하고 이쪽을 보고 있는 거야. 같이 노려보았는데도 당황해하기는 하지만 눈을 떼지 않는 거야. 솔직하게 말해서 이 아이라면……이라고 생각했어. 스치듯 지나가서 계단을 올라 문 앞에서 뒤돌아보았더니 여전히 보고 있더라고. 턱을 쭉 내밀고 몹시 난처한 얼굴을 하고 쳐다보고 있는 기 아니겠어?"

그 시선이 아직 목덜미에 달라붙어 있는 듯이 레이꼬는 눈썹을 찌푸리고 어깨를 강하게 비틀었다. 그러고 나서 갑자기 어두운 목소리로 변했다.

"우리 고향에서는 말이야, 누군가의 집에 불행이 있으면 근방 어린아이들이 자주 저런 식으로 그 집 앞에 서서 출입하는 사람들을 가만히 지켜보고 있는 경우가 있어……"

"그만두란 말이야. 나를 죽은 사람 취급을 하고."

"당신은 평소처럼 회사에서 일하고 있다고 생각하고 있었어."

"그럼, 누구를 걱정했단 말이야?"

"고향의 부모님에 대해 생각하고 조금……"

"그런데 안에서는 남편이 쓰러져 있었던 셈이군."

"깜짝 놀랐어."

그렇게 낮게 짜내는 듯 중얼거리더니 레이꼬는 히로시의 이야기를 잊어버린 것처럼, 방 안에서 자고 있는 남편을 발견했을 때의 이야기를 다시 시작했다. 이것으로 몇번째일까, 이야기할 때마다 그녀는 흥분하여 눈물을 글썽이고 이상하게도 그를 궁지로 몰아넣는 말투가 된다. 그리고 억양에 고향 사투리가 녹아들어 이웃 젊은 이들이 말하는 말투와 조금 비슷해진다.

불길한 연상을 털어버리고 레이꼬는 문에 열쇠를 꽂아서 돌렸다. 그런데 확실히 열쇠는 돌았는데 손잡이를 당겨도 꿈쩍하지 않는다. 이상하게 생각하고 열쇠를 반대로 돌려 시험 삼아 다시 당겼더니 문은 쑥 하고 바로 앞에서 열렸다. 평소 이 정도로 주의하고 있는데 문을 잠그지 않고 외출해버렸다는 생각에 우선 그녀는 동요했다. 현관 바닥에 남자 구두가 벗겨져 뒹굴고 있다. 기분이 나쁠

만큼 커다랗고 우락부락한 구두였다. 한쪽은 문턱 가까이에서 바닥을 위로 향해 뒤집혀 있고 다른 한쪽은 가까스로 방으로 기어올라가다 힘이 다한 듯이 문턱가에 발끝을 걸고 서 있다.

그것을 보고 레이꼬는 순간적으로 남편이 집에 돌아와 있다는 사실에는 생각이 미치지 않았다고 한다. 뭔가 말하고 싶지만 말을 꺼낼 수 없는 듯한 소년의 눈을 생각해내고 그녀는 깜짝 놀랐다. 소년이 보고 있는 앞에서 뭔가 일이 있었는지 모른다. 누군가가 그녀의 집을 열쇠로 당당히 열고 들어갔는지도 모른다. 그러고 보니 최근 남편이 취해서 열쇠를 잃어버리고 와서 집주인에게 부탁하여 복사를 한 적이 있다……

떨리기 시작한 몸을 가만히 진정시키고 그녀는 커튼 끝에서 안을 들여다보았다. 커튼을 내린 거실 한가운데에 침상이 놓여 있는데, 보통 그들이 자고 있는 방향과는 반대로 베개가 이쪽을 향해 있고, 누군가가 타월 담요를 산처럼 쌓아올리고 웅크리고 있다. 얼굴이 반 정도 시트에 묻혀 있어서 확실하지는 않지만, 생판 모르는 남자로 아주 술에 취해 있는 것 같았다.

"그렇게 생각했다면 왜 곧바로 경찰에 전화하러 달려가지 않았어?"

몇번이나 들은 이야기인데 듣고 있는 동안에 히사오는 아내의 몸이 걱정되어 무심코 말참견을 해버렸다.

"그게……" 레이꼬는 순간적으로 멍한 표정이 되어 말했다. "뭐라 해야 좋을지. 우리 이불의 새하얀 시트에 생판 모르는 남자가 얼굴을 묻고 잠자고 있다고 생각하니 왠지 남들에게 말할 수 없을 것 같은 느낌이 들어……"

히사오는 아연해하며 입을 다물었다.

어쨌든 남자에게서 눈을 뗄 수 없어서 레이꼬는 커튼 뒤에서 오랫동안 응시하고 있었다. 그러고 나서 점차 남편일지도 모른다고 생각하기 시작했다. 어쩐지 남편 같다. 몸에서 떨림이 조금씩 가라앉기 시작한다. 그렇지만 뭔가 좀더 이해가 가지 않았다. 곧바로 가까이 다가갈 수 없다. 그래도 그렇게 바라보기만 하고 있으면 해결이 나지 않기 때문에 레이꼬는 마음을 다잡고 집 안으로 올라갔다. 그리고 천천히 침상으로 다가갔다. 그런데 시트에 볼을 묻고 잠들어 있는 옆얼굴을 가만히 응시하고 있는 동안에 차차 느낌이 다시 이상해져서 눈앞의 이 얼굴과 비교하여 평소 남편이 어떤 얼굴을 하고 있는지 구분이 가지 않는 듯한, 그런 두려운 기분이 들어 걸음을 멈추었다. 마침 부엌과 거실 경계쯤이었다. 그때 침상의 남자가 갑자기 대자로 뒤집어 커다란 머리를 요 가장자리에서 타따미 위로 쑥 몸을 젖혀 내밀고 베갯머리에 선 그녀를 거꾸로 올려보았다. 레이꼬는 몸을 꽉 웅크리고 선 채 꼼짝달싹 못했다고 한다.

지금도 그 얼굴이 눈앞에 어른거리는 듯이 레이꼬는 그를 몰아세웠다.

"두번 다시 그런 얼굴 하지 마."

"그렇게 지독한 얼굴이었어?"

"아니, 평소와 다른 얼굴은 아니었다고 생각해. 열로 눈이 흐리멍덩하게 흐려 있었지만."

"평소 얼굴이라면 어쩔 수 없지 않아?"

"그런 식으로 느닷없이 불쑥 내밀지 마."

"경찰에서 남편 유체를 발견한 것 같았지?"

"그만해. 어쩐지 기분이 나빠."

레이꼬는 그를 흘겨보았다. 그는 그녀의 눈에서 시선을 떼고 천장을 향해 엷은 웃음을 지었다. 역시 안정되지 않는 기분이었다. 레이꼬는 순간적으로 그의 얼굴을 분간할 수 없었다. 잠시 동안이라고는 하지만 이 집 안에, 그것도 그의 침상 속에 생판 모르는 남자가 웅크리고 있었다. 과연 부부라는 현실 따위는 조금이라도 흔들리면 의외로 믿음직스럽지 못한 것이다. 그건 그렇고 남편 모습을 일단 그런 식으로 바라본 이상은, 이제부터라도 어려울 때마다 남편 모습 속에 생판 모르는 남자를 보게 될지도 모른다……

그런 생각을 하고 있는데, 레이꼬가 불쑥 중얼거렸다.

"당신은 박정해."

"뭐가……"

"히로시 군은 당신을 위해 의사 선생님에게 달려가주었어."

그것은 처음 듣는 이야기였다. 의사가 온 것은 기억하고 있다. 단, 그때 그곳이 자신의 집이라는 사실은 더이상 확실히 의식하지 못하였다.

"그가 가주었어?"

"응, 당신이 말도 할 수 없는 상태니까 정말 깜짝 놀라서 밖으로 달려나왔더니 히로시 군이 아직 밭가에 서서 내 얼굴을 똑바로 보는 거야. 마치 내가 나와서 뭔가 일을 시킬 것을 기다리고 있었던 것처럼. 이쪽이 계단을 뛰어내려가자 저쪽도 달려왔어. 무심결에 고향 사투리가 나와버렸어. 이야기를 듣더니 그 아이, 엄청난 기세로 뛰어갔어."

그는 참을 수 없는 기분이 들었다. 그때, 그가 병에 대한 응석 때문인지, 급히 달려온 아내에 대한 응석 때문인지, 말도 못하고 헐떡이고 있었던 만큼, 레이꼬는 깜짝 놀라 어찌할 바를 모르고 아무것도 확인하지 않고 밖으로 뛰쳐나갔다. 덕분에 히로시는 환자에 대해 아무 말도 듣지 못하고 병원에 급히 달려가는 처지가 되었다. 병원에 도착하여 환자의 용태에 대해 질문을 받았을 때 히로시는 아마 자신의 눈으로 본 대로, 염천하를 비슬거리며 걷는 이웃집 주인의 모습을 생생하게 전하는 수밖에 없었을 것이다. 의사가 어떤 모습을 떠올리고 무엇을 상상했는지, 알 수 없는 일이다.

"남의 신세를 져버렸군."

그는 탄식했다.

레이꼬는 의외로 쌀쌀하게 맞장구를 쳤다.

"맞아. 몹시도 분주히 뛰어다니게 만들고."

"그것은 당치 않아. 쓰러져 있는 본인이 의사를 부르러 뛰어갈 수는 없는 일이지."

"그런 걸 말하고 있는 게 아니야."

"그럼, 뭐야?"

레이꼬는 용무를 마친 칼을 사발 속에 던져버리고 몸을 이쪽으로 향했다.

"그것은 대체 뭐였어? 의사 선생님이 왔을 때의 그럴듯한 인사는? 느닷없이 이불 위에 일어나서, 여러가지 폐를 끼쳤습니다, 푹 잠들어버려서요, 그렇게까지 배려해주시지 않아도 혼자서 일어날 수 있었는데요……라고."

"그런 말을 했었어?"

"말했어. 어떻게 할 생각이었어요, 나머지는 아내에게 시킬 테니까요……라든가."

"아, 그 말……" 그때를 생각해내고 그는 웃어버렸다. 40도의 고열로 의식이 몽롱해 있어도 제삼자를 가능한 한 끌어들이지 말자, 제삼자로부터 가능한 한 자유로워지고 싶다고, 아직 소심하게 곁꾸미고 있었다. 얼버무린 것같이 하고 있었던 것이다. 그런데 그동안 히로시가 보고 있다가 병원에 뛰어가주었다. 복숭아를 보내주었다. 겉도 속도 숨기거나 거리끼지 않았다. 맥 빠진 웃음이 배에서 치밀어올라와 둥실둥실 천장을 타고 갔다. 레이꼬가 험한 표정이 되었다. 그는 누군가 노려보아 당황한 아이처럼 변명을 했다.

"실은 나, 어딘가의 병원에 옮겨져 누워 있는 줄 알았어. 결국, 그러니까 길가에서 쓰러졌고, 병원에서 찾아불러서 그곳으로 당신이 달려왔다. 그렇게 생각하고 있었어."

"그랬구나."

레이꼬는 화가 치민 듯이 그를 내려다보았다.

"그래서 자, 나는 돌아갈 거야, 레이꼬,라고 말한 거네. 혼자서라도 돌아갈 것 같은 말투였기 때문에, 어디로 돌아갈 거야, 여기가 당신 집인데,라고 말했더니 역시 돌아갈 거라고 말하고 잠들어버렸어. 날 바보로 만들었지."

바람으로 부풀어오른 커튼 앞에서 레이꼬는 접은 무릎을 감싸

안고 아무 말이 없었다. 무릎 위에 가는 턱을 얹고 이따금 강하게 내리눌러 비벼대며 타따미 위의 한 점을 응시하고 있다. 한 집안의 주부로서 지쳐서 갑자기 신경질이 많은 처녀로 돌아와버린 것 같았다. 아이들 방 구석에 웅크리고 앉아 타따미 위의 꾸정모기를 엄지손가락으로 문지르면서, 지금 바로 집이 불타올라 하늘이 확 하고 붉게 타서 모두 죽어버렸으면 좋겠다, 그러지 않으면 나 혼자서 멀리 사라져버릴까,라고 그런 것을 생각하는 소녀 모습과 닮아 있었다. 히사오와 사는 동안에 가슴과 허리에 붙은 살들이 지금은 그녀를 음울하게 만드는 무거운 짐으로 보였다. 히사오는 위를 향해 누운 채로 베갯머리의 레이꼬를 쳐다보고 있었다. 그러는 동안 그는 자신이 위를 향한 자세에서 머리만을 레이꼬 쪽으로 비스듬히 젖히고 눈을 멍하니 크게 뜨고 있던 걸 알아차리고 깜짝 놀랐다. 무의식중에 그런 자세에 익숙해져 있는 것을 보면, 평소 습관 같았다. 그 추악함을 스스로도 절절히 느끼고 그는 아내에게 보이지 않도록 머리를 살짝 원래 위치로 돌렸다. 그러자 아까부터 그것을 기다리고 있었던 것처럼 레이꼬는 눈을 치뜨고 턱은 무릎에 묻은 채 가라앉은 목소리로 중얼거렸다.

"당신, 그 할머니에게 부탁해서 좋은 새색시 소개받아."

그는 얕은 여울을 따라서 피하기로 했다.

"그렇게 말하더라도 히로시 군은 아닐 테고. 이쪽은 이미 아저씨라고."

레이꼬도 그것으로 이야기를 일단락 지을 작정인 듯 얼굴을 무릎에서 올리고 손끝으로 머리를 쓰다듬으면서 양 무릎을 가지런히 하여 일어나려고 했다. 그런데 그다음에 그녀는 움푹 들어간 명치 주변에 가볍게 손을 대고 그의 얼굴을 흘금 보고는, 한순간 주저하듯 말했다.

"알고 있으면서 말하는 거야, 그 할머니. 당신이 내 남편이라는 것을."

"그래도 그 할머니는 레이꼬의 얼굴을 모를 테지."

"알고 있을 거라고 생각하지만."

레이꼬는 말하고 싶기도 하고, 숨기고 싶기도 한 듯한 애매한 표정이 되었다. 그는 문득 질투에 가까운 감정에 사로잡혀 힐문하는 말투가 되었다.

"당신에게 말을 건 적이 있는 모양이군."

레이꼬는 부정하지 않았다.

"아무것도 모르는 듯한 표정을 짓고 있었던 주제에."

"그래, 그끄저께 장 보고 돌아오는데, 뒤에서 쓱 하고 옆으로 다가와서 길을 걸어가면서 말을 걸어오는 거야."

"뭐라고 물었어?"

"응, 그게…… 당신 그날 정오 무렵 잠시 밖으로 나와 오늘과 마찬가지로 아파트 앞에 서 있었지. 자, 내일부터 출근할지 아닐지, 몸 상태를 본다며. 어디에서인지 그 사람이 보고 있었던 거야. 당신 남편, 아까 밭에 서 있었지만 왠지 환자처럼 보였어. 어딘가 나쁘지 않아? 조심하지 않으면 안돼. 그렇게 말하는 거야."

"그건 그렇게 보였겠지. 여하튼 막 병상에서 일어난 몸이니까."

"응, 그렇지만 그다음이 징그러웠어. 자신이 옛날, 남편이 급사하여 몸 둘 곳이 없어 고생한 이야기를 아주 장황하게 시작하는 거야. 은밀한 말투로. 저런 사람이란, 노골적이야."

질린 것은 그의 쪽이었다. 피해망상과 같은 기분마저 들기 시작했다. 이래서는 할머니도 히로시도 레이꼬도 이 방에서 꾸벅꾸벅 졸며 지내고 있었던 그를 둘러싸고 마치 손을 맞잡고 있었던 것 같지 않은가? 그러나 그 노파가 오늘 그를 독신으로 취급한 것은 무슨 뜻일까…… 왠지 위태로운 질문으로 생각되어 그는 그건 입 밖에 내지 않고 여생이 얼마 남지 않았다고 진단된 남자처럼 욕설을 퍼부었다.

"흠, 그럼 불행한 미망인의 입도선매잖아. 저승사자의 파트너 같은 할머니야."

"뭐야, 그건?"

레이꼬는 태도가 아주 달라져서 천진한 목소리로 물었다. 그를 바라보는 눈이 왠지 다시 요염한 빛을 머금고 있다.

"괜찮은 봉으로 보이면, 입에서 나오는 대로 지껄여, 저런 사람들은."

"당신도 나도 봉이었어."

"뭔가 냄새를 맡아 알아맞히고 있어. 후각을 지니고 있어."

"그렇군. 당신 아프고 나서 왠지 히로시 군처럼 젊고 멋대로 굴고 위태로운 느낌이 들어. 아까 당신이 저 사람으로부터 뭔가 듣고 있는 것을 여기에서 보았을 때, 무엇을 듣고 있는지 직감으로 알았어."

"그러고 보니 당신도 재혼 이야기를 들었구나."

눈을 못 뜨게 할 작정으로 말했는데 레이꼬는 거북한 듯 아래를 향해 웃었다.

"나와 관련된 것은 아니야. 단지 남편이 먼저 죽어 희망을 잃은 사람이 집회에 참석하고 나서 다시 사는 보람을 회복하고, 그러는 사이에 동료 중 한사람과 행복하게 되었다던가, 그런 이야기를……"

"냅다 때려주지."

"그만해. 노인이 하는 말이잖아."

"할머니는 대체 당신한테서 무슨 냄새를 맡은 거야?"

"그러니까, 당신이 어딘가에 가버릴지 모른다는 것을."

"그건 나에 관한 것이지."

"나는 당신에 관한 것 외에는 아무것도 없어."

두사람은 얼굴을 마주 보았다. 어느 한쪽이 한번 더 힐문하면, 서로 마음 안에서 범한 사소한 부실을, 사소하면서도 의외로 깊은 부실을 서로 비난하는 수밖에 없는 곳까지 와 있었다. 그래서 두사람은 어쨌든 십년간, 소년 소녀에 가까웠을 무렵부터 청춘이 끝나갈 무렵까지 헤어지지 않고 걸어온 남녀의 평형감각으로 멈춰섰다. 그리고 둘이서 노파의 모습을 상상하였다.

"아내를 붙잡고 남편이 죽어버릴 거라고 말하는가 싶더니, 남편을 붙잡고는 마음가짐을 고쳐먹으면 새색시를 소개해줄 거라고 한 거지."

"우리를 우연히 동거하는 사이 정도로 보고 있는 것 같아."

히사오는 누웠던 몸을 일으켜 아내와 나란히 창밖을 바라보았다. 숨 막힐 듯 더운 야채밭을 따라 노파가 떠나간 길이, 벌써 노래지기 시작한 밭벼 이삭이 넓게 펼쳐진 쪽을 향해 뻗어 있었다. 그 건너편에 큰길로 빠져나가는 포장도로가 밭보다 한층 높게 뻗어 있다. 우연히 시야에 차 그림자도 보이지 않고 도로가 강둑처럼 여름 햇볕을 받아서 그 건너편에 물결과 여름풀이 우거진 분위기를 연상시켰다. 둘이 창에서 바라보고 있는 사실에 안심하여 레이꼬가 창밖을 향해 재잘거리기 시작했다.

"그 사람, 당신이 내 남편이고 내가 당신 아내라는 사실, 자세히는 구분이 가지 않은 것은 아닐까. 그끄저께 밭가에 서서 바람을 맞고 있었다는 사람이더라도 어디 사는 남자인지 알 수는 없잖아. 그 사람의 이야기를 듣고 있으면 왠지 자신이 어디에 사는 누구라는 느낌이 희박해지는 것 같지 않아?"

"그런 구석이 있군."

"어렸을 때, 그런 할머니가 있었어. 항상 근방을 걸어다니다, 다른 사람이 없는 곳에서 만나면 누구든 불러세워 설교를 하는 거야. 그게, 정말 누구누구라고 하는 구분이 잘되지 않는 것 같았어. 같은 사람을 붙잡고 어느 때는 부부의 화합을 역설했다가 어느 때는 빨리 결혼해 가정을 이루라는 충고를 하고, 아주 전혀 다른 말을 그때마다 말하더라고."

"한사람 한사람의 차이 따위는 전혀 상관이 없는 거지."

"그래도 설교를 듣는 사람은 부지불식간에 귀를 기울여버린다고 해."

"실제로 우리는 다양한 인간을 내면에 껴안고 있는 것 같으니까.

진지하게 역설하면 마음속에서 움직이는 게 반드시 있어."

기묘한 자유감이었다.

"그래도 실례야."

레이꼬가 눈썹을 확 찌푸렸다.

두사람은 얼굴을 나란히 하고 밭을 따라 난 길을 한참 동안 바라보고 있었다.

레이꼬는 일하러 일어날 기회를 잃어버린 듯했다. 어느샌가 두 사람 모두 위를 향해 누워 있었다. 더위가 한층 더하여 이제 말할 기력도 없었다. 지나가는 시원한 바람을 서로 함께하는 형태로 두 사람은 머리를 서로 맞대고 몸을 반대방향으로 내뻗었다. 그 때문에 졸음으로 인해 좁아지기 시작한 시야 속에 이젠 서로에게 상대 모습은 없었다. 때때로 커튼이 바람을 받아 부풀어오르면 조금 더 바람이 불어오는 쪽에 누워 있는 레이꼬의 가는 머리카락 끝이 타따미 위를 흘러가 히사오의 귀 주변을 가볍게 쓰다듬었다. 머리카락이 더러워진 듯한, 귀밑에 때가 모여 있는 듯한, 미적지근한 불결함이 느껴졌다.

─할머니는 대체 무슨 냄새를 맡은 걸까?

완전히 풀리지 않은 의문이 졸음 속에서 부풀어오르기 시작했다. 히사오는 타따미에서 머리를 조금 들어 뒤로 젖히고 아내의 모습을 탐색했다. 평소 베갯머리에 앉아 뭔가 하고 있는 아내를 향해 문득 생각한 것을 말할 때의 모습이었다. 이것이었나,라고 알아차리고 망연자실했지만, 다행히 레이꼬는 타따미 위에 양팔을 뻗고

자면서 숨소리를 내고 있었다. 아내가 보고 있지 않다는 사실을 알고 그는 일부러 머리를 깊이 젖히고 아내의 자는 모습을 자세히 바라보았다. 어린아이와 같은 이마와 콧날, 자면서 내는 숨소리를 따라서 위아래로 움직이는 가슴과 편안하게 세운 무릎이 하나의 선으로 중첩되어 보였다. 원피스 옷자락이 무릎에서 흘러내려 부드럽게 잡힌 천 주름 속에서 창백한 넓적다리 안쪽이 들여다보였다. 그러자 레이꼬가 시선을 피하듯 볼을 타따미에 묻고 허리를 비틀어 세운 무릎을 그대로 천천히 왼쪽으로 쓰러뜨렸다. 그리고 팔을 가슴 앞으로 작게 포개고 전신을 완만한 쿠(〈)자 모양으로 구부렸다.

그때 지나가는 바람 속에 그는 벌써 오랜 시간 잊고 있었던 내음을 알아차린 듯이 생각되었다. 타성이 된 입맞춤의 내음, 몸 구석구석까지 스며든 땀과 피로의 내음. 남녀의 자옥한 내음을 품고, 커튼이 창밖을 향해 괴로운 듯 부풀려져 있는 것처럼 보였다. 이 내음 속에서 역시 이런 식으로 드러누워 작별 이야기를 하는 말투로 결혼생활을 시작하자는 상의를 한 적이 있다. 하등동물이 서로 포개져 세포액을 하나로 용합하여 순환시키는 듯한 생활이었다. 그것이 일년이나 지속되어 바짝 졸아든 피로를 이제 어찌할 수도 없게 되어 이 생활을 일단 걷어치울 절차를 이제 끝내버린 참이었다.

두사람은 재차 부부로서 함께 살아갈 상의를 하고 있었다. 미련 따위로 그러는 건 아니었다. 그런 부드러운 여정마저 이미 다 짜낸 상태였다. 단지 서로 너무 정든 자끼리의 진한 수치심이 남아 이대로 헤어져버리면 자신의 한조각이, 부끄러운 한조각이 자신으로부터 떨어져 혼자서 걸어가는 것을, 어디까지라도 상상으로 쫓겨 가위 눌릴 듯한, 그런 불안에 시달리고 있었다.

반년 정도 시간을 두고 그의 직장이 정해지면 주거를 새롭게 하여 세상 보통 부부의 형태를 취해 함께 살자고 하는 데 논의가 결착했다. 두사람 모두 그것이 그대로 갈 거라고는 거의 믿지 않았다. 그런데 일단 살림을 나눠 각각 사는 곳에서 대학으로 나와 취직부의 게시판 앞 군중 속에서 타인처럼 만나서는 가볍게 눈으로 서로 인사하면 그때마다 서로를 자기 몸처럼 부끄럽게 느끼는 기분이 점차 강해졌다. 그리고 그러는 동안에 그의 직장이 정해질 듯하고 그 일로 둘이서 그늘진 곳에서 잠시 멈춰서서 상황을 후다닥 서로 보고하는 일이 잦아지자, 두사람은 어느샌가 친근한 자끼리와 같은 시선을 음습하게 주고받고 일의 동향에 일희일비하게 되었다.

그로부터 오년, 보통 사람과 같은 신혼기분도 권태기도 없는 생활을 보내고, 지금 두사람은 보통 부부가 되었다. 아내의 고향에서 사계절 산물이 오기도 한다.

그러나 일년에 한번이나 두번, 아이가 있는 친구 집을 방문하여 문을 열면 무릇 다른 내음이 불어온다. 왠지 음탕하고 문란한 내음이구나,라고 그는 느낀다. 그런데 그곳에서 두세시간 보내고 집에 돌아와 문을 열면 역시 비슷한 느낌이 든다. "이쪽은 가정 내음보다 역시 동거 내음이구나"라고 그는 취한 기분으로 부주의하게도 아내 앞에서 말해버린 적이 있다. "그런 것을 말한다면 내일이라도 나가버릴지 몰라"라고 레이꼬도 들뜬 말투로 응수했지만 그전에 조금 눈썹을 찌푸렸던 것 같았다.

──할머니는 이런 냄새를 맡아버렸던 걸까.

그렇게 생각하자 두사람에 대한 노파의 언동이 이치에 닿지 않는 것도 아니다. 이 냄새는 곁에 있는 인간의 코로 맡으면 언제 끊어질지 알 수 없는 남녀관계의 냄새이다. 후각만 예민하여 머리와 눈이 늙어빠진 노파가 두사람 사이에 아직 희미하게 남아 있는 이 냄새를 맡고 여자에게는 남편이 길지 않을지도 모른다고 말하고, 남자에게는 마음을 고쳐먹으면 좋은 새색시를 소개하겠다고 한다. 상대를 잘 구분하여 조리를 세우기에는 눈과 머리에 이미 진이 빠져버려서, 맡은 낌새를 이미 만들어진 충고의 말 속에 그대로 끼워넣어버리는 것이다.

그렇게 말하고 보니 이 주변의 아파트는 요즘에 젊은 남녀의 동거에 딱 적당한 곳일지도 모른다. 예를 들면 스무살을 조금 넘은 정도의 직인이라도 세대를 가지고 일하는 보람을 느낀다면 이런 싼 급료 정도는 벌 수 있을 것이다. 시골에서 올라온다. 도회지에 익숙해져 직장을 이리저리 옮기기 시작한다. 어딘가에서 만난다. 서로 이 이상 혼자서 살 수 없다고 믿어버린다. 주변에 의리없는 짓을 하고 뛰쳐나온다. 신고서를 내려고 해도 보증인이 없다……

이러한 경우 젊은 남자에게는 살림을 차린다고 하는 사실이 마치 세상과 관계하는 방식을 바꿔버리게 되는 것 같다. 집에 돌아가면 자신의 여자가 있고 보금자리가 있다. 그 보금자리와 세상이란 최악의 경우 생활비를 얻는다고 하는 단순한 한줄기로 연결되어 있으면 충분할 것이다. 결국 보통의 직장인이 될 뿐이지만 시골에서 올라와 도회지에 내던져진 처지로 본다면 이전에 비해 놀랄 만큼 명쾌하고 놀랄 만큼 안정된 관계인 셈이다. 이전에는 모든 것이 뒤죽박죽되어 있어서 세상에 바라던 것이기 때문에……

그러나 누구에게도 의지하지 않고 하나로 합쳐진 남녀는 아이라도 없다면 헤어질 때에도 누구의 방해도 받지 않는다. 모두가 두 사람에게만 맡겨져 있다. 단순히 서로 반한 남녀라면, 그것을 알아차리고 깜짝 놀란다면 이미 끝장이다.

—할머니는 틀림없이 여러가지 경우를 냄새 맡고 왔구나.

남자가 저런 식으로 집 앞에 나와 서 있으면 저곳은 이제 길지 않다. 여자가 장을 보고 돌아오는 길에 저런 뒷모습을 하고 걷고 있으면……

혹은 할머니들의 모임에 나가 할머니들의 선의의 세례를 받지 않는 한 '서로 들러붙은' 남녀는 누구든 길을 벗어나 있다,라고 보고 있을지도 모른다. 즉, 말을 걸지 않으면 안되는 것이다. 아니, 어쩌면 저 할머니는 이 주변이 아직 외진 농촌이었을 무렵에 이 지역 남녀의 결합을 전담하고 있었던 신 내린 여자의, 그런 것이 실제 있었는지 없었는지 모르지만 어쨌든 그런 동류 여자의 후예인데, 나이를 먹어 며느리에게 소홀한 취급을 받기 시작한 순간에 조상의 피가 시끄러워져 젊은 남녀의 혼담을 알선하거나 여기에 보금자리만을 두고 있는 직장인 부부들의 생활을 들여다보고는 혼인이든 동거든 자신의 인정을 받을 수 없을 것 같은 부부가 있지는 않을까라고 망보고 있을지도 모른다.

—그건 그렇다 치고 레이꼬, 이 사람은 어떤 뒷모습을 하며 걷고 있었을까?

할머니를 쫓아버리지 않은 것만은 확실하다. 대학을 나온 여자의 눈으로 홱 하고 매섭게 쏘아보고 새치름한 말투로 대답하면 저런 사람들은 이런 여자가 지옥에 떨어지든 요물이 달라붙든 각각 이치가 있을 테니까 이쪽이 알 바 아니라고 반드시 달아나버린다.

레이꼬는 아무 말 없이 듣고 있었다. 그것도 반드시 어이가 없어 말할 수 없어서가 아닌 듯하다.

노파와 보조를 맞추어 설교를 듣고 있는 아내 모습이, 그 표정이 부족한 얼굴이 그를 괴롭혔다. 하얗게 피어오르는 제방 위 외길을, 두 그림자가 그의 창을 지나쳐서 멀어져간다. 때때로 두사람은 서로 고개를 끄덕이고 있다. 그때마다 그는 자신을 먼 제삼자처럼 느낀다. 마치 히로시와 같은 홀가분한 존재로. 그리고 그녀의 일거수일투족에 은밀하게 감응하여 수치와 같은, 애정과 같은 짙은 감정에 시달리고 있다.

그는 다시 머리를 뒤로 젖히고 아내의 모습을 보았다. 조금 전과 변함없이 레이꼬는 배를 부드럽게 구부려, 타따미에 볼을 대고 잠들어 있었다. 그 모습을 보면서 그의 마음속에서는 한참 더 두 그림자가 같은 발걸음으로 계속 걸었다. 레이꼬가 노파 쪽으로 얼굴을 돌려 뭔가 대답하고 있다. 무엇을 말했는지, 레이꼬 입으로 들어야 한다,라고 그는 생각했다. 그리고 엎드려 기어가 땀이 밴 그녀의 어깨를 손끝으로 쿡쿡 찔렀다.

"뭐야?"

레이꼬는 머리를 들고, 초점이 흐린 눈을 그를 향해 떴다.

그 순간에 꿈속의 생각에서 깨어난 것처럼 레이꼬에게 물어봐야 할 것이 확실하지 않게 되었다. 생각지 않은 말이 갑자기 입 밖으로 튀어나왔다.

"이봐, 언제까지나 갈팡질팡하고 있으면 나쁜 여자에게 붙잡혀 버린다,라고 할머니가 말했어."

"그건, 히로시 군과 같은 아이는 위험해."

"그 아이가 아니고 내 이야기야."

"그럼 나쁜 여자란 누구, 나일까?"

그렇게 중얼거리더니 레이꼬는 눈을 감고 우후후 하고 웃고는, 몸을 좀더 작게 웅크리더니 다시 자는 숨소리를 냈다. 더위가 다시 한층 더해지고, 흥건히 땀이 밴 두사람의 호흡을 머금은 커튼의 움직임이 무거워졌다. 기분이 좋은 나머지, 그도 노파의 모습을 상상하면서 잠 속으로 빨려들어갔다.

── 할머니는 지금쯤 다시 어딘가의 남자나 여자를 붙들고 같은 말을 재잘거리고 있겠지.

땀투성이가 되어 눈을 뜨자, 창밖에는 벌써 해가 기울어진 기색이었다. 방 안은 어둑하고 무더웠다. 풍향이 변했는지, 창의 커튼은 가만히 처져서 움직이지 않는다. 어둑함 때문에 안길이가 늘어난 것처럼 보이는 부엌 저쪽에서는 현관 입구의 커튼이 먼 출구처럼 발그스름하게 물들어 있다. 마치 대낮 방 안에서 서로 끌어안고 그대로 잠들어버린 후와 같은 답답한 피로가 있었다.

레이꼬는 몸을 웅크리고 아직 자고 있었다. 내일부터 다시 근무인가라고 히사오는 한숨을 쉬었다. 지금은 몸을 타따미 위에서 일으킬 기력도 없다. 일어나서 옆에서 자고 있는 레이꼬를 깨우면, 생활은 저녁밥으로 향해간다. 저녁밥을 마치고 아무 생각 없이 보내고 있는 동안에 자야 할 시간이 와버리고 눈을 뜨면 이제 출근시간 삼십분 전이다. 타따미 위에 납작하게 엎드려 누워 몸으로 시간의 흐름을 멈추고 있는 듯한 기분이었다.

그래도 방 안은 시시각각 어둠이 더해져간다. 그럼에 따라서 문 밖 쪽이 반대로 밝고 깨끗해져가는 듯 느껴졌다. 창을 열어두어도 밖에서 집 안이 보이지 않는 시각이다. 옛날 동거하는 남녀라면 온종일 닫아두었던 문을 열고 툇마루에 나와, 상쾌하게 날이 저물어가는 하늘을 함께 바라보고 저녁 바람이 부는 들을 걸으며 다시 밤이 오는 것을 기다린다,라는 장면이겠지만, 아내인 레이꼬는 요 일주일간의 피로 탓인지, 아니면 긴장이 풀린 탓인지 저녁밥 준비에 걸리는 시간도 잊고 곤히 잠들어 있다. 무심하게 잠들어 있는 모습을 보고 있자니 평소 익숙한 표정이 휙 사라지고 마치 생판 모르는 여자가 어느샌가 방 안에 들어와 자고 있는 듯이 보이는 순간이 있었다. 끌어안고 싶은 기분이 희미하게 움직였지만 내일부터 시작되는 근무를 생각하자 다시 우울해졌다.

한참 지나 그는 일어나서 아내를 일으키지 않고 부엌을 통해 현관을 나왔다. 쌘들을 아무렇게나 신고 나서 거실을 향해 "잠시 산책하고 올게"라고 말을 걸었더니 대답은 없었지만 어둠속에서 천천히 몸을 뒤척이는 기색이 들었다.

벌써 등불이 켜져 있는 아파트 창문들 사이에서 이층의 창 하나만이 커튼의 주름을 길게 내리고 어둡게 가라앉아 있었다. 일주일

만에 그는 밭을 따라 난 길을 따라갔다. 멀어져감에 따라서 그는 옛날 레이꼬의 아파트에서 돌아갔을 때의 기분을 생각해냈다. 레이꼬는 그를 문 앞까지 배웅하러 갈 기력도 없어 방 안의 어둑한 곳에 멍하니 앉아 있었다. 그런 그녀의 마음을 여러가지로 헤아리고 괴로워하면서 그는 역시 문밖의 공기 속에서 가만히 숨을 돌렸다.

밭벼밭에서 노래지기 시작한 이삭이 펼쳐져 있는 곳에 아직 바람이 지나가고 있었다. 해는 벌써 가라앉고, 희미하게 맑은 하늘에는 높은 곳에 가을 구름이 떼를 지어 있고, 낮은 곳에 소나기구름이 흩어졌는지 무거운 납빛을 안쪽으로 감싼 조각구름이 흘러가고 있었다. 풀솜처럼 얇게 잡아늘여진 구름의 끝부분만이 발그무레하게 물든 정도의 저녁놀이지만, 어슴푸레한 하늘을 응시하고 밭벼밭으로 눈길을 옮기자 그 이삭이 확실히 붉은 빛을 어렴풋하게 머금고 있다. 자신의 팔을 보니, 막 병상에서 일어나 윤기없는 피부도 마찬가지로 붉은 빛을 빨아들여 적동색의 늠름함을 무색케 하고 있다. 밭을 따라서 그는 걸었다.

한참 걸어가자 길 오른쪽에 주택이 다시 밀집하여 금세 잠박한 신흥주택지가 전원풍경을 압도해버렸다. 이층집이 정연하게 늘어선 한 구역이 있는가 싶더니 바로 그 옆에 건축하여 아직 얼마 지나지 않았을 텐데도 이미 몹시 비바람을 맞은 느낌의 성냥갑과 같은 집이 북적거리고 있다. 히사오가 살고 있는 듯한 아파트가 마치 들여다보는 위치에 있는 것을 스스로 부끄러워하고 있는 것처럼 창문마다 커튼을 내리고 넓은 정원이 있는 집의 담벼락 안을 고요히 내려다보고 있다. 대개 이 주변의 주택은 버스 도로에서 밭 안쪽으로 점차 펼쳐져가지 않고 농부들이 업자에게 토지를 판 순서로 이쪽으로 한덩어리, 저쪽으로 한덩어리, 버섯 무리처럼 나 있다. 그때마다의 법령개정을 나타내고 있는 건지, 마루 아래 높이도, 집과 집 사이의 간격도 구획에 따라 제각각이다. 주변에 더욱 현대적인 집이 세워진 만큼, 삼년 정도 전에 당당하게 세운 집이, 비슷한 인간이 살고 있는데도 영락하여 기운이 없고 초라한 느낌이 들고, 시대의 경박함을 끊임없이 푸념하고 있는 듯한, 그런 풍정도 있다.

도처에 넓은 테라스를 밖으로 내단 호장한 저택이 보인다. 토지를 판 농부의 집이다. 커다란 표찰을 보면 같은 성이 많다. 기예의 건축가가 제멋대로 지었는지, 노골적인 의장을 익숙하지 않은 예복처럼 남의 눈에 드러나게 하고 있다. 그래도 도심 쪽 부자들 집과 달리 높은 담을 쳐서 남의 눈을 숨기는, 짐짓 점잔 빼는 듯한 모습은 없고, 서양풍의 낮은 목책이나 울타리에서 들여다보면, 넓은 정원 안에 멍석이 깔려 있고 그 위에 농작물이 펼쳐져 있거나 스포츠카 옆에서 닭이 모이를 쪼고 있거나 한다.

어느 집이든 넓으면 넓은 대로 좁으면 좁은 대로 뜰에 화초를 심어놓고 있는 것이 오히려 무엇보다도 왕성한 생활욕을 느끼게 만들었다. 아파트의 창가에도 화분이 늘어서 있다. 히사오는 자신의 집 창가에 화분 종류가 놓인 전례가 없는 것을 알아차리고 놀랐다. 그도 레이꼬도 그러한 것에 관심이 없다. 자신들 부부는 뭔가 뻗어나가려고 하는, 왕성하게 번성하려고 하는 힘과 같은 것이 부족한 것이 아닐까,라고 그는 생각했다. 노파는 그런 것도 냄새를 맡았는지도 모른다.

그러나 길 오른쪽 주택지에서 등을 돌리자 세계는 갑자기 변해버린다. 석양빛 속에서 옛날 그대로의 모습으로 밭이 펼쳐져 있고 곳곳에 대저택의 숲이 시커멓게 서서는, 저물어가는 하늘을 향해 서쪽 바람에 끊임없이 수런거리고 있는 듯한 큰 가지가 분방하게 펼쳐져 초가지붕을 감추고 있다. 길 오른쪽 농부들의 저택이 개방적인 데 비해, 이쪽은 주변의 산울타리도 높고 울창하여 어디서 보아도 본채나 헛간의 지붕밖에 눈에 들어오지 않는다. 해마다 자연의 번창함 속으로 점차 깊게 파묻혀가는 듯한 생활이었다. 그러는 동안에 볕이 잘 들지 않는 것이 괴로워 나무를 깨끗하게 베어버리고 새로운 저택을 다시 지을 것이다.

100미터 정도 저쪽에 서 있는 대저택 숲과, 그보다 왼쪽에 더욱 깊숙한 곳에 서 있는 대저택 숲 사이에서 밭이 조금 좁아지고 완만하게 움푹 팬 땅으로 치우쳐 내려와서는 그곳에서 기어올라 점차 넓어지면서 저녁 안개가 낀 잡목재가 줄지어 늘어서 있다. 숲 건너편으로 전원풍경이 어디까지나 계속되어가는 듯한 느낌이 언제든 히사오의 시선을 끌어당기고 있다. 그러나 그 숲 바로 건너편에는 작은 집이 비슷한 모습으로 빽빽이 들어서 있는 것을 그는 이미 알고 있었다. 그곳에서 그는 외길을 되돌아오기 시작했다. 한쪽으로만 시선을 주면서 그는 완만하게 밭이 펼쳐져 있는 것을 몰두하여 바라보았다. 그가 걷는 방향으로 밭벼 이삭이 아직 붉은 빛을 희미하게 머금고 일제히 바람에 나부끼고 있다. 막 병상에서 갓 일어난 쇠약함이 별안간 나타나서, 그는 황홀한 기분이 들기 시작했다.

외길 저쪽에서 젊은 남자 대여섯명이 우르르 몰려왔을 무렵, 히사오는 이미 아파트가 보이는 곳까지 와 있었다. 본 적이 있는 얼굴이구나 하고 멍하니 바라보고 있자, 남자들은 '뭐야, 이 자식'이라는 눈빛으로 각자 그의 눈을 되쏘아보면서 아파트 쪽으로 구부러져갔다. 제일 뒤쪽에서 그를 향해 "엇" 하고 어깨를 흔들며 고개를 끄덕인 남자를 보았더니 히로시였다.

"아, 히로시 군"이라고 히사오는 남자들 뒤에서 말을 걸었다. 너무나 허물없고, 마치 그 노파의 목소리같이 징그러운 음성이었다. 남자들이 발을 멈추고 되돌아보았다. 멍한 눈빛이지만, 상대방의 태도를 기다렸다가 야유나 욕질로 폭발하려고 하는 울적한 힘의 떨림이 어려 있었다. 볕에 그을린 탓인지 술이 들어간 탓인지, 모두 목덜미까지 빨갰다. 볼품있게 입고 간 화려한 외출용 셔츠는 앞가슴이 벌어져 러닝셔츠와 배에 두른 천이 엿보이고, 바지도 옷자락을 접어올린데다 양말은 벗어 주머니에 처넣었다. 한 손에 한됫병의 자루를 쥐고 있는 두 남자가 있었다. 외출하여 재미있는 일은 없었던 것 같다.

히로시가 남자들의 옆을 떠나 어깨를 추켜올리고 이쪽으로 다가왔다. '무슨 일이지?'라고 충분히 태세를 취하고 흘겨보는 눈빛이, 히사오의 바로 앞까지 오더니 썬글라스를 끼지 않은 것을 갑자기 생각해낸 듯이 어린 티를 내며 물결치기 시작했다.

"정오 무렵, 어떤 할머니가 방문하여 오늘밤 집회에 나오라고 전언을 부탁하고 갔어."

은근한 말투로 히사오는 전갈을 전했다. 그리고 나서 "요전에 병원까지 달려가줘서……"라고 말을 걸고 상대와 친밀한 거리를 취할 수 없어서 의외로 횡설수설했다. 그 순간에 히로시는 스포츠머리를 북북 긁기 시작하며 몸 둘 곳도 없는 곤혹한 표정으로 돌연 상담 이야기를 꺼내는 말투로 말했다.

"그 할머니…… 난처해요, 내가."

그러나 히사오의 대답은 기다리지 않고 신경질적으로 몸을 흔들흔들 흔들고는 패거리가 있는 곳으로 돌아가더니, 그쪽을 향해 "죄송해요"라고 머리를 살짝 숙였다. "뭐야. 뭐야"라고 패거리들이 물었다. "아무 일도 아냐"라고 히로시가 혼자서 화내고 있었다.

방의 창문에는 아직 등불이 켜져 있지 않았다. 현관에 들어가 안을 바라보자, 타따미 위에 레이꼬의 모습은 없고 거실 한구석에 희미하게 하얗게 부풀어오른 빛이 있었다. 레이꼬는 옷장에 기대어 뭔가 취해서 엉덩이를 붙이고 앉아 있었다. 다가가 보았더니, 무릎을 세워 양팔로 끌어안고 부풀린 원피스 아래로 풍만한 넓적다리를 그대로 드러내고는 어둠속에 눈을 흐리멍덩하게 뜨고 있다. 히사오가 들어왔는데도 알아차리지 못하는 모습이었다.

"이봐, 뭐 하고 있어? 전깃불도 켜지 않고."

그는 앞에 서서 위에서 말을 걸었다.

"아, 좋은 기분이었어. 몸이 녹아버릴 것 같아."

레이꼬는 아직 무겁게 졸음에 싸인 목소리로 중얼거렸다.

밖에서 남자들이 큰 소리로 말하고 있다. 밖에 있는 히로시를 향해 남자들이 창 주변에서 교대로 엄청난 소리를 지르며, 이봐, 히로시, 이거 사와, 저것도 잊지 마, 모퉁이의 정육점이 좋아 따위를 시키고 있다. 히로시는 평소와 다르게 고분고분하게 들뜬 목소리로 좋아, 맡겨둬, 1000엔어치 사면 충분할 거야 따위로 대답하면서 밭을 따라 멀어져간다. 술잔치가 시작되는 모습이었다. 레이꼬는 무릎에 입술을 붙이고 그런 소리를 듣고 있었다.

그 모습을 보고 있는 동안에 그는 옛날 레이꼬에게서 들은 이야기를 생각해냈다.

열살 때 여름이 끝날 무렵 역시 이런 시각이었다. 레이꼬는 방구석에 있는 옷장에 기대어 언제까지나 앉아 있었던 적이 있다. 목수가 집에 들어와 있었기 때문에 뜰에서 쇠망치며 대패 소리며 남자들의 장단 소리가 쉴 새 없이 전해온다. 별채 수선인지 뭔지로 집 안 사람들은 바빠서 상대해주지 않는다. 언니들은 재빠르게 어딘가로 놀러가버렸다. 게다가 목수 중에 등에 문신을 한 남자가 있었는데 그런 것을 태어나 처음 보았기 때문에 무서워 툇마루의 장지문을 꽉 닫고 있었다. 그러는 동안에 날은 점점 저물어 방 안이 어둑해져간다. 뜰의 일은 좀처럼 끝나지 않는다. 언니들은 아직 돌아오지 않는다. 할 일도 없고 심심하여 방구석에서 무릎을 껴안고 꾸벅꾸벅 졸기 시작했다. 반은 잠들어서 반은 깨어서 밖의 소리를 듣고 있었다. 그러는 동안에 온몸에 뭐라고 표현할 수 없는 기분이 들기 시작했다. 왠지 혼이, 그보다는 몸의 느낌이 몸에서 퍼져나와 뜰에 가득 차 고통스러워지더니, 쑥 하고 오그라들어 몸속으로 되돌아온다. 밖의 소리를 감싸고 쑥 하고 짙게 되어 들어온다. 그때마다 쇠망치 소리라든지 남자들의 탁한 목소리라든지가 뜰에서 나는가 싶더니 곧바로 몸속에 틀어박혀 윙윙 울려퍼진다. 그러자 몸 전체가 미세하게 웅성거리기 시작한다. 무릎을 가만히 안지 않고서는 있을 수 없다. 그러면 다시 퍼져나오기 시작한다……

그때 그가 어설픈 지식으로 "그것은 성감의 최초 징조야"라고 말했더니 레이꼬는 "그럴까?"라고 천진난만한 얼굴로 멍하게 웃었다.

지금도 그녀는 원숙하기 시작한 여자의 증거를 가슴에도 허리에도 드러내면서 잠에서 막 깨어난 아이와 같은 얼굴을 어둠속에 멍하니 띄우고 있다.

"되는대로, 밥해줘."

히사오는 한참 지나서 아내를 재촉했다.

"그래."

레이꼬는 중얼거리고 자신의 무릎을 가만히 응시하고 나서 온순한 짐승처럼 천천히 일어났다.

저녁밥은 이미 내일부터 다시 시작되는 출근생활에 속해 있었다. 내일 아침, 제대로 먹지도 않고 나가야 한다는 걸 생각하고 히사오는 병상에서 갓 일어난 몸에 응석을 허락하지 않았다. 먹으려고 하면 먹을 수 있다. 결국 아이의 편식과 같은 것이었다. 두사람은 평소보다 한시간 정도 늦어진 저녁밥을, 평소처럼 부엌에서 조용히 마주 보며 먹었다. 저녁식사가 끝나자 이웃에서는 이제 술잔치가 절정이었다.

레이꼬가 부엌에서 바쁘게 일하기 시작한 것은 저녁밥을 먹고 정리도 이미 마친, 9시가 지난 무렵이었다. 히사오는 거실의 텔레비전 앞에 차분히 앉아 있었다. 레이꼬도 일단 거실에 들어와 오늘

일은 이제 정리되었다는 모습이고, 한참 동안 그와 나란히 텔레비전을 보고 있었다. 그러고 나서 그녀는 잠시 뭔가를 생각해냈다는 식으로 먼 눈빛이 되어 부엌으로 갔다. 다시 복숭아라도 벗겨올까 라고 생각하고 있었더니 그녀는 부엌에서 무엇인가 부스럭부스럭 하기 시작하여 언제까지고 돌아오지 않았다.

　밤의 시간은 졸음 속에서 보낸 한낮의 시간보다 손쉽게 흘러갔다. 텔레비전 소리와 중복되어 이웃집 남자들의 취한 목소리가 들려오고 점잔을 빼는 듯한 텔레비전 드라마를 자연히 얼렁뚱땅 얼버무려 넘기고 있었다. 저 남자들과 자신에게 지금 동일한 시간이 얼마만큼 다른 농밀함으로 흐르고 있는 것일까? 그런 것을 상상하면서도 그는 역시 텔레비전에서 눈을 뗄 수 없었다.

　"당신, 목욕하고 와"라는 목소리에 처음으로 텔레비전에서 눈을 떼고 뒤돌아보았더니 부엌은 마치 대청소를 하는 듯한 경치였다. 식탁이 한쪽으로 치워져 있고 바닥 위에 쌀통이라든가 간장병과 술병이며 맥주병이라든가 크고 작은 다양한 통조림과 플라스틱 용기라든가, 저런 좁은 부엌에 잘도 수납하고 있었다고 감탄할 만큼 엄청나게 늘어서 있다. 찬장 아래의 문이 양쪽으로 열려 텅 빈 안쪽을 형광등으로 밝게 드러내고 있었다.

　레이꼬는 젖은 걸레를 한 손에 들고, 그을린 얼굴로 부엌의 혼돈 한가운데에 서서 고개를 숙이고 있었다.

　"뭐 하고 있어? 이런 시간에."

　"응, 찬장 속에서 왠지 곰팡내가 나서."

　아직 그 냄새가 남아 있는 듯이 레이꼬는 눈썹을 찌푸리고는 찬장 앞에 천천히 웅크리고 앉았다. 그리고 찬장 안을 걸레로 힘껏 닦고는 손을 멈추고 가만히 안을 들여다보았다. 그 엄한 눈빛에 조금 움츠러든 기분이 들어 그는 갑자기 머리에 떠오른 것을 별다른 생각 없이 말하고 말았다.

"그저께인지 그끄저께에도 찬장 속을 들여다보고 있지 않았어?"

"이전부터 신경이 쓰였지만 그 정도까지는 아니었고 안에 든 물건을 비우는 것도 귀찮겠지……"

"그렇다면 특별히 오늘밤이 되어……"

"남은 복숭아를 냉장고에 옮겨두려고 생각하고 찬장을 열었더니 신경이 쓰여 어쩔 도리가 없어진 거야."

뭔가를 받아들일 수 없다는 아이의 말투였다. 히사오는 텔레비전 앞에서 일어서서 아내 옆으로 갔다. 레이꼬는 풍만한 넓적다리로 자그맣게 웅크리고 앉아 상반신을 바닥 위로 낮게 기울여 다 닦아낸 찬장 내부를 구석에서 구석까지 깐깐하게 점검하고 있었다. 그러고 나서 그녀는 아직 미련이 남은 듯한 눈길로 찬장에서 몸을 일으켜 바닥 위에 펼쳐진 것을 하나하나 손에 들고는 먼지를 훔치고 나서 찬장 속에 주의 깊게 수납하기 시작했다. 그 작업이 자못 고독하게 생각되어 히사오는 아내의 위에서 허리를 구부려 손놀림을 들여다보았다. 그러자 레이꼬는 갑자기 눈을 들어 의아하다는 듯이 그의 얼굴을 응시하고는 매정한 목소리로 말했다.

"그런 곳에 서 있지 말고 빨리 목욕이나 마치고 와. 매일매일 정돈되지 않아 난처하잖아."

목욕탕은 부엌에서 현관 입구 오른쪽으로 돌아간 곳에 화장실과 나란히 있다. 열이 내리고 나서 사흘째에 목욕을 하라는 말을 아내에게 들었을 때, 그런 깊숙한 곳이 이 좁은 집 안에도 있었구나,라고 그는 가벼운 놀라움을 느꼈다. 병상에서 막 일어난 일시적인 젊은 망령 탓인지, 그렇지 않으면 고열이 평소 습관의 일부를 씻어 없애버린 탓인지, 그것은 오년 전에 레이꼬와 처음으로 이 집을 미리 보러 왔을 때 느낀 놀라움과 닮아 있었다. 그날, 한시간 가까이 걸려 거실과 부엌을 구석구석까지 둘러보고 이제 돌아갈까라고 현관문으로 나오기까지, 두사람 모두 이 집 안에 욕실이 있을 거라고는 생각하지도 않았다. 현관 옆에 있는 수세식 화장실을 확인하기 위해 들여다보고 나서 별생각 없이 같은 쪽을 보았더니 화장실 문과 거의 같은 폭의 문이 있다. 곳간이라도 붙어 있는 걸까라고 문을 연 순간에 연한 핑크빛이 눈앞에 아담하게 펼쳐졌다. 두사람 모두 어안이 벙벙하였다. 타따미 한장 정도의 가늘고 긴 공간 안에, 한사람이 겨우 들어갈 정도 크기의, 법랑을 먹인 욕조와 핑크 타일을 깐 몸 씻는 곳과 거울이 달린 세면대가 마치 호텔의 미니어처 세공처럼 조금의 낭비도 없이 보기 좋게 들어가 있다. 수도꼭지의 위치도, 물을 끓이는 가스온수기의 위치도, 거기 말고 다른 곳은 생각할 수 없을 정도로 딱 안정되어 있었다. 창이 없는 대신에 가스의 불완전연소를 막기 위해 밖에 면한 벽의 위아래에 각각 가늘고 긴 통풍구멍이 있는데, 어느 쪽도 남이 엿볼 수 있는 위치가 아닌데도 철격자가 세밀하게 끼워져 가리개를 하고 있다. 집 전체를 조잡하게 만든 데 비해 여기만은 실로 세밀하게 신경을 두루 쓰고 있어서 뭔가 음란한 느낌이었다.

그때 그는 확실히 격에도 맞지 않게 '음란'이라는 느낌을 받았다. 그전에 두사람이 살고 있었던 아파트에는 물론 욕실 따위는 없었다. 처음에 레이꼬는 공중목욕탕에 가는 것을 싫어했다. 몸매가 변한 것을 보이는 듯한 느낌이 들어 싫다고 푸념하기에 이전의 네 몸매를 알고 있는 여자 따위가 이 주변에 있겠어,라고 말해주었더니 더욱 싫어했다. 그래도 시간이 지남에 따라서 그녀는 목욕탕 다니는 일에 익숙해져 같은 아파트에 사는 여자들과 변함없는 모습으로 세면기를 안고 다니게 되었다. 목욕탕에서 돌아온 레이꼬의 몸을 바로 껴안은 적도 있었다. 그러자 맨살에서 목욕탕의 냄새가, 약탕의 냄새인지 많은 사람들의 땀 냄새인지 알 수 없는 것이 희미하게 피어오르는 듯한 느낌이 들었다. 그렇지만 그것은 두사람의 은밀한 성교를 조금도 어지럽히지 않았다. 음란한 것은 아무것도 없었다.

그에 반해 이 목욕탕에는 '욕실과 화장실이 딸린' 욕실처럼 청결하고 합리적이며, 그런 만큼 음란한 데가 있다,라고 그는 그때 생각했다. 그리고 그런 음란함을 일상생활의 안쪽에 가진다는 사실에 다소 흥미가 일었다. 물론 그런 느낌은 일단 정착을 하고 나서는 사라졌다. 그는 원래 장시간 목욕을 좋아했다. 근무하는 신세가 되고 나서 한층 좋아졌다. 좁은 욕조 안에서 무릎을 껴안고 그날 신경이 쓰인 일들을 천천히 풀고는 멋대로 자아내고, 뭔가를 생각하려고 하는 것도 알려고 하는 것도 아니고 어쨌든 뭔가를 생각할 수 없을 때까지 잠겨 있다. 아내의 존재 따위는 생각한 적도 없다.

그런데 지금 마음대로 입욕의 쾌락에 잠기려고 하자, 찬장 속을 들여다보는 아내의 진지한 눈빛이 히사오의 마음속에서 아무리 해도 지워지지 않는다. 자기 집의 목욕탕에 들어가 자신의 아내를 생각하는 녀석도 없을 거라고 그는 쓴웃음을 지었다. 그러나 그 눈빛으로 마음이 가볍게 흔들렸는데, 그런 마음의 안정을 이 좁은 곳에선 아무리 해도 회복할 수 없다. 그런 일을 사흘이고 나흘이고 걱정하고 있다가, 밤늦은 시간에 갑자기 이제 하루라도 견딜 수 없다는 듯이 움직이기 시작한다. 그 진지함이, 그 고독으로 긴장한 것이 찬장의 청소가 끝나면 다시 일상의 행동거지의 밑바닥으로 숨어들어가 압력을 받고 흘러간다. 그는 욕조 속에서 몸을 조그맣게 웅크리고 부엌에서 나는 소리에 귀를 기울였다. 병이 서로 부딪히는 소리며 바닥 위를 질질 끄는 슬리퍼 소리에 섞여, 그것과 거의 다르지 않은 선명함으로 이웃집이나 아랫집의 소리가 전해온다. 낮게 흘러들어와 때때로 두세마디 명료한 이야기 소리, 타따미 위에서 일어나 어슬렁어슬렁 걸어다니다 다시 쿵 하고 앉는 소리, 그리고 여기저기에서 조용히 목욕물을 흘리는 소리, 그들 소리 속에 자칫하면 잊힐 듯한 레이꼬의 기색에, 그는 바로 가까이에 있으면서도 마치 먼 인간에 대해 근심스럽게 상상하는 것처럼, 욕실 속에서 가만히 무릎을 껴안고 귀를 기울이고 있었다. 그리고 점차 자신의 그런 모습을 음란하게 느끼기 시작했다. 어느샌가 그는 목욕물 소리를 내지 말자, 자신이 여기에 있는 기색을 밖으로 새어나가게 하지 말자, 아내에게도 들리지 않도록 하자고, 몸 한번 움직이는 데에도 가만히 주의하고 있었다.

드디어 몸도 제대로 씻지 않고 목욕탕에서 나오자, 부엌은 깨끗하게 정돈되어 있고 레이꼬는 지친 얼굴로 의자에 앉아 닫힌 찬장 문을 바라보고 있었다. 거실의 경계에는 미닫이문이 서 있고, 그로 인해 부엌은 한층 더 좁아 보였다. 재차 둘러보았더니 정사각이었다. "다 정리했어?"라고 말을 걸었더니 레이꼬는 한숨을 짓고 애매하게 고개를 끄덕였다. 그리고 잠시 지나서 "이 이상, 정돈할 방법이 없어서 말이야……"라고 중얼거렸다. 어떻게든 시도해보다 지쳤다고 하는 듯이 몸의 무게를 의자에 맡기고 있었지만, 무거운 눈꺼풀 아래로 찬장을 바라보는 눈길의 엄중함은 전과 다름이 없다. "이제 적당히 하고 욕실에 갔다 와. 좀더 급료가 오르면 세칸 집으로 이사할게"라고 히사오는 레이꼬의 어깨에 손을 얹고 가볍게 흔들었다. 흔드는 대로 머리를 흔들흔들 흔들면서 레이꼬는 찬장에서 아직 눈을 떼지 않았다. 그럴 일은 아닌 듯했다. "괜찮으니, 이제 목욕하러 가"라고 그는 한번 더 재촉했다. 한참 지나서 레이꼬는 가까스로 일어나, 끝내 잊고 있었던 자질구레한 도구를 여기저기에 수납하면서, 어쩔 도리 없다는 듯이 욕실로 들어갔다.

이윽고 욕실에서 물소리가 들려오자, 히사오는 뭔가 안심한 기분이 들어 지금까지 아내가 앉아 있던 의자에 앉아 담배 한모금을 천천히 내뿜었다. 그런 다음 일어나서 잘 시간까지 다시 텔레비전이라도 보려고 거실의 미닫이를 열었다. 그리고 숨을 삼켰다.

거실의 전등은 꺼져 있고 어둠속에 두장의 이불이 정연히 깔려 있다. 그 가운데 남자들의 음란한 노래가 무겁게 들어차 있었다. 좁은 부엌에서 레이꼬와 이야기를 하고 있는 동안에 그의 감각도 자연히 안으로 갇혀 밖으로 퍼져나갈 힘을 잃어버리고 있었던 것인지, 순간적으로 그는 그러한 목소리가 나오는 곳을 종잡을 수 없었다. 주인이 없는 침실에 수많은 목소리만이 짙게 들어차 있었다.

남자들은 밭의 어둠속에 있었다. 귀를 기울이고 있는데 음란한 노래를 멈추고, 무겁고 나른한 취성을 주고받았다. 누군가하고 누군가가 끈질기게 언쟁하고 있는 것을 다른 패거리가 거친 목소리로 마치 부추기는 것처럼 달래고 있다. 그러자 서로 꼬부라진 목소리와 목소리 사이로 누군가가 갑자기 목을 짜내듯이 노래를 부르기 시작했다. 다시 음란한 노래였다. 이윽고 일동은 지금까지 하던 대화를 내팽개치고 각각 조금씩 장단이 어긋나게 굵고 탁한 음성으로 가락에 맞추어 불렀다. 한참 동안은 노래하고 있다기보다, 아주 멋대로 외설스러운 생각을 공중을 향해 짖고 있다는 느낌이었다. 그렇지만 그러는 동안에 남자들의 가락이 갑자기 하나로 맞는가 싶더니 목에 가득 찬 괴로운 듯한 성난 목소리가 부드럽게 어린 목소리로 변하고 전체적으로 외설스러운 부피를 띠기 시작하더니, 살랑살랑 뒤로 쑥 내민 허리를 상하로 흔들고 덩실덩실 손으로 춤추는 듯한 장단이 되었다. 그러나 길게는 계속되지 않았다. 노래의 문구를 끝까지 알지 못하는 자가 아무렇게나 고래고래 소리 질렀다. 이윽고 노래는 흐트러지고 풀 곳이 없는 울적한 외침으로 변했다. 상대를 개의치 않고 일에 관계치 않고 마구 고함치는 자, 차근차근 설득하는 자, 게다가 길고 기이한 소리를 내면서 밭으로 달려가는 자가 있는 듯하고, 툭툭 부드러운 흙을 밟고 달리는 기색과 더불어 길게 이어지는 새된 목소리가 멀어져가서는 핑 하고 포물선을 그리며 돌아온다. 그중에서, 패거리에게 지지 말자고 야비한 말을 외치려고 하면서도 목소리가 바로 안으로 틀어박혀버려 으읏하고 애매한 신음 소리를 내면서 걸어다니고 있는 것이 히로시 같았다.

히사오는 침상에 몸을 납작하게 낮추고 밖의 소동에 귀를 기울였다. 소리는 때때로 멀어지며 건너편 물가에서 내는 외침처럼 들리는가 싶더니 침실에 가득히 틀어박혀 허리를 살랑살랑 흔들며 춤추기 시작한다. 외설이라기보다 오히려 음침하고 익살스럽고 구슬픈 불알을 그대로 드러낸 것 같은 목소리였다. 음란한 노래의 중간 틈으로, 닫힌 미닫이의 저쪽에서 목욕물을 흘리는 기색이 남자들의 귀를 꺼리는 듯이 고요히 전해온다.

이윽고 음란한 노래가 끊어지고 한참 동안 초조한 듯한 목소리가 뒤섞여 달려들고 있었지만 그러는 동안 그중에서 숨죽인 탁한 목소리가 어둠속을 낮게 흘렀다. 그러자 다른 목소리가 하나하나 진정되어갔다. 히사오도 무심결에 귀를 기울였다. 그러나 설교 조의 독특한 억양 외에는 한마디도 들을 수 없다. 때때로 맞장구치는 소리며 앞을 재촉하는 소리며 말을 훼방하며 킥킥거리면서 웃는 소리가 끼어들었지만 바로 이야기에 끌려들어가 조용해졌다. 한참 동안 일동이 경청하는 가운데 나이가 가장 위인 사람의 탁한 목소리가 뭔가 안심입명에 관련된 중대사를 잘 알아듣도록 위엄있게 설교하고 있는 듯 계속되었다. 그러고 나서 감격에 겨운 듯한 젊은 목소리가 들렸다.

"그 녀석은, 너, 강간 아냐?"

"턱없는 소리 하지 마. 그런 것 아냐."

탁한 목소리가 엄숙하게 나무랐다.

"밀어 넘어뜨렸는데?"

다시 다른 목소리가 서둘러대는 기세로 물었다.

"아, 후려갈겨 넘어뜨렸어."

탁한 목소리가 태연히 대답했다.

"강간했다고?"

숨을 삼키는 듯한 소리였다.

"아니야."

탁한 목소리가 말하며 말을 끊었다. 일동의 얼굴을 둘러보고 있는 기색이었다.

"아냐. 그러고 나서 나는 쓰러져 있는 여자의 발밑에서 땅에 엎드려 조아렸어. 그리고 머리를 지면에 비벼대고 말이야, 신신당부했어, 평생의 바람이니까, 하게 해주세요라고."

"서투른 연기구나. 중요한 때에."

"연기란 말이야? 무슨 영문인지 나도 잘 알지 못했지만 반복하여 머리를 숙이고 있는 동안에 눈물이 주르르 나오고 자빠졌어."

"여자는 어떻게 했어?"

"머리를 살짝 일으켜 이쪽을 보고 있었어."

"그래서, 뭐라고 했어?"

"하게 해드린다고."

남자들은 쥐 죽은 듯이 조용해졌다. 사라진 말에 아직 넋을 잃고 들고 있는 것 같은, 순박한 침묵이었다. 침묵이 어둠속에 웅크리고 있는 남자들의 기색을 도리어 짙게 전해준다. 그러고 나서 "아, 미치겠네"라는 비명과 더불어 침묵이 깨지고 "거짓말 하지 마" "왜 거짓말을 하겠어?"라고 소리가 뒤얽히더니 음감이 부족한 웃음소리가 끊임없이 광적으로 났다. "하게 해줘" "하게 해드릴게요"라고 여자 목소리를 흉내 내면서 쿵쿵하고 몸을 맞부딪치고, 결국 "이 자식"이라고 신음 소리인지 웃음소리인지 알 수 없는 소리를 내고 서로 옥신각신하는 자들도 있다. 그러는 동안에 "어머나, 히로시, 당신 아직 여기에 계셨어요?"라고 유들유들한 남자의 목소리가 들렸다. 으읏 하고 말이 안되는 신음 소리를 내며 히로시가 대답했다. 그러자 남자들이 앞 다투어 여자 목소리를 내며 히로시를 놀렸다.

"어떻게 할까요? 못된 짓을 했어."

"히로시에게는 아직 너무 빠른 이야기지."

"그래. 히로시, 동정이야."

"빨리 집에 들어가 쉬하고 잘 자요."

한숨을 돌리고 누군가가 아주 엉뚱한 목소리로 외쳤다.

"나중에 할머니가 가서 함께 잠자리에 들어가줄게."

"이 새끼가"라고 히로시가 외치고는 목소리 주인에게 덤벼든 것 같았다. 헉 하고 남자가 비명을 질렀지만 체력으로는 히로시보다 상당히 뛰어난지, 비명 뒤에 우헤헤헤라고 웃음이 새어나왔다.

"히로시, 그만두라니까요."

"꼴사나워, 당신."

"다치시면 슬퍼요."

남자들이 저마다 교성嬌聲을 내며 히로시에게 착 달라붙은 것 같았다. 그리고 한참 동안 나긋나긋하게 비비대기를 치고 있었는데,

그러는 동안에 "해치워버릴까"라고 위협적인 낮은 목소리가 나는가 싶더니, 사각사각 모래주머니를 때리는 듯한 소리가 겹쳤다. "뭐 하는 거야?"라고 아우성치고 히로시가 땅바닥에 쓰러졌다. 바닥에서 서로 뒤엉켜 싸우는 기색이 계속되었다. "그만둬. 이봐. 허튼 짓 하지 마"라고 목소리가 어려졌다. "소변, 갈기겠어"라는, 거의 변성기 전의 외침이었다. 결사적인 저항을 억누르는 거친 숨소리 속에서 끊임없이 낮은 웃음소리가 새어나왔다.

"우아아아"라고 새된 목소리가 한마디 튀어오르고 남자들이 사방으로 흩어졌다. 곤혹스러운 웃음이 멀찍이 그를 에워싸고 퍼져나갔다. 그리고 "죽이겠어. 모두, 죽여버리겠어"라는 외침과 더불어 안색을 바꿔 집 안으로 달려들어가는 기색이 보이고, 그에 뒤이어 한명 더 "히로시. 이봐, 히로시 군"이라고 부르면서 허둥지둥 달려들어갔다. "날붙이는 그만둬, 알았지?" "오늘만큼은 이제 참을 수 없어" "고향의 어머니를 생각해" "엄마에게 안부나 잘 전해줘" 따위와 같은 주거니받거니 하는 말이 드문드문 들렸다. 이윽고 큰소리로 넋을 잃고 크게 고함치는 히로시를 낮고 탁한 목소리가 차분하게 달래면서 두사람이 다시 집 안에서 나왔다.

그러고 나서 이후는 히로시의 독무대가 되었다. 다른 남자들은 평상시와 같은 히로시의 연기가 얻은 격앙에 머쓱해져버린 듯하고 이제 거스르지 않고 짐짓 점잔을 빼는 듯한 맞장구를 치고 있었다. 그래도 역시 히로시가 걱정인지, 여기저기 걸어다니며 계속 고함치고 있는 히로시의 뒤쪽에서 비아냥거리기라도 하는 듯한, 비굴하기라도 하는 듯한 맞장구가 줄줄 따라간다. 한참 지나서 히로시의 길고 긴 영탄이 남자들의 목소리를 휘감고 밭을 따라 멀어져갔다. 그리고 멀리서 울음소리처럼 되어 갑자기 고요함 속에 휩쓸렸다. 그때 "아, 아뿔싸"라고 미닫이 건너편에서 뭔가 돌이킬 수 없는 착오를 알아차린 듯이 레이꼬가 슬프게 중얼거렸다.

"무슨 일이야?"

미닫이 너머 물어보아도 대답이 없다. 일어나 미닫이를 열어보았더니 레이꼬는 욕실에서 막 나온 몸에 하얀 잠옷을 입고 식탁 옆에 우두커니 서 있었다.

"플라스틱 양동이의 쓰레기, 버리고 오는 걸 잊고 있었어."

"그런 건, 내일 아침이라도 괜찮겠지."

"할 일을 제대로 해놓지 않으면 곤란해."

그렇게 말하고 레이꼬는 화가 난 듯한 시선을, 벌써 자물쇠를 잠근 현관문 쪽으로 보냈다. 몸 전체가 안절부절 조바심이 나서 손을 댈 수가 없다. 부엌의 젖은 쓰레기는 야채밭 끝에 있는 공동 플라스틱 양동이에 한데 모아 버리면 청소차가 가져가도록 되어 있다.

"이웃집 사람들, 아직 떠들썩거리고 있을까?"

레이꼬는 걱정스러운 듯한 목소리로 물었다. 둘이서 먼 곳으로 잠시 귀를 기울였지만 소리 하나 나지 않았다. 다시 어딘가에 마시러 간 듯하다.

"어쨌든 내가 갈게."

그는 침실에서 나왔다. 그러나 레이꼬는 전연 상대를 하지 않는다.

"괜찮아. 버리고만 오면 되는 게 아니야. 버린 후 양동이를 밖의 개수대에서 씻지 않으면 안돼."

그렇게 말하고 레이꼬는 남편이 보고 있는 앞에서 나긋나긋 몸을 움직이며 잠옷을 발밑에 벗어놓고, 속옷 하나 차림의 몸을 구부리지도 않고 대낮에 입었던 땀투성이 원피스를 막 욕실에서 나온 피부에 받쳐입고 현관문으로 내려갔다.

"이봐, 내가 간다니까."

그는 뒤에서 말을 걸었다.

"괜찮아. 당신은 할 수가 없어. 곧 돌아올 테니 자고 있어"라고 말하고 레이꼬는 오기 어린 표정으로 무거운 양동이를 양손에 껴안고 나갔다.

히사오는 침상에 돌아왔다. 익숙한 쌘들 소리가 창문 아래를 돌아서 밭을 따라 빠른 걸음으로 멀어져갔다. 이윽고 멀리서 탕탕 하며 플라스틱 양동이 둘레를 부딪치며 통 바닥의 쓰레기를 비우는 소리가 들렸다. 그러고 나서 소리가 끊어지고 주변이 다시 어둠 일색의 느낌으로 변했다. 그 속에서 쌘들 소리가 울려퍼지는 것을 그는 침상 속에서 귀를 기울이며 기다렸다.

그러나 발소리는 좀처럼 나타나지 않고 한참 지나자 고요한 지평에서 남자들의 목소리가 웅성거리기 시작했다. 싸움이라고도 환담이라고도 할 수 없는 굵은 목소리에 휩싸여 때때로 여자 목소리가 부드럽게 울리는 것이 들렸다.

아까까지와는 싹 달라진, 부드러운 이야기 소리가 밭을 따라 돌아오고 있었다. 그리고 세면장 주변에 멈추어 한사람 한사람이 서로에게 수줍어하듯이 웃었다. 히로시의 목소리가 들렸다.

"부인, 그 양동이, 씻어줄게. 이봐, 너 이것 씻어와."

"이 자식, 저자세로 나가면 혼자 우쭐해져서"라고 공박하는 소리가 났지만 성난 표정은 없었다.

"어머, 미안해. 독신자가 그런 것을 해주면, 연인이 본다면 큰일 나겠어"라고 레이꼬의 목소리가 났다. 한 패거리끼리 서로 장난치는 말투였다.

"연인 따윈 없어"라는 목소리가 들리고, 조금 슬픈 듯한 여운을 남기며 물을 흘리는 소리에 섞였다. "괜찮으니 부인, 거기에 앉아 있어"라고 한마디가 더 물소리 속에서 들렸다.

시간이 상당히 지나서 물소리가 그치자, 서투르게 목 속에 틀어박힌 히로시의 목소리가 다시 들렸다.

"아, 부인, 술 마시지 않겠어? 마실 수 있지? 요전번 역 앞 슈퍼 옥상에서 남편과 생맥주 마시고 있었잖아. 조금만이라도 좋으니 마셔. 오늘밤은 기분이 좋아졌어. 이봐, 너 찻잔 가지고 와."

"히로시, 너 부인 앞에서 혼자서 멋진 척하지 마라."

"멍청한 놈. 부인과 나는 같은 고향 사람이야. 허튼 짓을 하면 냅다 쓰러뜨릴 거야."

"뻐기지 마. 너 오늘밤은 센데."

"당연하지."

투덜투덜 말하면서도 발소리가 가볍게 들떠서 집 안으로 달려들어가, 이윽고 술병과 찻잔을 짤랑짤랑짤랑 삼박자로 두드려 울리면서 밖으로 나왔다. "나에게 건네" "내가 따르지"라고 앞 다투어 병에 손을 뻗는 소리가 났지만, 결국 "내가 할 거야"라고 한마디 으름장을 놓고 히로시가 병을 낚아챈 모양이었다.

"조금만이야"라고 레이꼬가 도움을 요청하듯이 말했다. "나에게 맡겨줘. 자, 받아"라고 히로시의 목소리가 나고 남자들은 흥미진진하여 쥐 죽은 듯 조용해졌다.

우아 하고 한숨과 같은 환성이 일어났다. 침상에서 몸을 일으켜 커튼 틈새로 들여다보았더니, 마침 낮에 노파가 히사오에게 말을 걸었던 주변에서 레이꼬의 하얀 모습이 반라의 남자들에게 둘러싸인 채 돌 위에 느긋하게 앉아, 양손에 찻잔을 들고 다도와 같은 손놀림으로 입가에 조금씩 기울이고 있었다. 그 바로 앞에서 역시 반라의 히로시가 땅바닥에 한쪽 무릎을 꿇고 그 위에 한됫병을 앞세우고는 팔꿈치를 뻣뻣하게 뻗고 대기하고 있다. 그리고 두사람을 에워싸고 남자들이 아이처럼 엉덩이를 낮게 늘어뜨려 웅크리고 앉아 땀이 밴 적동색 등을 자그맣게 구부리고, 레이꼬가 찻잔을 기울이는 것을 기쁜 듯이 올려다보고 있었다.

"아"라고 헐떡이는 소리를 내고 레이꼬가 겨우 술을 다 들이켰다. "한잔 더"라고 요구하는 목소리가 들렸다. "이제 안돼"라고 히로시가 엄숙하게 제지했다.

히사오는 창 옆에서 떨어져 침상 위에 벌렁 누웠다. 창밖에서는 히로시가 혼자 활기에 차, 상기된 목소리로 좌중을 도맡고 있었다. 남자들은 서로 온화한 목소리로 지껄이고 있었다. 그러는 동안에 히로시가 갑자기 차분한 말투로 호소하기 시작했다.

"응, 부인. 오늘밤은 나, 부인이 차분하게 신세타령을 들어주었으면 해. 생각해봐. 매일매일, 이런 짐승 같은 놈들과 살고 있으니까. 복잡하게 뒤얽힌 이야기 따윈 할 수가 없단 말이야."

그 순간에 "이 녀석, 어디까지나 기어오르려 들고"라고 호통치는 소리가 나고 "꺅" 하며 레이꼬가 젊은 처녀 같은 비명을 지르고 확 비켜섰다. 누군가가 흙 위를 힘차게 구르는 소리가 났다. "아파, 갑자기 뒤에서 때리다니. 부인도 너무해. 내 앞에서 도망쳐버리다니"라고 익살맞은 울상이 눈에 선한 목소리로 히로시가 투덜거렸다. "가엾게도 껴안아 붙들어주지 않았구나"라고 누군가가 말하고 명랑한 웃음소리가 와 하고 터져나왔다. 레이꼬는 부끄러운 듯한 목소리로 웃음에 화답하고 있었다.

웃음이 가라앉자 "그럼 편히 주무세요. 고마웠습니다"라는 레이꼬의 맑은 목소리가 나고 "편히 쉬세요" "안녕히 주무세요"라고 남자들이 저마다 대답했다. 이상하게도 부드러운 목소리였다. 레이꼬의 발소리가 계단을 다 올라오고 나서, 가까스로 남자들은 걷기 시작했다. "하게 해줘" "하게 해드릴게요"라고 입버릇이 된 말들을 이제 하품에 섞어 주거니받거니 하고, 와글와글 집 안으로 들어갔다.

"돌아왔어"라고 현관문에서 소리가 나고, 발소리가 그대로 욕실 쪽으로 돌아갔다. 목욕물을 사용하는 소리가 한참 계속되었다. 그러고 나서 레이꼬는 발소리를 내지 않고 나와서, 미닫이 건너편에서 한참 무언가를 하고 있었지만 얼마 지나지 않아 부엌의 스위치를 끄는 소리가 나더니 한순간 짙게 자욱이 낀 어둠속에서 미닫이가 조용히 열리고 하얀 몸이 흘러들어오듯이 방으로 들어와 히사오 앞에 무너졌다. 차가운 물을 끼얹고 온 듯, 피부가 싸늘하게 움츠러들어 있었다. 가슴에서 허리선을 따라 손을 미끄러뜨리자, 술

내 나는 한숨이 가슴속에서 새어나왔다.

그때 창밖의 어두운 바닥에서 "히로시 군, 일어나 있어? 히로시 군"이라고 낮게 부르는 소리가 들렸다. 남자들의 집은 벌써 모두 잠들어 조용해졌다. 목소리는 집 옆으로 다가서려고 하지 않고 밭가 주변에서 조금씩 위치를 바꾸어 끈기있게 부르고 있었다. 잠들어 있는 인간을 깨울 수 있을 것 같지도 않은 작은 목소리지만, 그 은밀함은 오히려 마음속에 바람이 있는 인간의 수면 속까지 서서히 몰래 들어갈 것같이 느껴졌다.

"이렇게 늦게까지 집회를 하고 있는 모양이네."

히사오는 아내의 귓전에 중얼거렸다.

"그렇네. 열심이네."

레이꼬는 다소 빈정거리며 대답하고 몸을 가까이 가져왔다.

느슨해진 목을 떨리게 하고 있는 듯한 불유쾌한 목소리가 반복되는 동안에 점차 볼륨감을 띠고 연령의 경계를 넘어 부드럽고 여자답게 변해간다. 조금 전 레이꼬의 목소리가 아직 창밖의 어둠속에 떠돌며 메아리치고 있는 듯한, 그런 환각으로 히사오는 그 레이꼬를 한쪽 팔로 껴안으면서 문득 끌려들어가려고 하였다. 한참 지나서 조용히 밖으로 나가는 발소리가 들렸다.

어둠속에서 끊임없이 속삭이는 노파의 목소리와 으웃 하며 서투르게 고개를 끄덕이는 히로시의 목소리가 긴 시간 자질구레하게 계속되었다.

그것을 듣고 있는지 아닌지, 레이꼬는 남편 팔 안에서 살며시 눈을 감고 있었다.

'내향의 세대'의 대표작가 후루이 요시끼찌와 『요오꼬·아내와의 칩거』의 세계

1

1970년 하반기에 발표된 제64회 아꾸따가와(芥川)상 후보작 중에서 후루이 요시끼찌(古井由吉)의 「요오꼬(杳子)」가 수상작으로 선정되었고, 동시에 「아내와의 칩거(妻隠)」가 한표 차로 2위를 차지했다. 한 작가의 작품이 동시에 후보로 올라 그것도 두 작품이 1, 2위를 다투었다는 사실은 매년 두번에 걸쳐 아꾸따가와상을 수여하고 있는 그 이력의 측면에서도 매우 이례적인 일이다.

토오꾜오(東京)에서 태어나 토오꾜오 대학 독문학과를 졸업하고 릿꾜오(立教) 대학에서 독문학을 가르치면서 『둥글게 둘러선 여

자들(円陣を組む女たち)』(1970) 등으로 문단의 주목을 끌었던 후루이 요시끼찌는 같은 해 3월에 대학을 그만두고 본격적인 작가생활을 시작했다. 이의 결과, 「요오꼬」(1970)로 아꾸따가와상을 수상한 이래, 일관적으로 인간 내면에 깊이 파고들어 현대인의 불안을 세밀하게 그려내는 작품을 연이어 발표한다. 그후 이전의 작품경향을 계승하여 환상적인 내면을 파고드는 성향이 한층 심화된 『거처(栖)』(1979)로 일본문학대상을 수상했다. 한편 1983년에 『무궁화(槿)』로 타니자끼 준이찌로오(谷崎潤一郎賞) 상을, 1986년에 「나까야마 고개(中山坂)」로 카와바따 야스나리(川端康成) 문학상을, 1996년에 『백발의 노래(白髮の唄)』로 마이니찌(每日) 예술상을 수상했다.

「요오꼬」로 아꾸따가와상을 수상한 무렵은 일본문단사의 측면에서 볼 때 새로운 경향의 젊은 작가들이 등장하는 시기와 거의 일치한다. 바로 1971년 문예평론가인 오다기리 히데오(小田切秀雄)가 명명한 '내향의 세대(内向の世代)'라는 호칭이 이에 해당한다. 일종의 문학의 새로운 사조를 의미하는 '내향의 세대'는 오다기리 히데오가 1960년대 학생운동의 퇴조와 이에 대한 혐오감으로부터 정치적 이데올로기에 거리를 두기 시작한 당시의 신진작가나 평론가에 대해 상당히 부정적인 의미로 사용한 명칭이었다. 일본문단사에서 주로 '내향의 세대'라 함은 1970년 전후에 등장한 신진작가의 통칭으로서 후루이 요시끼찌(古井由吉), 쿠로이 센지(黒井千次), 오가와 쿠니오(小川国夫), 아베 아끼라(阿部昭), 사까가미 히로시(坂上弘), 고또오 메이세이(後藤明生) 등 주로 1930년대에 출생하여 1970년 전후에 하나의 문학경향으로 의식되었던 문학세대를 말한다.

이들 문학세대가 주로 등장인물의 실존이나 현실적 삶을 내성적(內省的)으로 추구하고 개인의 내면에 치중하고 있다는 지적은 사실이다. 그렇다고 해서 이들 작가군을 반드시 하나의 통일된 경향을 가진 문학사조로 지칭하기에는 어느정도 한계가 있다는 점에도 이론의 여지가 없는 듯하다. 특히 이들 작가들이 모두 당시의 사회문제나 1960년대 전공투(全共鬪) 세대의 문화적 감수성과 무관한가라고 하면 반드시 그렇지만도 않다. 특히 후루이 요시끼찌의 경우만 보더라도, 주술적이고 민속학적인 주제가 줄거리 전개의 기조가 되고 있는『고승(聖)』『거처(栖)』등에서 당시 전공투 세대가 가지고 있었던 근대주의에 대한 비판과 그 흐름을 공유하고 있다는 주장이 이에 해당한다.

그렇지만 후루이 요시끼찌가 「요오꼬」로 아꾸따가와상을 수상하고 활발한 창작활동을 개시하였을 때, 당시 다소 편의적으로 사용되었던 '내향의 세대'라는 말에 정확히 딱 들어맞는 작가가 등장하였다는 문단의 평가가 있었듯이, 그가 적어도 1970년대 초 일본 문단의 새로운 흐름을 대변하는 중심작가였음은 분명한 사실이다. 초기 작품부터 시종일관 집요하고 꼼꼼하게 인간의 내면적인 문제를 심층적으로 접근하여 다양한 가치가 전도하고 상호침투하는 애매한 양상을 서정적인 필치로 그려낸 그는 1970년대 일본을 대표하는 작가라 할 수 있다.

2

「요오꼬」는 1970년 8월 『문예(文藝)』에 발표되었고, 1971년 1월 「아내와의 칩거」와 함께 묶여 카와데쇼보우(河出書房)에서 『요오 꼬·아내와의 칩거』로 간행되었다. 「요오꼬」는 역시 자작인 「아내 와의 칩거」와 경합하여 아꾸따가와상을 수상함으로써 이른바 '내 향의 세대'의 대표작가로 각인되게 하는 등, 작가 경력에 결정적인 역할을 하였다. 이 작품은 독일문학을 전공하고 가르쳤던 작가가 직접 일본어 번역에도 관계하였던 로베르트 무질(Robert Musil)이 나 헤르만 브로흐(Hermann Broch)의 작품으로부터 영향을 받고 썼 으며, 1977년에는 반 보꾸또(伴睦人) 감독이 이 작품을 원작으로 하 여 영화화하기도 했다.

「요오꼬」는 대학생 S가 홀로 등산을 하다 깊은 골짜기 아래에서 정신질환으로 인해 몸을 일으켜 이동할 수 없는 요오꼬를 도와 함 께 하산하는 이야기로 시작된다. 그후 삼개월 남짓가량 지나 두사 람은 도시의 전철역에서 우연히 다시 만나게 되며, 이를 계기로 정 신질환에 시달리는 요오꼬와 S의 연애관계가 시작된다. 따라서 이 작품은 굳이 말하자면 대학생 S와 여대생 요오꼬의 연애소설이라 고 볼 수 있지만, 일반적인 연애소설과는 다른 울림이 있다. 왜냐 하면, 방향감각의 혼란은 물론 건물 밖 혼잡한 군중들 사이에서 꼼 짝하지 못하고 그대로 서 있을 정도로 정신적 노이로제가 깊어가는 요오꼬에 대해, S는 그녀가 세상에서 제대로 활동할 수 있도록 그녀를 치유시키고자 다양한 방법으로 만남을 시도하는데, 그러한 방식의 만남이 연애의 주요 내용이기 때문이다. 칠년 전에 양친을 여읜 요오꼬는 현재 결혼하여 두 아이의 엄마가 된 언니 부부와 살고 있지만, 언니도 이전에 요오꼬와 비슷한 정신질환을 앓은 적이 있다. 언니의 부탁으로 그녀의 집에 방문한 S를 향해 요오꼬는 언니를 예로 들며 병과 건강 사이의 "경계선에 있는 얇은 막"에 머물며 "살아 있음을 느끼고" 싶다고 희망한다. 그래서 처음에는 병원에 가기를 주저하지만 결국 병원에 가서 치료받을 것을 약속하고 가을 창밖의 지는 해를 바라보며 "아아, 아름다워. 지금이 내 정점 같아"라고 맑은 목소리로 중얼거린다.

이러한 줄거리의 대략적 전개를 통해 알 수 있듯이, 이 작품은 노이로제를 앓는 주인공 요오꼬가 자신의 정신질환에 대해 겁내거나 슬퍼하거나 분노하거나 위로를 보내며, 건강을 회복한 언니를 비난조로 상대화하는 모습을 통해, 건강한 인간의 일상적인 생활보다 질병을 앓고 있는 인간 내면에 대해 선명한 이미지를 제공하고 있다. 작가는 일상적이고 평범한 인간들의 실생활과 괴리된 요오꼬에게 무한한 애착을 드러내고 있으며, 요오꼬의 질환도 기피해야 할 대상으로 보지 않는다. 즉, 이 작품은 정신질환을 앓고 있는 요오꼬의 관점에 서서, 일상적인 현실을 거부하고 "자신의 병에 웅크려들고, 자신의 냄새 속에 잠겨들"어가는 요오꼬의 내면과 행동을 선명하게 묘사하고 있다.

이러한 요오꼬를 기술할 때 "여자는 눈썹을 조금 찌푸리고 입술을 가늘게 열어 몸 안쪽의 아픔을 가만히 참고 있는 듯", "몸 안쪽의 아픔을 지긋이 느끼듯 요오꼬는 움츠러진 몸 안으로 음식을 조금씩 보낸다"라는 문장이 나오듯이, 한사람이 자신의 광기를 내부에 감싸고 있는 모습에 관한 기술과, 자신의 내부에 들어가 질환을 앓고 있는 내부세계에 침잠해 있는 모습에 대한 묘사가 소설 내용의 중심이 된다. 여기서 말하는 요오꼬의 정신의학적 증상에 대해 자폐증이나 자폐증성 노이로제 또는 긴장형 정신분열증, 자의적 통제를 뛰어넘는 강한 강박관념과 행동을 수반하는 강박증, 자기불확실감 등 다양한 진단이 내려져 있지만, 이러한 모든 정신의학적 증상을 이 작품이 적어도 부정적인 또는 억압해야 할 대상으로 취급하고 있지 않다는 건 분명하다.

　이렇게 요오꼬의 내면에 대해 선명한 이미지를 제시하는 이 작품에서는 실제 현실세계의 평범한 반복과 건강한 사람들에 대한 상대화나 차별화가 보인다. 나아가 이러한 측면에서 「요오꼬」는 현대인의 위태로움과 연약함을 드러내는 소설이라고도 할 수 있다. 그렇다고 해서 이 작품 속에서 건강하고 일상적인 현실과 질환을 앓고 있는 비일상적인 삶이 대립구도 속에 놓여 있는 것은 아니다. 오히려 이 작품의 뛰어난 점은 이러한 이원론적인 시각을 탈피하여 대립적인 특성이라 여겨지는 그 두가지가 상호 동시에 존재하는 것이며 이런 의미에서 상호공명하는 관계 속에 위치한다고 인식하는 데 있다. 이 소설의 주요 내용이라고 할 수 있는 주인공

S와 요오꼬의 관계변화가 이러한 측면을 상징적으로 보여준다.

도시의 전철역에서 우연히 만난 두사람은 정기적으로 만남을 지속하면서 점차 가까워진다. 이때 S는 시간의 흐름에 따라 요오꼬에 대한 태도를 달리하게 된다. 처음에 찻집을 중심무대로 하여 만남을 이어갈 때 두사람이 연출하는 관계성은 마치 의사와 환자의 관계, 그것이었다. S는 산악의 골짜기에서 요오꼬를 구출해주었듯이 도시에서도 요오꼬의 병을 적극적으로 고쳐주고 일상적인 생활로 돌아올 수 있도록 하기 위해 다양한 형태의 만남을 시도한다. 이때 요오꼬도 "네 덕분에 건강해졌어"라든가 "현수교 때처럼 도와주었으면 해"라고 하면서 S에 대해 의지하거나 환자의 역할을 감수하려 하였다. 사실 그 당시 집에 틀어박혀 나오지 않는 은둔형 인간(히끼꼬모리)으로서 매우 불안정하던 시기를 보내고 있던 S는 다시 만난 요오꼬를 돌보며 고쳐주어야 할 환자로 보고, 그녀를 도우며 지켜주는 데 자신의 존재를 동일화하고 있었다.

그러나 요오꼬와 교제가 지속됨에 따라서 "요오꼬의 병을 고쳐주고자 하는 교만함은 그의 마음속에서 이미 깨끗이 사라졌다. 병이 쾌차하는 것도 악화하는 것도 그는 바라지 않았다"라는 심경변화를 통해 알 수 있듯이 두사람의 관계는 의사와 환자와 같은 보호/의지라는 관계에 더이상 머물지 않게 되고, S는 요오꼬의 병을 고쳐주겠다는 생각도 포기한다.

즉, S는 처음에 요오꼬의 병에 대해 거리를 두고 치료사의 역할에 만족하려고 하였지만, 시간의 흐름에 따라서 마치 자석과도 같이 점차 요오꼬의 내면으로 완전히 끌려가버린다. 그는 요오꼬와 만나는 도중에도 그녀의 "기색이 한참 지나서 자취를 싹 감추"면 "자신을 파악할 수 없어서 불안을 느"끼게 되며, "그의 눈앞에 있으면서도 요오꼬가 병 속으로 혼자 빠져들어가는 것을 (…) 이제는 도저히 허용할 수 없다는 기분"이 든다. 이는 분명, 요오꼬가 부재하거나 그녀가 S에게 특정한 반응을 보이지 않을 때 그가 동요를 느끼게 되는 장면이다. 그리고 S는 "요오꼬의 병을 함께 지켜보면서 (…) 두사람만의 고립된 시간과 장소 속으로 밀려들어"가기를 희망한다. 결론적으로 그도 함께 요오꼬의 질환에 빨려들어가함께 공명하고 그 속에서 공생하며 기쁨과 존재감을 느낀다. 여기에 이르러서는 요오꼬의 병을 고쳐주고 개방된 일상생활에 복귀하도록 희망했던 당초 계획이 자취를 감춰버린다. 요오꼬의 병이 쾌차하는 것도 악화하는 것도 바라지 않고 "그는, 적어도 그의 몸은 지금 이대로 요오꼬와의 일이 똑같이 반복되어도 얼마든지 견딜수 있다. 그것에 기쁨조차 느낄 수 있다"라며 그녀의 병 속에서 공생하게 되는 것이다.

S와 요오꼬의 관계는, 최초에는 의사와 환자의 관계, 또는 돌보아주는 자와 이에 의지하는 자의 관계였다. 그러나 S가 점차 그녀의 질환에 공명하는 위치로 이동함에 따라서, 요오꼬를 돌보거나 도움을 주는 그의 행위는 결국 요오꼬의 질환에 대한 자기동일화로 인해 자신의 존재의의를 찾거나 도움을 얻는 위치로 전환한다. 이런 의미에서 건강과 질환의 관계도 전자가 후자를 무조건 배제

하는 것이 아니라 도리어 질환과 마주하며 공명한다. 이러한 형태로 상호의존적이며 공명하는 두 남녀의 관계는 이 두사람이 주고받는 연애방식의 큰 특징이라 할 수 있다. 소설의 중심이 남자 주인공 S도 아니고 여주인공 요오꼬도 아니며 두사람이 공명하는 관계, 그 자체라고 논해지는 이유가 바로 여기에 있다.

그러나 요오꼬의 질환을 통해 공명하고 있던 S와 요오꼬의 관계는, 이 소설의 마지막 장면에서 요오꼬 스스로가 병원에 가서 치료받기를 결심하면서 새로운 전환을 맞이한다. 병원에 가면 어떻게 되느냐는 S의 질문에 요오꼬는 "건강"해진다고 대답하며 병원행을 선택하는데, S는 요오꼬의 이러한 행보에 "그는 다시 버림받는 기분이 들어"버린다. 그리고 결국 "병원에는 가지 않아도 괜찮아"라고 말하는 S의 말에도 요오꼬는 이대로 생활할 수 없음을 고백하며 병원에 가서 치료를 받겠다고 자신의 뜻을 전한다.

이 마지막 장면에서도 요오꼬는 결코 건강한 상태에 대해 병으로부터 구제라든가 행복 추구라든가 하는 적극적인 의미부여는 하지 않고 있다. 그러나 병원 치료를 통해 요오꼬는 건강한 존재로서 자립적인 주체가 될 개연성도 충분히 있을 수 있다. 그렇다고 한다면 요오꼬의 병을 통해 상호의존적인 공생관계를 유지하고 있던 두사람의 관계는 요오꼬의 병원행과 치료로 인해 사랑의 종말을 맞이할 것인가? 요오꼬의 병으로부터의 탈출은 적어도 그녀의 정신질환을 통해 그 안에서 공명하던 두사람의 관계의 균형을 잃게 하고 관계에 상당한 변화를 초래할 것이라는 점은 틀림없어 보인다.

3

앞에서 지적했듯이, 후루이 요시끼찌는 「요오꼬」라는 작품을 통해 '내향의 세대'를 대표하는 작가로 문단에 우뚝 서게 되었지만, 「아내와의 칩거」는 「요오꼬」와 더불어 아꾸따가와상 수상작으로 경합을 했던 작품으로 그의 작가 경력에서 「요오꼬」 못지않은 위치를 차지하고 있다고 할 수 있다.

이 작품은 일주일 전에 회사에서 근무하던 중 고열로 쓰러져 회사 내에서 응급치료를 받고 자신이 거주하는 아파트에 돌아와 몸져누워 있는 남편 히사오와 그를 간병하는 아내 레이꼬의 관계를 묘사하고 있다. 이 소설의 제목 '쓰마고미(妻隱)'는 고전세계에서 그 말이 유래하고 있는데, 원래 '아내와 더불어 그 속에 틀어박혀 사는 것', '서로 사랑하는 남녀가 함께 지내는 것'을 가리키는 말이다. 일주일간 남편 히사오가 출근도 하지 않고 아내와 함께 좁은 아파트 밀실에 틀어박혀 지낸다는 뜻에서 '아내와의 칩거'로 번역하였다.

「아내와의 칩거」는 두 남녀의 관계를 대상으로 하여 그 변화를 그리고 있다는 점, 특히 좁은 아파트 속 밀실이라는 공간에서 이루어지는 남녀관계를 중심으로 이야기가 전개된다는 점에서 「요오꼬」와 비슷한 성격을 띠고 있다. 나아가 히사오가 고열증상을 나타내며 장소에 대해 분열된 의식을 보이고 있다는 점, 히사오와 레이꼬가 일주일간 함께 아파트에서 함께 지내며 다양한 내외적 요인에 의해 이제까지 일상적인 부부생활과는 다른, 익숙하지 않은 새로운 감각을 가진다는 점, 확대해서 말하자면 정체성 상실의 느낌에 맞닥뜨리고 있다는 점에서, 내용과 양상은 다소 다르더라도, 요오꼬의 정신질환적 분열의식과 유사한 측면이 있다.

그러나 시종일관 외부와는 단절된 채 남녀 두사람만의 폐쇄적인 내부공간에 머물러 있는 「요오꼬」와는 달리 「아내와의 칩거」에서 히사오와 레이꼬 두사람의 내부공간은 타인으로부터 완전히 단절된 공간은 아니다. 두사람의 공간도 어떤 의미에서는 폐쇄적이라고 할 수 있지만 밖으로 향하는 통로가 준비되어 있어, 내부와 외부의 관계성이 스토리 전개의 또다른 축을 형성하고 있다. 이 작품에서 히사오와 레이꼬의 관계를 내부적 관계라 본다면, 외부란 두 부부가 사는 아파트 옆 단독주택에서 공동생활을 하며 건축현장 일을 하는 남자들 무리와 신흥종교를 설파하고 종교집회 참석을 적극적으로 권유하는 노파를 가리킨다.

도시 교외에 살고 있기는 하나 대학을 나온 쌜러리맨 부부의 입장에서 이들의 존재를 본다면, 시골풍, 고대적이고 원시적인 것이 도시적인 또는 현대적인 공간에 침입해 들어옴을 의미한다. 이러한 전개는 현대문명이 진행된 도시 교외의 삶에도 그 근원을 추적하면 원시적 또는 고대적인 무언가가 현재에 내재되어 있다는 발상이라 할 수 있다. 이러한 측면을 잘 보여주는 사례가, 노파를 보고서 레이꼬가 어렸을 때 시골에서 부부의 일에 간섭하던 할머니를 연상하거나 히사오가 노파를 "이 주변이 아직 외진 농촌이었을 무렵에 이 지역 남녀의 결합을 전담하고 있었던 신 내린 여자의, (…) 그런 동류 여자의 후예"로 추론하거나 하는 대목이 이에 해당한다. 이 작품이 주술적인 그 무언가를 연상하게 만드는 이유이기도 하다. 한편 모두 시골에서 올라와 예닐곱명이 집단생활을 하는 건축공사 인부들인 남자들은 시민적이거나 현대의 문명적인 것과는 거리가 있다. 늘 술을 마시며 큰 소리로 소동을 피우고 음란한 이야기와 노래를 소리 높여 부르는 반라의 남자들…… 이들은 모두 히사오와 레이꼬 부부가 반복하고 있었던 비교적 평범한 일상에 불안정하고 익숙하지 않은 파문을 던진다. 즉, 이 일상적인 공간에 비일상적이고 이질적인 요소의 개입은, 한편으로 가치관의 혼동과 혼란을 야기하기도 하며, 부부에게는 불안정한 요소를 제기하게 된다.

한편 히사오가 고열로 몸져누워 아내와 칩거하며 함께 보낸 일주일간 이들 부부 내부에도 지금까지의 평범했던 일상성을 낯설게 하는 다양한 비일상성이 개입한다. 히사오는 평일 낮에는 목격할 수 없는 대낮의 자신의 아파트와 아내를 목격하고, 그녀를 바라보는 시선에서 지금까지와는 다른, 새로운 인식에 도달하게 된다. "평소 익숙한 표정이 휙 사라지고 마치 생판 모르는 여자가 어느샌가 방 안에 들어와 자고 있는 듯이 보이는 순간"이 바로 그렇다. 그러나 이는 히사오가 아내에 대해 갖는 느낌만은 아니다. 아내도 집에서 몸져누워 있는 남편에 대해 "생판 모르는 남자"로 인식하고

"이제부터라도 어려울 때마다 남편 모습 속에 생판 모르는 남자를 보게 될지도 모른다"라고 불안해한다. 그런데 지금까지 의식하지 못했던, 아니면 익숙하지 못한 상대의 모습에 대한 인식은, 히사오가 "부부가 매일 얼굴을 보고 눈을 마주 보고 있다"는 사실을 "갑자기 이해할 수 없게 되"거나 "부부라는 현실"은 "조금이라도 흔들리면 의외로 믿음직스럽지 못한 것"이라고 인식하는 것을 통해 알 수 있듯이 무엇인가 현실적인 위기를 초래할 수 있다.

이는 분명 서로의 의식 속에서 배우자가 모두 이질적인 존재가 되는 것이며, 지금까지의 일상적인 반복을 중단하고 서로의 세계에 대해 단절을 초래할 수도 있다. 물론, 이러한 두 부부를 비일상성의 세계로 인도한 것은 두사람이 히사오의 병으로 인해 일주일간 함께 칩거하며 모든 세계를 새롭게 인식했기 때문만은 아니다. 여기에는 분명 부부 사이의 내부적 관계와, 부부와 동네 이웃이라는 내부와 외부의 관계라는 요인이 작용하고 있다. 예를 들면, 이들에 대해 부부의 냄새보다는 동거의 냄새를 맡고 마음을 고쳐먹으면 좋은 배우자를 소개하겠다는 노파의 설교와 건축공사 인부, 특히 레이꼬와 같은 고향인 히로시와 같은 존재의 개입이 있었기 때문이다.

이렇듯 「아내와의 칩거」라는 작품에는 분명 일상적이고 평온한 부부관계를 해체시키고 커다란 단절을 초래할 내외부적 위협들이 내재되어 있다. 그러나 그렇다고 해서 이 작품에서는 그러한 비일상성이 그대로 이 두사람의 관계에 치명적인 결과를 초래하지는 않는다. 그건 바로 "어느 한쪽이 한번 더 힐문하면, 서로 마음 안에서 범한 사소한 부실을, 사소하면서도 의외로 깊은 부실을 서로 비난하는 수밖에 없는 곳까지 와 있었"지만 그들에게는 어렸을 때부터 십년간 "헤어지지 않고 걸어온 남녀의 평형감각"이 있었기 때문이다. 「아내와의 칩거」는 외부와 접촉이 희박해진 현대를 살아가는 사람들의 불안정한 현실이 무속적인, 이질적이고 생명력 넘치는 외부에 노출되었을 때 그것을 평온한 생활을 위협하는 부정적인 존재로 제시하고 있다. 이런 의미에서 이 작품에서 부부란, 부부라는 내부적 관계와 외부의 집단과 부부라는 이중의 관계성에 의해 틈이 생기는가 싶지만, 결국은 두 남녀가 오랫동안 유지해온 평형감각 속에서 다시 하나로 수렴되어가는 모습을 볼 수 있다.

후루이 요시끼찌는 문체나 언어 면에서도 상당히 특징적인 작가로 널리 알려져 있다. 인간 내면으로 향하는 또는 잠겨가는 세계를 유연하고 감각적이지만 날카롭고 생생하며 단단한 서정적 문체로 그려내고 있다. 나아가 대상의 세세한 부분에 가까이 접근하여 그 묘사를 빈틈없이 연결하여 느린 속도로 천천히 진행시켜가는 문체라는 높은 평가를 받고 있다. 번역이란 한편으로 이러한 원문(原文)이 가지는 언어와 문체의 울림이 제대로 전달되었을 때, 원작의 온전한 문학적 정서를 제대로 전했다고 할 수 있을 것이다. 그러나 본 번역에 의해 내용과 줄거리는 전달되었다고 하더라도 원문의 문체가 가지는 독특한 특징을 놓치지는 않았는지 우려되지만, 이러한 의식이 다음 번역의 또다른 버팀목이 될 수 있도록 노력해야 하겠다.

정병호(고려대 일문과 교수)

작가연보

1937년   11월 19일, 아버지 에이끼찌(英吉), 어머니 스즈(鈴)의 셋째 아들
로 토오꾜오(東京)에서 출생. 부모는 모두 기후 현(岐阜県) 출신인
데 할아버지는 그 지역 은행의 경영에 관여하였고 기후 현에서 국
회의원으로 선출되기도 하였음.

1944년   제2엔잔(延山) 초등학교 입학.

1945년   5월 토오꾜오 대공습으로 부모의 친가인 기후 현으로 피난. 10월
토오꾜오 하찌오오지(八王子) 시로 이사.

1950년   4월 타까마쓰(高松) 중학교 입학.

1953년   타까마쓰 중학교 졸업. 4월 돗꾜오(独協) 고등학교에 입학하여 독
일어를 배움.

1954년	히비야(日比谷) 고등학교의 문학동인지 『꾜오끼(驚起)』에 참여해 소설을 씀.
1956년	3월 히비야 고등학교 졸업. 4월 토오꾜오 대학 문과 입학. '역사학 연구회'에 소속, 메이지유신 연구 그룹에 참가.
1960년	3월 토오꾜오 대학 문학부 독문학과 졸업. 졸업논문으로 카프카를 테마로 했음. 4월 동 대학원 석사과정 진학.
1962년	3월 대학원 석사과정 수료. 4월 조교수로 카나자와(金沢) 대학 부임.
1964년	오까자끼 요오꼬(岡崎容子)와 결혼.
1965년	릿꾜오(立教) 대학 전임으로 교양과정에서 독일어를 가르침.
1966년	문학동인 '백묘회(白描の会)'에 참가.
1967년	4월 헤르만 브로흐의 장편소설 『유혹자(誘惑者)』를 번역 간행. 9월 장녀 출생. 이해 여름부터 일생 애착을 보인 경마에 관심을 둠.
1968년	1월 처녀작 「목요일에(木曜日に)」를 『백묘(白描)』에 발표. 10월 로베르트 무질의 작품 번역.
1969년	8월 「둥글게 둘러선 여자들(円陣を組む女たち)」을 『바다(海)』에 발표. 10월 차녀 출생. 이해 들어 대학분쟁 격화.
1970년	3월 릿꾜오 대학 조교수직을 퇴직하고 창작에 전념. 6월 첫번째 소설집 『둥글게 둘러선 여자들』 간행. 8월 「요오꼬(杳子)」를 『문예(文芸)』에, 11월 「아내와의 칩거(妻隠)」를 『군상(群像)』에 발표.
1971년	1월 『요오꼬·아내와의 칩거』 간행. 「요오꼬」로 제64회 아꾸따가와상 수상. 2월 어머니 스즈 사망.
1972년	3월 『유끼까꾸레(行隠れ)』 간행.

1974년	12월『쿠시노히(櫛の火)』간행.
1975년	3월『쿠시노히』가 쿠마시로 다쓰미(神代辰巳) 감독에 의해 영화화.
1976년	5월『고승(聖)』간행.
1977년	2월『여자들의 집(女たちの家)』, 11월『애원(哀原)』간행.
1978년	10월『밤의 향기(夜の香り)』간행.
1979년	11월『거처(栖)』간행. 이 무렵부터 잡지『문체(文体)』의 책임편집자가 됨.
1980년	2월『물(水)』간행. 5월『거처』로 제12회 일본문학대상 수상.
1982년	5월부터『후루이 요시끼찌 작품』전7권을 카와데쇼보우(河出書房)에서 간행. 아버지 에이끼찌 사망.
1983년	6월『무궁화(槿)』간행. 9월『무궁화』로 제19회 타니자끼 준이찌로오 상 수상.
1984년	2월 에세이집『초혼의 속삭임(招魂のささやき)』간행. 9월『바다제비(海燕)』신인문학상 선고위원 맡음. 10월 2주간의 중국여행.
1986년	1월 아꾸따가와상 심사위원이 되어 2005년 1월까지 참여. 2월『비우(眉雨)』간행.
1987년	4월「나까야마 고개(中山坂)」로 제14회 카와바따 야스나리 문학상 수상.
1989년	9월『가왕생전시문(仮往生伝試文)』간행.
1990년	2월『가왕생전시문』으로 제41회 독자문학대상 소설상 수상.
1991년	2월 경추수술로 인해 약 50일간 입원.
1992년	1월『초혼으로서의 표현(招魂としての表現)』, 3월『낙천기(楽天記)』

간행.

1993년	12월 『소설가의 귀환 후루이 요시끼찌 대담집』 간행.
1996년	8월 『백발의 노래(白髪の唄)』 『산에 방황하는 마음(山に彷徨う心)』 간행.
1997년	1월 『백발의 노래』로 제37회 마이니찌 예술상 수상.
1998년	4월 단편집 『새벽의 집(夜明けの家)』 간행. 9월 한국 전라남도 운주사 석불 방문. 11월 백내장 수술을 위해 토오꾜오대 병원에 입원.
1999년	5월 6일부터 11일, 백내장 수술을 위해 토오꾜오대 병원에 입원.
2000년	9월 연작 단편집 『세이지(聖耳)』 간행. 11월 신주꾸의 술집 「바람꽃(風花)」에서 낭독회 시작, 이후 삼개월 정도의 간격으로 게스트를 한명씩 불러 낭독회를 가짐.
2002년	3월 단편집 『훈노(恩翁)』 간행.
2004년	5월 연재단편집 『들판을 흐르는 시내(野川)』 간행.
2006년	1월 연작단편집 『네거리(辻)』 간행.
2007년	9월 에세이집 『시작의 말(始まりの言葉)』 간행. 12월 단편집 『시로와다(白暗淵)』 간행.
2008년	『마이니찌(毎日)신문』에 매월 1회 에세이 연재 시작.
2009년	7월부터 『니혼게이자이신문』에 주 1회 에세이 연재 시작. 11월 『인생의 풍치(人生の色気)』 간행.
2010년	3월 『야스라이하나(やすらい花)』 간행. 4월 십년 정도 신주꾸의 술집에서 열려온 낭독회가 제29회를 끝으로 종료.
2012년	『후루이 요시끼찌 자선(自撰) 작품』 전8권 간행.

고전의 새로운 기준, 창비세계문학

오늘날 우리는 인간의 존엄과 개성이 매몰되어가는 시대를 살고 있다. 물질만능과 승자독식을 강요하는 자본주의가 전지구적으로 확산되면서 현대사회는 더 황폐해지고 삶의 질은 크게 훼손되었다. 경제성장만이 최고의 선으로 인정되고 상업주의에 물든 문화소비가 삶을 지배할수록 문학은 점점 더 변방으로 밀려나고 있다. 삶의 본질을 성찰하는 문학의 자리가 위축되는 세계에서는 가진 자와 못 가진 자 할 것 없이 모두가 불행할 수밖에 없다.

이 시대야말로 인간답게 산다는 것의 의미가 무엇인지 근본적인 화두를 다시 던지고 사유의 모험을 떠나야 할 때다. 우리는 그 여정에 반드시 필요한 벗과 스승이 다름 아닌 세계문학의 고전이라는 점을 강조한다. 고전에는 다양한 전통과 문화를 쌓아올린 공동체의 경험이 녹아들어 있고, 세계와 존재에 대한 탁월한 개인들의 치열한 탐색이 기록되어 있으며, 새로운 세상을 꿈꾸는 아름다운 도전과 눈물이 아로새겨 있기 때문이다. 이 무궁무진한 상상력의 보고이자 살아 있는 문화유산을 되새길 때만 개인의 일상에서 참다운 인간적 가치를 실현하고 근대적 삶의 의미와 한계를 성찰하는 지혜를 얻을 수 있을 것이다.

'창비세계문학'은 이러한 문제의식에서 출발한다. 세계문학의 참의미를 되새겨 '지금 여기'의 관점으로 우리의 정전을 재구성해야 할 필요성이 그 어느 때보다 절실하다. '정전'이란 본디 고정된 목록으로 존재하는 것이 아니라 그때그때 주어진 처소에서 새롭게 재구성됨으로써 생명을 이어가는 것이다. 우리는 먼저 전세계 문학들의 다양성과 차이를 존중하면서 국가와 민족, 언어의 경계를 넘어 보편적 가치에 기여할 수 있는 가능성에 주목하고자 한다. 근대를 깊이 성찰한 서양문학뿐 아니라 아시아와 라틴아메리카, 중동과 아프리카 등 비서구권 문학의 성취를 발굴하고 재평가하는 것 역시 세계문학의 지형도를 다시 그리려는 창비의 필수적인 작업이 될 것이다.

여러 전집들이 나와 있는 세계문학 시장에서 '창비세계문학'은 세계문학 독서의 새로운 기준이 되고자 한다. 참신하고 폭넓으면서도 엄정한 기획, 원작의 의도와 문체를 살려내는 적확하고 충실한 번역, 그리고 완성도 높은 책의 품질이 그 기초이다. 독서시장을 왜곡하는 값싼 유행과 상업주의에 맞서 문학정신을 굳건히 세우며, 안팎의 조언과 비판에 귀 기울이고 독자들과 꾸준히 소통하면서 진정 이 시대가 요구하는 세계문학이 무엇인지 되묻고 갱신해 나갈 것이다.

1966년 계간 『창작과비평』을 창간한 이래 한국문학을 풍성하게 하고 민족문학과 세계문학 담론을 주도해온 창비가 오직 좋은 책으로 독자와 함께해왔듯, '창비세계문학' 역시 그러한 항심을 지켜나갈 것이다. '창비세계문학'이 다른 시공간에서 우리와 닮은 삶을 만나게 해주고, 가보지 못한 길을 걷게 하며, 그 길 끝에서 새로운 길을 열어주기를 소망한다. 또한 무한경쟁에 내몰린 젊은이와 청소년들에게 삶의 소중함과 기쁨을 일깨워주기를 바란다. 목록을 쌓아갈수록 '창비세계문학'이 독자들의 사랑으로 무르익고 그 감동이 세대를 넘나들며 이어진다면 더없는 보람이겠다.

2012년 가을
창비세계문학 기획위원회

창비세계문학 22

요오꼬·아내와의 칩거

초판 1쇄 발행/2013년 11월 29일

지은이/후루이 요시끼찌
옮긴이/정병호
펴낸이/강일우
책임편집/심하은
펴낸곳/(주)창비
등록/1986년 8월 5일 제85호
주소/413-120 경기도 파주시 회동길 184
전화/031-955-3333
팩시밀리/영업 031-955-3399 편집 031-955-3400
홈페이지/www.changbi.com
전자우편/lit@changbi.com